FELIX HUBY

Heiland

FELIX HUBY

Heiland

Kriminalroman

GMEINER SPANNUNG

Bisherige Veröffentlichungen im Gmeiner-Verlag: Der Patriarch (2016)

Besuchen Sie uns im Internet:
www.gmeiner-verlag.de

Im Ehnried 5, 88605 Meßkirch
Telefon 07575/2095-0
info@gmeiner-verlag.de

1. Auflage 2017

Lektorat: Claudia Senghaas, Kirchardt
Herstellung: Mirjam Hecht
Umschlaggestaltung: U.O.R.G. Lutz Eberle, Stuttgart
Druck: GGP Media GmbH, Pößneck
Printed in Germany
ISBN 978-3-8392-2127-3

Personen und Handlung sind frei erfunden.
Ähnlichkeiten mit lebenden oder toten Personen
sind rein zufällig und nicht beabsichtigt.

MONTAG

Die beiden Taucher ließen sich rückwärts in das Hafenbecken fallen. Die starken Stirnlampen schalteten sie erst ein, als sie unter der Oberfläche waren. Das Licht wurde durch die Schmutzpartikel im Wasser gestreut, aber die Bordwand des Schiffes war gut zu erkennen. Das Leck, das sie aufspüren sollten, musste kurz über dem Kiel sein und sollte von außen abgedichtet werden. Der innere Teil der doppelwandigen Schiffshülle hatte der Kollision standgehalten. Sobald die Außenwand abgedichtet sein würde, konnte das Wasser im Zwischenraum abgesaugt werden. Der erste Taucher erreichte den Grund knapp einen halben Meter unterhalb des Kiels. Sein Fuß versank in etwas Weichem. Das Hafenbecken war betoniert, und der Mann hatte einen dementsprechend harten Untergrund erwartet. Er ließ sich auf die Knie sinken und beugte den Kopf tief. Fast im gleichen Moment stieß er sich kräftig wieder ab, packte seinen Kollegen, der dicht über ihm schwamm am Arm und zog ihn mit hoch. Sobald sie die Wasseroberfläche durchstoßen hatten, riss er sich die Atemmaske vom Gesicht, und schrie: »Da unten liegt einer!«

»Was – einer?«, rief der Vorarbeiter.

»Ein Mensch!«

Die Taucher kletterten die Eisenleiter an der Betonwand hinauf.

»Und das Leck?« Der Vorarbeiter wischte sich das Gemisch aus Schnee und Regen, das nun schon den ganzen Morgen vom Himmel fiel, von seinem kahlen Schädel.

»Ist direkt drüber! Ruf die Polizei!«

»Ne Wasserleiche am frühen Morgen! Hat das nun sein müssen?«, knurrte der Vorarbeiter und wählte die 110. Die beiden Taucher schälten sich aus ihren Neoprenanzügen und stiegen in den Materialwagen, um sich nicht weiter dem nasskalten Aprilwetter aussetzen zu müssen.

Im Wetterbericht war tags zuvor für die Nacht Bodenfrost angekündigt worden, für den nächsten Tag, den 26. April, Regen, vermischt mit Schnee und gelegentlichen Graupelschauern. Dabei war vor drei Wochen das Thermometer schon mal auf über 20 Grad geklettert. Aber seitdem löste eine Kaltfront aus dem Norden die andere ab. »Du kannst froh sein, dass du nicht raus musst«, sagte Peter Heiland zu Hanna, die ihm vom Bett aus zusah, wie er in seine Kleider stieg. Unter der Bettdecke wölbte sich ihr Bauch. Wenn es sich an die ärztlichen Vorgaben hielt, würde das Baby in knapp drei Wochen auf die Welt kommen. Hanna Iglau befand sich im Mutterschutz.

Peter hielt sich jetzt die meiste Zeit bei Hanna auf. In seine eigene Wohnung ging er nur noch, um gelegentlich nach dem Rechten zu sehen. Aber er konnte sich nicht entschließen, diese Räume aufzugeben und ganz zu seiner Partnerin zu ziehen. Er scheute sich überhaupt, Entscheidungen zu treffen, die sein Leben verändern würden. Nur einmal war das anders gewesen, als er sich entschlossen hatte, von Stuttgart nach Berlin zu ziehen. Er behauptete nicht, dass dies ein Fehler gewesen sei. Allerdings hatte sich der Grund für seinen Umzug schnell verflüchtigt. Die Frau, in die er sich verliebt hatte, und die, als sie schon ein paar Monate früher in die Hauptstadt gezogen war, versprochen hatte, für sich und ihn eine Wohnung zu suchen, hatte zwar schnell ein neues Zuhause gefunden, aber als Peter Heiland ankam, wohnte sie dort mit einem anderen Mann. Sie habe ganz vergessen, ihm Bescheid zu geben, hatte sie damals kühl gesagt.

Peter Heiland, der ihr zuliebe mit einiger Mühe seine Versetzung nach Berlin betrieben und schließlich eine Stelle beim Landeskriminalamt gefunden hatte, war tagelang wie gelähmt gewesen. Er hatte schon überlegt, wie er seine Rückversetzung nach Stuttgart bewerkstelligen könnte, da bot ihm ein Kollege, der sich nach Bayern beworben hatte, seine Wohnung an. Die Möbel wollte der berlinmüde Kommissar nicht mitnehmen, weil er das Glück habe, bei seiner Freundin, die er bald heiraten werde, einziehen zu können. Seitdem wohnte Peter in der Stargarder Straße in einer Wohnung mit Möbeln, die er selbst nie gekauft hätte und in einer Gegend, die für ihn sehr gewöhnungsbedürftig war. Doch in dem wilden, lebensprallen Kiez rund um die Schönhauser Straße, hatte er sich mit der Zeit mehr und mehr wohl gefühlt. Für Hanna und das Kind wäre dort freilich kein Platz gewesen.

Eine Böe rüttelte an dem großen Kastanienbaum im Hinterhof des Mietshauses am Kaiserdamm. Nasser Schnee wurde gegen die Fensterscheiben geworfen. Peter Heiland schlüpfte in seinen Parka und zog die Kapuze über den Kopf. »Willst du wirklich mit dem Fahrrad fahren?«, fragte Hanna und kuschelte sich wohlig ein wenig tiefer unter die Decke.

»Ich bin ja nicht aus Zucker. Außerdem hab ich wieder diese grässlichen Kopfschmerzen. Vielleicht gehen die weg, wenn ich durch die frische Luft radle.« Er ging zum Bett, beugte sich über Hanna und küsste sie. »Zum Glück ist das kein Wetter für Verbrechen«, sagte er. »So hat mein Chef in Stuttgart an solchen Tagen immer gesagt.«

»Wollen wir hoffen, dass er recht behält«, sagte Hanna.

»Der Bienzle hatte meistens recht!«, rief Peter Heiland von der Tür her.

»Leiche im Westhafen!« Peter Heiland hatte noch nicht »Guten Morgen« gesagt, da überfiel ihn seine Kollegin Jenny Kreuters mit diesem Satz.

Heiland zog seinen klitschnassen Parka aus und hängte ihn über die Klinke der Tür, um ihn nachher nicht zu vergessen, wenn er aus dem Gemeinschaftsbüro seiner Mitarbeiter in sein eigenes Büro hinüberging. Er holte sich von der kleinen Maschine, die auf der Fensterbank stand, einen Becher Kaffee und setzte sich auf den Besucherstuhl. »Und ich sag noch: Heute ist kein Wetter für Verbrechen.«

»Kann ja auch ein Selbstmörder gewesen sein. Die Spurensicherung ist schon vor Ort. Carl auch. Er hatte ja Bereitschaftsdienst.« Im gleichen Augenblick klingelte das Telefon. Peter Heiland hob ab. »Ja?«

»Schön, dass du schon da bist«, sagte Carl Finkbeiner am anderen Ende der Leitung.

»Soll ich kommen?«

»Ich schaff das schon.«

»Ist es überhaupt ein Fall für uns?«

»Und ob! Die Leiche lag ziemlich lange im Wasser, aber es ist trotzdem zu erkennen, dass es sich um einen Mord handelt. Der Mann war gefesselt und mit den Füßen an einen Betonklotz gekettet. Nichts für schwache Nerven, sag ich dir. Ich mach jetzt hier Schluss. Alles Weitere im Büro!«

Peter Heiland schätzte die sachlich nüchterne Art seines Kollegen. Carl Finkbeiner war der Mitarbeiter, mit dem er sich am besten verstand und das nicht nur deshalb, weil der auch aus Schwaben stammte wie er selbst.

»Weiß der Chef schon Bescheid?«, Peter massierte seine Schläfen mit den Fingerknöcheln.

Jenny schüttelte den Kopf. »Wischnewski hat sich krank gemeldet. Reiber vertritt ihn.«

»Kurt Reiber?«

»Ja, der Abteilungsleiter von der 3. Mordkommission.«

»Wieso denn der? Konnarek ist Wischnewskis Stellvertreter.«

»Ja, aber Konnarek ist in Paris. Deutsch-französische Konferenz zur Sicherheitszusammenarbeit. Schwerpunkt Terrorismus und Randale bei internationalen Fußballspielen. Dauert die ganze Woche.«

Peter Heiland nahm einen Schluck aus dem Kaffeebecher. »Was fehlt ihm denn? – Wischnewski, meine ich.«

»Keine Ahnung. Reiber hat irgendwas von Burnout und schweren Depressionen gesagt.«

»Könnte stimmen«, sagte Peter. »In letzter Zeit war Wischnewski ziemlich neben der Mütze. Aber er redet ja nie über sich selbst.«

Norbert Meier kam herein. »Scheißwetter!« Peter Heilands nasser Parka fiel zu Boden. Meier kümmerte sich nicht darum. Er stieß seinen triefend nassen Schirm in den Papierkorb neben seinem Schreibtisch. Der kleine, untersetzte Kommissar war der Älteste in Heilands Mannschaft und notorisch schlechter Laune, was unter anderem damit zu tun hatte, dass er eigentlich damit gerechnet hatte, Chef der 4. Mordkommission zu werden. Es kostete ihn erkennbar Mühe, sich dem sehr viel jüngeren Kollegen Peter Heiland unterzuordnen. »Was Neues?«

»Eine Wasserleiche im Westhafen. Carl muss gleich da sein. Er ist seit 7.00 Uhr am Tatort«, antwortete Jenny.

Peter Heiland hob seinen Parka auf und hängte ihn wieder über die Türklinke.

Meier sah auf seine Uhr. »Gleich 10.00! Und ich hab gedacht, ich hätte endlich Zeit, meinen Papierkram in Ordnung zu bringen.« Er holte sich einen Kaffee und setzte sich mit einem unwilligen Knurren an seinen Schreibtisch. Es wäre tatsächlich an der Zeit gewesen, dort Ordnung zu schaffen. Norbert Meier fand nur mit Mühe einen Platz für seinen Kaffeebecher.

Carl Finkbeiner, wie immer in eine hellbraune Cordhose und einen dunklen Pullover gekleidet, kam herein. Den Regenmantel, den er darüber getragen hatte, hielt er in der Hand und hängte ihn nun sorgfältig auf einen Kleiderbügel. Ohne Vorrede legte er los: »Der Gerichtsmediziner meint, der Tote müsse schon sechs bis acht Wochen am Grund des Hafenbeckens gelegen haben. Aber es war trotzdem leicht zu erkennen, dass er durch einen Genickschuss getötet wurde. Auffällig ist ein Tattoo am rechten Oberarm. Da, ich hab versucht, ein Foto davon zu machen.« Carl Finkbeiner reichte sein Handy herum.

»Was soll denn das darstellen?«, fragte Meier.

»Dass sich das so gut erhalten hat!«, wunderte sich Jenny. »Sieht aus wie ein Busch …«

»Oder wie ein Feuer«, meinte Carl Finkbeiner.

»Konnte der Gerichtsmediziner schon etwas über das Alter des Mannes sagen?«, wollte Peter Heiland wissen.

Finkbeiner nickte. »Um die 40. Keine Ahnung, wie er das festgestellt haben will. Aber die Spurensicherung hat es bestätigt.«

»Die Spurensicherung? Wie denn das?«, fragte Jenny.

»Ganz einfach. In der Innentasche seiner Jacke, also in den Fetzen, die von dem Kleidungsstück übrig geblieben sind, haben die Spusi-Leute seinen Pass gefunden.«

»Was??« Das kam von allen drei Kollegen wie aus einem Mund.

»War in einer Plastikhülle und ganz gut zu lesen. Der Mann heißt Sven Lubinski und wäre nächste Woche 40 Jahre alt geworden. Geboren in Berlin. Der Pass ist während der letzten 20 Jahre immer fristgerecht im deutschen Konsulat in Lagos verlängert worden.«

»Lagos liegt in Kenia, oder?«, fragte Meier.

»Nein, es ist die Hauptstadt von Nigeria. Im Pass fand sich ein Einreisestempel nach Deutschland vom Oktober vorletzten Jahres. Eine Einreise nach Nigeria ist nicht mehr vermerkt.«

Plötzlich war es still im Raum, bis sich Peter Heiland meldete. »Und weiter? Klingt ja, als hättest du den Fall schon fast gelöst.«

Carl Finkbeiner schüttelte den Kopf. »Davon kann keine Rede sein. Auf dem Weg hierher habe ich die Vermisstenstelle angerufen. Niemand scheint diesen Lubinski zu vermissen.«

Meier meldete sich: »Ist ja nicht gesagt, dass der Ausweis dem Toten gehörte.«

Carl Finkbeiner nickte. »Stimmt. Von dem Gesicht war nicht genügend übrig, um es mit dem Foto vergleichen zu können.«

»Iiihh«, machte Jenny Kreuters.«

»Okay«, sagte Peter Heiland. »Wo fangen wir an?«

»Im Telefonbuch gibt es nur sechs Lubinskis mit i hinten, Lubinskys mit y sogar nur drei«, rief Jenny Kreuters, nachdem sie das Berliner Telefonbuch auf ihrem Bildschirm aufgerufen und nach dem Namen gesucht hatte.

»Wir müssen übers Einwohnerverzeichnis gehen«, meldete sich Carl Finkbeiner. »Hat ja bald keiner mehr eine Festnetznummer.«

»Gut, wenn wir die Adressen haben, übernimmt jeder

ein paar. Und dann sehen wir zu, dass wir einen Kontakt zu den Kollegen in Nigeria herstellen können.«

»Wenn da eine Dienstreise drin ist, melde ich mich freiwillig«, rief Jenny Kreuters fröhlich.

»Also ich kann darauf verzichten«, brummte Finkbeiner. »Ich hab da mal ne Kriminalitätsstatistik gelesen. In Lagos bist du deines Lebens keine Sekunde sicher. Nigeria ist zwar reich wegen der Ölvorkommen, aber die Leute sind trotzdem bettelarm, weil das korrupte System verhindert, dass irgendwas von dem Reichtum bei ihnen ankommt. Deshalb zapfen die Menschen dort die Ölpipelines an, und dabei gibt es immer wieder schwere Explosionen, bei denen schon Hunderte umgekommen sind. Und jeden Tag kommt es zu Entführungen mit Lösegelderpressungen.«

»Also vorerst versuchen wir's auf dem normalen Dienstweg.« Peter Heiland presste beide Hände flach gegen die Stirn.

»Wenn du Kopfschmerzen hast, ich hab Aspirin«, sagte Finkbeiner.

»Du musst die schmerzende Stelle beatmen«, meldete sich Jenny.

»Aha, und wie mach ich das?«

»Tief und gleichmäßig einatmen und den Atem an die schmerzende Stelle lenken, dann lange ausatmen und dir vorstellen, dass der Schmerz mit der verbrauchten Luft den Körper verlässt.«

»Bei mir hilft ein nasses Handtuch – zusammengerollt und in den Nacken gelegt«, meldete sich Norbert Meier, der lustlos ein paar Akten aufeinanderschichtete.

»Ich warte einfach, bis es vorbei geht«, meinte Peter Heiland. »Meistens funktioniert das.«

»Ich fange mal an zu telefonieren«, sagte Jenny.

»Ich mach mit.« Peter Heiland setzte sich an ein Tischchen in der Ecke und zog das Telefon zu sich heran. Er fühlte sich in dem Einzelbüro nicht wohl, das er hatte beziehen müssen, als er Chef der Kommission geworden war.

»Wir sind auf der Suche nach Sven Lubinski.« Es war erst der dritte Anruf. Eine raue Stimme antwortete: »Ich auch.« Peter Heiland gab den anderen Zeichen, dass er offenbar einen Treffer gelandet hatte. Auch die anderen Drei hingen am Telefon, legten nun aber die Hörer aus der Hand. »In welchem Verhältnis stehen Sie zu ihm?« Peter Heiland drückte die Mithörtaste auf laut.

»Wer will das wissen?«

»Mein Name ist Peter Heiland, leitender Hauptkommissar beim Landeskriminalamt Berlin.«

»Aha, ist es mal wieder so weit«, sagte der Mann am anderen Ende der Leitung.

»Wie sind Sie mit Sven Lubinski verwandt?«

»Ich bin sein Vater. Roman Lubinski.«

»Wo können wir Sie treffen?«

»Ich bin bis 12.00 Uhr Mittag zu Hause. Was hat er denn wieder angestellt?«

»Das erzählen wir Ihnen gleich, wenn wir bei Ihnen sind. Ihre Anschrift?«

»Quitzkowskistraße 17, Hinterhaus, Erdgeschoss rechts.«

»Vielen Dank!« Peter Heiland legte auf.

»Der hat ne Stimme wie ’n Reibeisen«, sagte Jenny Kreuters.

»Raucher und Säufer vermutlich«, meinte Norbert Meier.

»Warten wir’s ab.« Peter Heiland griff nach seinem Parka. »Quitzkowskistraße, wo ist denn das?

»In Moabit. Geht von der Beusselstraße ab«, wusste Meier. »Ganz in der Nähe vom Güterbahnhof. Ist so ne Gegend, da geht dir nachts das Messer in der Tasche auf.«

»Noch ist es ja Tag«, sagte Heiland, »Jenny, kommst du mit?«

Die Kollegin zog die unterste Schublade ihres Schreibtisches auf und nahm einen zusammengefalteten Regenschirm heraus.

Carl Finkbeiner sagte: »Ich rede mit den Ballistikern. Vielleicht können die schon etwas zu dem Projektil, beziehungsweise zur Tatwaffe sagen.«

»Und ich räume endlich meinen Schreibtisch auf«, brummte Norbert Meier.

Die Gegend um die Beusselstraße in Moabit wirkte selbst an Sonnentagen grau. Aber jetzt, da die Wolken tief über der Stadt hingen, Nebelschwaden wie schlaffe, nasse Leintücher durch die Straßenschluchten trieben und die feuchte Luft die Kleider durchnässte, obwohl es nicht mehr regnete, war die Tristesse noch größer.

Peter Heiland und Jenny Kreuters hatten den Wagen direkt vor der Nummer 17 abgestellt und dann rasch den Durchgang in den Hinterhof passiert. Graue Wände, von denen der Putz bröckelte, ragten fünf Stockwerke hoch auf. Überrascht sahen die beiden ein hübsches kleines Gärtchen mit bunten Blumen und eine schmale Pergola unter der die unterschiedlichen Mülleimer akkurat nebeneinander standen. »Das gefällt mir«, sagte Peter Heiland, »die nehmen die Armseligkeit nicht einfach so hin.«

Roman Lubinski stand hinter einem geschlossenen Fenster im Erdgeschoss rechts von der Eingangstür und sah den beiden Polizisten entgegen. Kurz bevor sie die Haustür erreichten, öffnete er einen Fensterflügel. »Kripo?«

Peter Heiland nickte. »Dürfen wir reinkommen?«

Lubinski nickte ebenfalls. »Ist offen.«

Als sie die Wohnungstür gleich rechts neben dem Hauseingang erreichten, öffnete Lubinski und schaltete das Licht im Flur an. »Bei schlechtem Wetter wird's hier unten im Haus nicht hell.« Zwei Zimmer, Küche, Bad. Alles in allem keine 60 Quadratmeter, schätzte Peter Heiland. Sparsam möbliert. Im Wohnzimmer ein runder Tisch mit vier Stühlen darum herum, ein Sessel mit abgewetztem Polster gegenüber einem Fernsehgerät mit einem riesigen Flachbildschirm. Über der Tür ein Kreuz mit dem leidenden Christus. An der Wand gegenüber dem einzigen Fenster stand ein Regal mit verschiedenen Schiffsmodellen. Keine Nachbauten von stolzen Segelschiffen oder Überseedampfern, ausschließlich Modelle von Lastkähnen, wie sie auf den Flüssen fahren. Auch hier brannte Licht.

»Setzen Sie sich!«, sagte Lubinski und zog drei Stühle vom Tisch weg. »Ich muss gleich los.«

Zögernd nahmen die beiden Beamten Platz. Peter Heiland hatte Mühe, den richtigen Anfang für die Nachricht zu finden, die er Lubinski überbringen musste. Er räusperte sich ein paar Mal, ehe er sagte: »Herr Lubinski, wir haben eine traurige Nachricht.«

»Hab nichts anderes erwartet.«

»Ihr Sohn ist tot.«

Roman Lubinski hob seinen kantigen Schädel. Nur wenige Haare bildeten einen schmalen Kranz um seine Glatze. Das Gesicht wurde unter der flachen Stirn von einer klobigen Nase dominiert. Der Mann sah den Kommissar aus hellen grauen Augen an. Seine Kiefer mahlten. »Tot sagen Sie?«

»Ja, er ist Opfer eines Verbrechens geworden.«

»Sie meinen ermordet?« Roman Lubinski brauchte offenbar Zeit, um die Nachricht zu verstehen. »Ich hab mit allem Möglichen gerechnet, aber …« Er brach ab.

»Wohnte Ihr Sohn auch hier?«, fragte Jenny.

»Nicht lange. Es ist nicht gut gegangen.«

»Wann haben Sie ihn das letzte Mal gesehen?«, fragte Peter Heiland.

»Weiß nicht, irgendwann im Frühjahr. Ich war froh …«, wieder brach er ab.

»Dass er ausgezogen ist?«, fragte Jenny.

Lubinskis Kopf fuhr zu der Polizistin herum. »Ja, genau!« Er stand auf. »Ich muss mich umziehen!« Er ging in den Nachbarraum, der offensichtlich sein Schlafzimmer war.

Auch Peter Heiland stand auf und ging zu dem Regal mit den Schiffsmodellen. »Haben Sie was mit der Schifffahrt zu tun?«, rief er dem Hausherrn nach.

»Ich war 52 Jahre Flussschiffer. Havel, Elbe, Donau, Rhein, bin überall gefahren, aber hauptsächlich auf der Oder«, kam es aus dem Schlafzimmer. »Immer einfacher Bootsmann, aber nie arbeitslos!« Er kam zurück. In der Hand hielt er ein dunkles Hemd aus einem schweren Stoff. Sein nackter Oberkörper war über und über tätowiert.« Jenny starrte ihn fasziniert an.

»Vor den Vätern sterben die Söhne, hat mal einer gesagt, aber das war, glaube ich, im Krieg.« Lubinski zog sein Hemd über den Kopf. »Sven war ein schlechter Mensch.« Plötzlich wurde seine raue Stimme ganz leise. »Wie kommt das eigentlich? Ich meine: Ich habe mir ein Leben lang nichts zuschulden kommen lassen.«

Weder Peter Heiland noch Jenny Kreuters fiel etwas dazu ein. Deshalb fragte der Kommissar möglichst sachlich. »Ihr Sohn hat wohl lange in Nigeria gelebt.«

Lubinski nickte und sagte mehr zu sich selbst: »Aus den Augen, aus dem Sinn. Ich hab ihn tatsächlich jahrelang regelrecht vergessen gehabt.«

»Nicht wirklich«, sagte Jenny, »das kann ich mir nicht vorstellen.«

Lubinski sah sie an. Dann nickte er ein paar Mal. »Ich hab's mir eingeredet.«

»Ihr Sohn ist vor anderthalb Jahren aus Lagos zurückgekommen. Wir konnten seinen Pass sicherstellen, und da war der Einreisetempel drin. Stammt vom Oktober 2014.«

Der Hausherr nickte nur, schlüpfte aus seinen Pantoffeln und zog unter dem Sessel ein paar derbe Schuhe hervor.

»Ist er dann gleich bei Ihnen eingezogen?«

»Denke schon.«

»Und wann ist er wieder ausgezogen?«

»September letztes Jahr. Ohne ein Wort. Einfach verschwunden. Ich hab danach nie wieder etwas von ihm gehört … bis heute.«

»Sie wissen auch nicht, wo er danach gewohnt hat?«

»Nein.«

»Lebt seine Mutter noch?«, fragte Peter in betont sachlichem Ton.

»Denke schon.«

»Haben Sie ihre Adresse?«

»Ja, irgendwo. Ich müsste sie suchen. Dazu hab ich jetzt aber keine Zeit.«

»Aber sie hat auch noch den Namen Lubinski?«

»Ja.«

»Sind Sie geschieden?«

»Schon seit 30 Jahren.«

»Sie haben keinen Kontakt mehr?«

»Nur ganz selten. Es gibt nichts mehr zu sagen.«

»Und Sie wissen nicht, wo Ihr Sohn gelebt hat, nachdem er hier ausgezogen ist?«

»Nein. Nur, dass er sich meistens in einer Kneipe gar nicht weit von hier herumgetrieben haben muss. Drüben am Westhafen. Ich glaube die Pinte heißt ›Versteck‹.« Ächzend stand er auf. »Ich muss los.«

»Können wir Sie ein Stück mitnehmen?«, fragte Peter Heiland.

Lubinski schüttelte den Kopf. »Ich hab's nicht weit.«

»Eins noch«, sagte Peter Heiland. »Haben Sie ein neueres Bild von Ihrem Sohn?«

Wortlos ging Lubinski noch einmal ins Schlafzimmer und kehrte schon nach wenigen Augenblicken mit einem Passfoto zurück. »Da, das hat er liegen lassen. Irgendwann mal hat er die Bilder für einen neuen Ausweis gebraucht.«

Als sie das Haus verließen sagte Peter Heiland: »Wir müssen Sie sicher noch mal belästigen.«

Roman Lubinski nickte nur, ohne etwas zu sagen.

»Vor allem müssen wir Sie bitten, Ihren Sohn zu identifizieren. Dazu sollten Sie mit uns in die Gerichtsmedizin.«

Wieder nickte Lubinski nur.

Der Himmel war ein wenig heller geworden. Peter Heiland und Jenny Kreuters standen neben dem Dienstwagen und sahen dem alten Schiffer nach. Er ging sehr aufrecht mit einem leicht wiegenden Gang den Gehweg hinunter Richtung Westhafen. Er hatte nicht einmal gefragt, wie sein Sohn ums Leben gekommen war.

Das »Versteck« trug seinen Namen zurecht. Jenny und Peter hatten ihr Auto vor einem hohen Ziegelgebäude abgestellt. Sie mussten mehrmals fragen, ehe ihnen ein Mädchen, das, an ein Mäuerchen gelehnt, auf dem Bordstein saß und über zwei Knöpfe in den Ohren versonnen der Musik aus ihrem iPod lauschte, weiterhelfen konnte. Jenny Kreuters tippte das Mädchen an der linken Schulter an. Sie hob einen der beiden Kopfhörer ab und sah die Kommissarin fragend an.

»Wir suchen das ›Versteck‹.«

Das Mädchen zeigte mit dem Daumen die Straße hinunter und kippte ihn dann nach rechts. Dann schob sie den Hörknopf zurück ins Ohr.

Die erste Abbiegung nach rechts erreichten die beiden Kommissare nach etwa 300 Metern. Jetzt lief eine enge gepflasterte Straße an einer etwa zwei Meter hohen, grau gestrichenen Mauer entlang, und nach weiteren 100 Metern, in einer Kurve, die nach links führte, hatte diese Mauer eine Ausbuchtung mit zwei Fenstern. Es sah aus, als ob die Mauer eine Beule hätte. Davor standen drei Stehtische. Über einer offenen Stahltür hing das Schild einer Brauerei und darunter konnte man mit etwas Mühe das Wort »Versteck« lesen. Die Buchstaben waren samt und sonders aus der Senkrechten verrutscht. »Da sieht schon die Schrift wie besoffen aus«, sagte Peter Heiland.

Sie betraten die Kneipe. Ein düsterer Raum. Heiland zählte sieben Tische, auf denen die Stühle standen. Auf einem Bord etwas über Kopfhöhe stand ein Fernseher. An der Wand gegenüber dem Eingang ein Tresen mit einem Flaschenregal dahinter. Neben dem Tresen ging eine Tür ins Freie hinaus, jedenfalls kam von dort etwas Tageslicht durch die verschmutzte Scheibe im oberen Teil. Es roch nach schalem Bier und kaltem Rauch. Aus einem Kofferradio erklang orientalische Musik. Eine dicke Frau, die ihr Kopftuch dicht ums Gesicht geschlungen hatte, wischte den Boden.

»Hallo!«, grüßte Jenny.

Die Frau sah auf. »Noch nicht offen.«

»Wir suchen den Wirt.« Jenny zeigte der Frau ihren Ausweis, aber die schien nichts damit anfangen zu können. »Hinten«, sagte sie und deutete auf die schmale Tür neben dem Tresen.

Die Überraschung war perfekt. Peter Heiland hatte die Tür aufgestoßen, und nun standen sie in einem großen gepflasterten Hof. Die schweren Zweige zweier Kastanien bildeten ein nahezu geschlossenes Dach. Einfache Tische mit Bierbänken davor standen ohne erkennbare Ordnung herum. An einem saß ein Mann, der trotz der kühlen Temperaturen und der Nässe, die unaufhaltsam aus den Baumkronen heruntertroff, nur ein Paar halblange olivgrüne Hosen und ein Unterhemd in der gleichen Farbe trug. Seine wenigen schwarzen Haare, die von der Feuchtigkeit glänzten, hatte er nach vorne in die Stirn gekämmt. Jetzt hob er den Kopf. Sein rundes Gesicht war an den Wangen ein wenig eingefallen. »Was ist los?«, fragte er.

Peter Heiland setzte sich dem Mann auf der Bank gegenüber, stand aber sofort wieder auf, zog ein Taschentuch heraus und versuchte die Sitzfläche trocken zu reiben. »Kommissar Heiland, Landeskriminalamt. 4. Mordkommission«, stellte er sich vor. Das ist meine Kollegin Jenny Kreuters.« Jenny blieb stehen.

»Ausweis?«

Beide Beamte zogen ihre roten Ausweise heraus und hielten sie dem Mann unter die Nase.

»In Ordnung.« Der Wirt schob einen Aktenordner,

einen Terminkalender und einen Schreibblock zur Seite. »Mordkommission haben Sie gesagt? Um wen geht's?«

»Um Sven Lubinski.«

»Kenne ich nicht.«

Peter Heiland schob das Foto, das der alte Schiffer ihnen gegeben hatte, über den Tisch. Der Wirt nahm es mit spitzen Fingern hoch. »Das ist Malik!«

»Wie bitte?«

»Der war jetzt fast zwei Monate nicht mehr da. Ich hab ihn nicht vermisst.«

»Zwei Monate – fast so lange ist er schon tot. Er wurde gestern im Westhafen gefunden. Irgendwer muss ihn erschossen und danach dort versenkt haben.«

»Mir fehlt er nicht.«

»Was wissen Sie über ihn?« Jenny wischte nun auch ein Stückchen Sitzfläche trocken und ließ sich vorsichtig nieder.

»Ein Scheißkerl. Ein Großmaul. Aber die Jungs verehren … also die haben ihn verehrt. Der hat sich hier ne Bande organisiert. Aber was willste dagegen machen. Bin ich etwa erziehungsberechtigt?«

»Eine Bande?«, fragte Peter Heiland.

»Kommen Sie heute Abend. So ab 21.00, 21.30 Uhr sind die da. Eigentlich zu jung für die Kneipe, aber meine besten Kunden. Wenn ich merke, dass einer unter 18 ist, schmeiß ich ihn raus, aber …«

»Aber Sie merken's meistens nicht!«, vollendete Peter den Satz.

Der Wirt zuckte die Achseln. »Wenn die nicht hier sind, sind sie woanders.«

»Hatte der Malik auch einen Vornamen?«, wollte Jenny wissen.

»Nein. Also ich jedenfalls kenne keinen. Alle haben nur Malik zu ihm gesagt.«

Jenny und Peter gingen zum Auto zurück. Inzwischen zeigten sich erste Wolkenlücken am Himmel. Die Sonne kam zum Vorschein. Die nassen Straßen und Gehwege dampften. Peter zog seine Jacke aus, hakte seinen Zeigefinger in den Aufhänger und warf sie über die Schulter. Er wollte auf die Uhr sehen, winkelte seinen Arm an und prompt glitt das Jackett zu Boden und landete in einer Pfütze. Jenny hob es auf und schüttelte das Wasser ab. Wenn du nicht mein Chef wärst, würde ich sagen, du bist ein gnadenloser Tollpatsch.«

Peter grinste sie an. »Aber ich bin dein Chef. Also sei bloß vorsichtig.« Er nahm ihr die Jacke aus den Händen. »Wollen wir auf dem Rückweg schnell bei Wischnewski reinschauen?«

Jenny war bei dem Gedanken nicht wohl. »Kannst du das auch alleine machen?«

»Okay. Du setzt mich ab, und ich komm dann mit der U-Bahn nach.«

Wischnewski wohnte in Tempelhof. Seitdem er befördert worden war, schien ihm seine Höhle, wie er die einfache Zweizimmerwohnung nannte, nicht mehr angemessen. Aber er hatte nie die Kraft gehabt, etwas Neues zu suchen, und die Vorstellung, umziehen zu müssen, war entsetzlich für ihn.

Peter Heiland musste lange warten, nachdem er geklingelt hatte. Endlich wurde die Tür geöffnet. Kriminaldirektor Ron Wischnewski trug einen zerschlissenen Bademantel über seiner Schlafanzughose. Seine nackten Füße steckten in abgewetzten Filzpantoffeln. Er hatte sich weder gekämmt noch rasiert. Sein Atem roch nach Bier. »Mann, Heiland. Muss das nu sein?« Wischnewski kratzte sich am Hinterkopf.

»Ich wollt nur mal schauen, wie's Ihnen geht.«

»Beschissen geht's mir.«

»Sieht man«, antwortete der Jüngere lakonisch. »Kann ich reinkommen?«

»Ne. Es sei denn, Sie wollen den letzten Respekt vor mir verlieren.« Wischnewski machte sich in der Türfüllung breit.

In diesem Moment hatte der junge Kommissar eine Idee. »Erinnern Sie sich an den Fall Sven Hartung?«*

»Ja, natürlich. Mir geht's zwar nicht gut. Aber ich bin noch nicht dement.«

»Erinnern Sie sich auch an den Namen Frederic Möhlmann.«

»War ein Zeuge, so viel ich mich erinnere.«

»Ja, ein ehemaliger Psychotherapeut. Zwar an Parkinson erkrankt, aber ungeheuer klug und im Kopf topfit.«

»Ja, und?«

»Wie ich Sie kenne, gehen sie in kein Krankenhaus. Und wenn Ihnen Ihr Hausarzt eine Psychotherapie empfiehlt, sagen Sie: ›Ich bin ja nicht verrückt‹.«

»Jetzt reicht's aber, Heiland!«

---

*Felix Huby: »Der Patriarch«

Der Jüngere ließ sich nicht drausbringen. »Ich würde Sie gerne mal mit Dr. Möhlmann bekannt machen. Einfach so. Er praktiziert allerdings schon lange nicht mehr.«

»Danke, nein. Ich hoffe in der Firma – Wischnewski nannte schon seit Jahren das LKA nur noch ›die Firma‹ – »weiß niemand, dass Sie mich besuchen wollten.«

»Doch, Frau Kreuters. Aber sie wird mit niemandem darüber reden. Und ich sowieso nicht.«

»Verlass ich mich drauf! Wiedersehen!« Wischnewski drückte die Tür zu. Peter Heiland blieb noch ein paar Augenblicke stehen, ehe er langsam die Treppe hinabstieg. In einem Bistro auf der anderen Straßenseite trank er einen Kaffee. Immer wieder sah er zu den beiden schmalen Fenstern hinauf, hinter denen sich Wischnewskis Wohnung befand. Er hatte gerade bezahlt und schickte sich an, das Lokal zu verlassen, da klingelte sein Mobiltelefon. »Ja?«, meldete er sich.

»Wischnewski hier. Wie heißt der Seelenklempner noch mal?«

»Frederic Möhlmann.«

»Vielleicht stellen Sie mich dem doch mal vor. Diese ewigen Tabletten machen mich nur meschugge, helfen aber nicht.«

»Gut. Ich rede mit ihm und melde mich dann wieder bei Ihnen.«

Wischnewski legte ohne ein weiteres Wort auf.

Gegen 15.00 Uhr am Nachmittag war Peter Heiland wieder im Büro. Norbert Meier hatte tatsächlich seinen Schreibtisch aufgeräumt und die herumliegenden Papiere ordentlich in die zuständigen Aktenordner einsortiert. Carl Finkbeiner war bei den Ballistikern gewesen. Das 9-Millimeter-Geschoss, das aus dem Schädel des getöteten Sven Lubinski entnommen worden war, stammte aller Wahrscheinlichkeit nach aus einer Beretta-Pistole und zwar aus einer militärischen Spezifikation, wie das die Ballistiker nannten, mit der Bezeichnung »Beretta 92 FS«.

»Das heißt also, alle einschlägigen Waffenhändler abklappern«, sagte Meier.

»Der Täter wird sie ja wohl kaum legal gekauft haben«, gab Jenny Kreuters zu bedenken.

»So was kriegst du heute sogar übers Internet«, warf Carl Finkbeiner ein.

»Versuchen müssen wir es trotzdem«, entschied Peter Heiland.

»Die offizielle Anfrage bei den Kollegen in Lagos läuft«, meldete Meier.

»Die müssen wir ergänzen. Offenbar hat Sven Lubinski sich einen zweiten Namen zugelegt. Ich nehme an, dass er unter dem auch in Nigeria operiert hat. Also schieb das noch nach. Bei uns im Milieu ist er nur unter dem Namen Malik bekannt. Zumindest behauptet das der Wirt vom ›Versteck‹.«

»Wie war's bei Wischnewski?«, fragte Jenny.

»Ich hab ihn gar nicht angetroffen«, log Peter Heiland.

Am Abend wirkte das »Versteck« ganz anders als am hellen Tag. Schon das gepflasterte Sträßchen vor der

Kneipe war belebt. Dicht an dicht standen junge Leute, Bierflaschen in der Hand und schienen alle auf einmal zu reden. Es war für Peter Heiland und Carl Finkbeiner gar nicht so leicht, sich einen Weg in das Lokal zu bahnen und dort weiter bis nach hinten auf den Hof. Der Wirt stand hinter dem Tresen und nickte den beiden nur zu. Drei junge Frauen bedienten, was nicht mehr hieß, als dass sie die Getränke vom Tresen aus weiterreichten. Die Bierflaschen wanderten von Hand zu Hand über die Köpfe der Gäste hinweg bis zu ihrem Ziel. »Wissen Sie denn am Ende überhaupt, bei wem Sie kassieren müssen?«, fragte Carl im Vorbeigehen eine der Bedienungen.

»Hier bescheißt keiner, und die, die bescheißen, sind eingepreist. Ein bisschen Schwund ist immer«, gab die junge Frau fröhlich zurück.

Im Hof saßen gut zehn junge Männer eng um einen der Tische. Als Peter Heiland den Namen Malik hörte, zog er eine leere Bank zur Stirnseite des Tisches heran und setzte sich dazu. Sofort verstummte das Gespräch. Der Kommissar ließ seinen Blick über die Gesichter der jungen Männer gleiten. Es war nicht das erste Mal, dass er einer solchen Gruppe begegnete. Viele von denen gehörten zu den Verlierern der Gesellschaft, großmäulige Kleinkriminelle zumeist, die stark waren, so lange sie sich in einer Gruppe befanden, sobald sie alleine waren aber von Ängsten ums Überleben getrieben wurden. Die hier schätzte er auf ein Alter zwischen 16 und 20 Jahren. Bunt gemischt: Deutsche, Türken, Araber und Afrikaner.

»Hat der Wirt euch Bescheid gesagt?«, fragte Peter.

»Was is ’n das für ne Figur?«, rief einer vom anderen Ende des Tisches.

Carl Finkbeiner trat hinter ihn und legte dem Jungen die Hände auf die Schultern. »Das ist der leitende Hauptkommissar Peter Heiland vom LKA. Ich bin sein Kollege. Und wir ermitteln wegen des Mordes an Sven Lubinski.«

Der Name sagte den jungen Leuten nichts. »Kennen wir nicht!«, rief einer.

»Er nannte sich auch Malik!«

Plötzlich herrschte Stille, bis einer sagte: »Haben Sie nicht grade was von ’nem Mord gesagt?«

»Ja, er wurde von hinten erschossen und danach im Westhafen versenkt. Gefesselt und mit ’nem Betonklotz an den Füßen«, antwortete Carl Finkbeiner kühl.

»Nein! Das glaub ich nicht«, schrie plötzlich einer der Jungen am Tisch. Er zitterte, dicke Schweißtropfen standen auf seiner Stirn und er schien kaum Luft zu bekommen. »Malik? Der Malik doch nicht. Der doch nicht!«

»Keep cool, Mann«, sagte ein dunkelhäutiger Mann, den Peter Heiland für einen Nordafrikaner hielt. Er zog sein Bein auf die Bank und massierte seine nackten Zehen. »Ist doch nicht unser Bier.«

»Nicht unser Bier?«, der andere Junge rang nach Atem. »Wie kannst du so was sagen, Faruk.«

Der Angesprochene legte kurz seine Hand auf den Arm des aufgeregten Jungen. »Chill mal, Jonny!«

»Faruk hat recht«, rief nun ein anderer, der vermutlich Türke war. »Er hat mal einen ausgegeben, aber sonst …«

»Ich glaube, du lügst«, sagte Carl Finkbeiner ruhig.

»Sag nicht noch mal, dass ich lüge, Alter. Ich lass mir das nicht gefallen. Respekt. Wir verlangen Respekt, checkst du das?«

Peter Heiland hatte kein Auge von dem Jungen gelassen, der geradezu hysterisch auf die Todesnachricht reagiert hatte. Der war nun aufgestanden und ging in Richtung Kneipe. »Wo willst du hin, Jonny?«, rief Faruk.

»Ich? Ich geh pissen!«

Peter Heiland und Carl Finkbeiner verständigten sich mit einem Blick. Finkbeiner folgte dem Jungen.

»Ihr habt ihn also alle gekannt? – Malik, meine ich«, fragte Peter Heiland.

Faruk, der offensichtlich so etwas wie der Wortführer war, sagte: »Kennen ist zu viel gesagt.«

»Ihr gehört also nicht zu seiner Gang?«

»Seiner Gang? Was für ne Gang, Alter?«

Peter Heiland lächelte den dunkelhäutigen jungen Mann an. »Das wird eine der Fragen sein, die wir bei unseren Ermittlungen beantworten müssen. Ihr habt sicher nichts dagegen, wenn ich eure Personalien aufnehme.«

»Fuck! Leute, wir gehen«, rief Faruk. Sie standen alle gleichzeitig auf. Plötzlich stand der Wirt hinter ihnen. »Ihr tut, was er euch sagt. Meint ihr, ich will in ner halben Stunde 20 Polizisten hier haben, die jeden Gast filzen?«

»Da sind wir eh nicht mehr da!«, sagte einer der Jugendlichen.

»Aber dann seid ihr auch sonst nie mehr wieder da, verstanden!«

»Verstanden«, sagte Faruk. »Abflug, Leute.«

Peter gab dem Wirt ein Zeichen, er solle die Jungs ziehen lassen. Zwei oder drei von ihnen zeigten den Stinkefinger während sie im Gänsemarsch den Hof verließen. Der Wirt setzte sich zu Peter Heiland. »Find ich anständig, dass Sie hier keinen Aufstand machen.«

»Der würde doch eh nichts bringen«, antwortete der Kommissar. »Kriegt man bei Ihnen auch einen Wein?«

»In besonderen Fällen, ja. Als Weißen hab ich einen Riesling aus der Pfalz, als Roten einen Rioja aus Spanien.«

»Dann nehm' ich den Spanier!«

Der Wirt stand wieder auf. »Kommt sofort.« Aber bevor er ins Lokal zurückging wendete er sich noch einmal dem Kommissar zu: »Die meisten von denen sind arme Schweine. Aber es sind auch die asozialsten Typen drunter. Drogen, Gewalt, Knast – alles dabei. Die meisten hier im Kiez aufgewachsen. Aber die mit der größten Schnauze kommen aus anderen Gegenden. Und dieser Malik hat ihnen was vorgegaukelt, was er nie hätte einhalten können.«

Peter Heiland kam nicht dazu nachzufragen, was Malik den Jungs versprochen hatte. Der Wirt verschwand rasch im Lokal. Den Wein brachte eine der Bedienungen. »Malik ist echt hin?«, fragte sie.

Peter nickte nur.

»Dem trauert keiner nach!« Sie stellte das Weinglas vor dem Kommissar auf den Tisch.

»Glaub ich nicht«, sagte Peter Heiland. »Jonny zum Beispiel …«

»Ach der!« Die junge Frau wischte mit einem Lappen nachlässig über den Tisch. »Der hätte alles für Malik gemacht. Das stimmt.« Sie nahm die leeren Bierflaschen vom Tisch und verschwand in der Kneipe.

Carl Finkbeiner hatte Jonny vor dem Klo abgepasst. »Lass uns ein paar Schritte gehen«, sagte er zu dem Jungen.

»Wieso?«

»Die anderen sind eh schon weg. Und die hat der Tod von Malik auch nicht so mitgenommen wie dich.«

»Wer sagt das?«

»Ich sage das. Es macht keinen Sinn, wenn du jetzt so tust, als ob's nicht so wäre.«

»Warum duzen Sie mich eigentlich?«

»Gute Frage«, Finkbeiner lächelte den Jungen an. »Ich kann gerne Sie zu dir sagen, oder du kannst mich auch duzen.«

»Ne, mach ich nicht.«

»Na gut, Jonny, wie heißen Sie mit Nachnamen?«

»Streitz mit tz.«

»Okay, Herr Streitz. Wie war Ihr Verhältnis zu Sven Lubinski alias Malik?«

»Der war nicht nur ein schlechter Mensch. Mir hat er ein paar Mal echt geholfen. Ich hab sogar eine Zeit lang bei ihm gewohnt. Bei ihm und seiner Frau.«

Carl Finkbeiner ließ sich seine Überraschung nicht anmerken. »Er war also verheiratet?«

»Weiß ich nicht. Jedenfalls hat er mir Vanna als seine Frau vorgestellt.«

Sie waren inzwischen ein Stück den Pflasterweg Richtung Hafenbecken entlanggegangen.

»Und wo haben die gewohnt?«

»In Charlottenburg. Zillestraße. Die Nummer weiß ich nicht. Aber es ging durch ne Hofeinfahrt rein. Links war ein Schildergeschäft.«

»Ein Schildergeschäft, entschuldige … – entschuldigen Sie, aber ich weiß nicht, was ich mir darunter vorstellen muss.«

»Na ja, die machen so Schilder wie ›Privatgrundstück. Durchgang verboten‹ oder ›Achtung. Bissiger Hund‹. Mal war da eins, da stand drauf: ›Vorsicht, beherzte Katze‹!« Er kicherte. »Auf der anderen Seite vom Tor war ne Änderungsschneiderei.«

»Das finden wir.«

»Ich weiß ja nicht, ob Vanna da noch wohnt.«

»Auch das kriegen wir raus.« Sie hatten nun das Hafenbecken erreicht. In dem schwarzen Wasser spiegelten sich die gelben Lichter der wenigen Straßenlaternen, die freilich die Gegend nur unzulänglich ausleuchteten. Carl Finkbeiner deutete mit ausgestrecktem Arm auf den Lastkahn, der an der Kaimauer lag. »Da haben ihn die Taucher gefunden. Eigentlich sollten sie ein Leck abdichten. Hast du eine Ahnung, wie ein Toter aussieht, der fast zwei Monate im Wasser lag?«

Jonny schauderte. »Nein. Will ich auch gar nicht wissen.«

»Was war der Malik für dich? Ein Kumpel? So was wie ein älterer Freund? Er war ja immerhin schon 40.

Oder war er vielleicht sogar so etwas wie ein Ersatzvater?«

»Jedenfalls war er wichtig für mich. Und nu hören Sie auf mit dieser Küchenpsychologie. Ich hau ab!«

»Okay, alles klar. Wo erreiche ich dich, Entschuldigung, wo erreiche ich Sie, Herr Streitz?«

»Ich hab keinen festen Wohnsitz.«

»Lassen Sie mich jetzt keine polizeilichen Maßnahmen ergreifen«, antwortete Carl Finkbeiner ernst. »Ich kann drauf bestehen, dass Sie sich ausweisen und mir Ihre Wohnadresse nennen.«

»Und wenn ich mich weigere?«

»Dann endet das auf dem nächsten Polizeirevier. Ich habe eine Dienstwaffe und Handschellen bei mir, kann Sie also jederzeit festnehmen und dort hinbringen. Aber eigentlich will ich das nicht.«

»Nach der Schule bin ich meistens im Blockhausklub am Saatwinkler Damm.«

»Sie gehen zur Schule?«

»Gymnasium achte Klasse. Nächstes Jahr mache ich Abitur. Haben Sie gedacht, ich bin einer von denen?« Er wendete sich ab und lief mit schnellen Schritten davon.

»Ich hatte mich schon gewundert«, sagte Carl Finkbeiner eine Viertelstunde später zu Peter Heiland. »Er redet nicht wie die anderen. Ein ziemlicher Außenseiter, so wie's aussieht.« Carl nahm ungefragt einen Schluck aus Peters Weinglas, nickte ein paar Mal und sagte: »Gar nicht so schlecht!«

»Gymnasiast mit Manieren – hab ich dich richtig verstanden?«

Finkbeiner nickte und nahm noch einen Schluck.

»Wir bestellen dir auch einen«, sagte Peter und winkte der Bedienung, die mit einem vollen Tablett aus der Kneipe in den Hof heraustrat. Peter hob zwei Finger und deutete mit der anderen Hand auf sein Glas.

»Musst du nicht nach Hause?«, fragte Carl Finkbeiner. »Hanna wird auf dich warten.«

»Das ist der Vorteil, wenn man mit einer Kollegin zusammenlebt. Sie kennt das, wenn man an einem Fall ackert. – Lubinski, alias Malik, war also für diesen Jonny so was wie ein Held?«

»Für die anderen vielleicht auch. Aber die würden das vermutlich nie zugeben. Die suchen sich jetzt einen neuen Führer, oder einer von ihnen schwingt sich dazu auf.«

»Was du alles weißt!« Peter trank sein Glas aus und nahm das neue dankbar entgegen.

Als Peter Heiland kurz vor Mitternacht nach Hause kam, schlief Hanna tief und fest.

DIENSTAG

Erst beim Frühstück ergab sich die Gelegenheit, den Fall zu schildern, den Peter nun zu bearbeiten hatte. »Ein Jammer, dass ich da nicht dabei sein kann«, sagte Hanna. »Dieses Rumsitzen und Nichtstun bekommt mir überhaupt nicht.«

Peter seufzte. »Und ich würde so gerne mit dir tauschen.«

»Es wird wirklich Zeit, dass Ihr Männer die Babys austragen könnt.«

Peter lachte. »Ich glaube, die Menschheit würde aussterben. Aber ich verspreche dir, alles haarklein zu erzählen, was bei unseren Ermittlungen passiert.«

»Und was steht als Nächstes an?«

»Ein Besuch bei Sven Lubinskis Frau.«

»Und wer kommt mit dir?«

»Jenny natürlich. In dem Fall muss eine Frau dabei sein.«

Hanna spürte einen kleinen Stich in der Herzgrube. »Ich bemühe mich, nicht eifersüchtig zu sein«, sagte sie mit einem gequälten Lächeln

»Das wäre auch ganz falsch!«

Sie hatten sich an der Ecke Zille- und Wagnerstraße verabredet. Jenny wartete bereits, als Peter Heiland auf seinem Fahrrad ankam. Er deutete zum Opernhaus hinüber und sagte: »Schon komisch, dass wir dort drüben unseren letzten großen Fall hatten.«*

»Aber der Tatort liegt ja nun ganz wo anders«, gab Jenny zurück. »Ich bin die Zillestraße schon mal rauf und runter. Der Hofeingang ist keine 50 Meter von hier.«

»Na dann los!« Peter schob sein Fahrrad. Jenny ging neben ihm. »Geht's Hanna gut?«

»Ja, wenn man mal davon absieht, dass sie jetzt ganz gerne an deiner Stelle hier dabei wäre.«

»Ich hätt auch gern ein Kind«, gab Jenny zurück.

Peter antwortete nicht darauf.

Zwischen dem Schildergeschäft und der Änderungsschneiderei ging es in einen breiten quadratischen Hof, der durch eine rot-weiße Schranke für Autos gesperrt war. Auf der linken und der rechten Seite befanden sich je eine Haustür. Auf der Klingelleiste links fand sich ganz unten der Name Malik, handschriftlich auf ein schmales Zettelchen gemalt. Jenny drückte auf den Knopf. Kurz darauf ging vor einem Fenster, das zu einer ebenerdigen Wohnung gehörte, ratternd ein Rollladen hoch. Das Fenster wurde geöffnet. Die Frau war ab Hüfthöhe zu sehen – eine Afrikanerin in einem sehr bunten Hausgewand. »Ja, bitte?«

»Sind Sie Frau Malik?« Peter Heiland starrte sie an. Die junge Frau war wunderschön. Sie lachte. »Wenn Sie so wollen, ja?«

»Dürfen wir reinkommen?«, fragte Jenny.

»Aber warum?«

*Felix Huby: »Der Patriarch«

»Weil wir Ihnen etwas Wichtiges zu sagen haben«, antwortete Peter Heiland ernst. »Wir sind Polizeibeamte.« Er zeigte seinen Ausweis.

Zwei Minuten später ließen sich die beiden Besucher auf einer grauen Couch nieder. Im Zimmer stapelten sich Umzugskartons. Die Afrikanerin war in der Küche und bereitete für ihre Besucher einen Espresso vor. Von dort rief sie: »Jetzt werde ich ja vielleicht erfahren, wo er sich herumtreibt.«

Sie kam zurück. Die zierlichen Mokkatassen trug sie auf einem silbernen Tablett, das sie jetzt vorsichtig absetzte. Jede ihrer Bewegungen wirkte auf eine unaufdringliche Weise elegant.

»Ihr Mann treibt sich nicht herum«, sagte Peter Heiland. »Wir müssen Ihnen leider mitteilen, dass er nicht mehr lebt.«

Langsam richtete sie sich auf. Sehr beherrscht sagte sie: »Bei ihm musste man mit allem rechnen. Auch damit.« Sie setzte sich auf einen niedrigen Hocker mit einem roten Kissen und legte in einer langsamen Bewegung ihre Hände vors Gesicht.

»Es tut uns leid«, sagte Jenny.

»Er ist vor acht Wochen verschwunden. Ich war sicher, er ist in Nigeria. In Lagos. Ich habe immer gehofft, er würde sich melden. Sie sehen ja: Ich muss hier raus.«

»Ist Ihnen die Wohnung gekündigt worden?«, fragte Peter Heiland.

»Ich kann die Miete nicht mehr bezahlen.« Noch immer hielt sie die Hände vors Gesicht. »Und einer Schwarzen gibt hier niemand Kredit.«

»Waren … waren Sie mit Sven Lubinski verheiratet?«, fragte Peter stockend.

»Mit wem?« Sie nahm die Hände vom Gesicht.

»Sie kannten ihn nur unter dem Namen Malik?«

»Ja, ja natürlich!«

»Entschuldigen Sie, aber das ist nicht natürlich. Malik hieß in Wirklichkeit Sven Lubinski. Wir haben gestern mit seinem Vater gesprochen. Kennen Sie ihn?«

»Ja, aber nicht gut. Er war einmal hier, glaube ich.«

»Glauben Sie?«

»Tut mir leid, ich weiß es nicht mehr so genau. Ist das wichtig?«

»Bei unserer Arbeit weiß man oft bis zum Schluss nicht, was wichtig und was unwichtig war. Sie heißen Vanna, nicht wahr?«

»Ja, woher wissen Sie …?«

»Jonny hat es uns gesagt.«

Ein Lächeln huschte über ihr Gesicht. »Der kleine Jonny. Er ist so gescheit und so allein.«

»Und Ihr weiterer Name«, fragte Jenny?

»Mbele. Ich heiße Vanna Mbele. Meine Heimat ist Lagos in Nigeria. Eine schöne, eine schreckliche Stadt. Ich bin so froh, dass ich hier sein kann.«

»Wo wollen Sie denn nun hin?«, fragte Jenny.

»Dahin, wo ich schon früher war.«

»Nach Lagos?«

»Nein, nein. Hier in Berlin.«

»Und wo ist das?«

»Sag ich nicht!«

Peter räusperte sich. »Aber wir müssen sicher noch öfter mit Ihnen reden.«

»Ich gebe Ihnen meine Handynummer.« Vanna ging zum Tisch und schrieb sie auf einen gelben Post-it-Block. Sie riss den obersten Zettel ab und reichte ihn Peter Heiland. »Wie ist er gestorben?«

Jenny, die nichts davon hielt, um eine Sache herumzureden, sagte: »Er wurde ermordet. Erschossen. Und danach im Westhafen ins Wasser geworfen. Haben Sie eine Vorstellung, wer das getan haben könnte?«

Vanna Mbele lachte bitter auf. »Wenn Sie wüssten, wie viele da infrage kommen!«

Peter Heiland stand auf und ging zum Fenster. In der Toreinfahrt stand ein Mann. Es dauerte ein paar Sekunden, bis ihm einfiel, woher er ihn kannte. Am Abend zuvor hatte er ihn im »Versteck« gesehen. Es war der Nordafrikaner, den sie Faruk nannten. Heiland riss das Fenster auf. »Hallo, Faruk!« Der Schwarze drehte sich um und lief aus dem Hof. Peter sprang mit einer Flanke über das niedrige Fensterbrett und durchquerte den Hof, so schnell er konnte. Als er die Zillestraße erreichte, sah er, wie Faruk auf ein Moped sprang, den Motor anwarf und davonraste.

Auf dem gleichen Weg, auf dem der Kommissar die Wohnung verlassen hatte, kehrte er zurück. Allerdings verfing er sich, als er diesmal gemächlich zurückstieg, in einer Vorhangschnur und stürzte hin. Er saß noch auf dem Boden und machte keine sehr glückliche Figur, als Vanna fragte: »War das Faruk Ben Salah?«

»Ich weiß nicht, wie er mit Nachnamen heißt. Ich habe ihn gestern im ›Versteck‹ getroffen.«

»Faruk ist gefährlich«, sagte Vanna nüchtern.

»Inwiefern?«, fragte Jenny.

»Er führt sich auf, als gehöre die ganze Welt ihm. Malik war der einzige, vor dem er Respekt hatte.«

Im Verlauf des weiteren Gesprächs erfuhren Jenny und Peter, dass Vanna Malik in Lagos kennen gelernt hatte. »Wissen Sie, dass Lagos in Nigeria ›die Stadt Gottes‹ genannt wird. Heute ist das der reine Hohn!«

Vanna hatte an der Universität in Lagos Deutsch studiert. »Wir Studenten haben immer die Nähe zu den Europäern gesucht, die in unserer Stadt gelebt haben. Wir wollten die Sprache üben, aber das ist nur die halbe Wahrheit. Wir alle hofften, einen Mann kennenzulernen, der uns aus dem Chaos und dem Schmutz in Nigeria herausholt. Nur ganz wenige von uns kamen aus Familien der Oberschicht, die in den Villen leben und über Geld ohne Ende verfügen. Meine Eltern hatten es zu ein bisschen Wohlstand gebracht. Sie hatten beide Schneider gelernt und konnten irgendwann einen eigenen Laden aufmachen, in dem sie die Kleider verkauften, die sie selbst entworfen und angefertigt haben.«

Peter Heiland sah die Frau verwundert an. Sie erzählte, als ob sie ihren Lebenslauf für eine Bewerbung zitieren würde.

»Aber ihr kleiner Erfolg ist ihnen zum Verhängnis geworden. Die Männer, die unsere Wohnung ausgeraubt haben, haben sie umgebracht. Ich bin seit meinem 17. Lebensjahr Waise.«

»Wie alt sind Sie jetzt?«, fragte Jenny dazwischen.

»26. Es war natürlich für mich nicht einfach, die

Schule zu Ende zu bringen und einen Studienplatz zu bekommen. Mein älterer Bruder hat mir geholfen. Aber der ist auch tot. Er hat den Versuch, die Mörder meiner Eltern zu finden, mit dem Leben bezahlt.«

»Und wie sind Sie an Malik geraten?«, fragte Peter Heiland.

»Ich habe ihn in Lagos in einem Restaurant getroffen, das von den Europäern bevorzugt wurde. Er war sehr charmant. Zugegeben, nicht sehr gebildet. Aber er kam aus Deutschland, und da wollte ich unbedingt hin.«

»Was hat er denn gemacht in Lagos?«

»Geschäfte!«

»Geht's auch ein bisschen genauer?«, fragte Jenny Kreuters. »Was für Geschäfte?«

Vanna zuckte die Achseln. »Er hat nicht darüber geredet, und – ehrlich gesagt – ich wollte es auch gar nicht so genau wissen.«

»Und Sie sind dann mit ihm nach Deutschland gekommen. Wann war das?«, wollte Peter Heiland wissen.

»Vor vier Jahren. Aber ich bin alleine gekommen. Er hat mir die Reise bezahlt und dafür gesorgt ...«, sie zögerte und setzte dann neu an: »Er hat mir hier eine Bleibe besorgt. Erst als er vor eineinhalb Jahren kam, sind wir zusammengezogen.«

»War er zwischendurch denn auch mal in Berlin?«

»Ja, immer mal wieder. Aber nur für ein paar Tage. Und er hatte dann wenig Zeit.«

»Und wovon haben Sie gelebt?«

»Gelegenheitsjobs«, antwortete Vanna ausweichend. »Ich hab auch versucht, hier weiter zu studieren. Aber mein Studium in Lagos wurde nicht anerkannt. Nicht mal mein Abitur.«

Als sie die Erdgeschosswohnung verließen, rief Peter Heiland Roman Lubinski an und fragte, ob er bereit sei, in einer halben Stunde mit ihm und seiner Kollegin in die Gerichtsmedizin zu kommen. Der Schiffer stimmte zu.

Im Gerichtsmedizinischen Institut bot Peter Heiland seiner Kollegin an, draußen zu warten, aber sie lehnte ab. Der Pathologe, Doktor Fred Kerner, war ein hagerer Mann kurz vor der Pensionsgrenze. Er ging leicht gebeugt. »Ich hab in all den Jahren viel gesehen, aber an Wasserleichen konnte ich mich nie gewöhnen.« Er zog das Leintuch vom Kopf des Toten, vielmehr von dem, was noch übrig war, und ließ es dann langsam weiter hinuntergleiten bis zur Hüfte. Roman Lubinski stand ganz ruhig neben der metallenen Bahre, die der Gerichtsmediziner wie eine Schublade aus dem gekühlten Leichenschrank gezogen hatte. Jetzt nickte der alte Flussschiffer. »Es ist mein Sohn.«

»Sie können ihn zweifelsfrei identifizieren?«, fragte Peter Heiland.

»Das Tattoo hab ich ihm selbst gestochen.« Er zeigte auf den linken Oberarm des Toten. Einen Augenblick schien er zu schwanken. »Kann ich mich setzen?« Ein Assistent des Gerichtsmediziners brachte eilig einen Stuhl. Lubinski ließ sich nieder und fuhr mit der Hand über seine Augen. Dann begann er leise zu sprechen. »Es ist der brennende Dornbusch.«

Niemand im Raum fragte nach. Alle sahen den alten Mann nur an, der jetzt den Kopf hob. Auf den faltigen Wangen glänzten Tränen. »Durch den Dornbusch hat Gott zu Moses gesprochen: ›Ich bin der Gott deines Vaters, der Gott Abrahams, der Gott Isaaks und der Gott Jakobs‹.« Die raue Stimme des Schiffers wurde lauter und bekam einen seltsam feierlichen Klang. »Und damit wollte er sagen: Ich bin der Gott alles Lebendigen.« Lubinski schloss die Augen, faltete die Hände und senkte seinen Kopf bis fast hinab auf die Knie.

Eine ganze Zeit sprach niemand. Die Augen der Anwesenden ruhten auf dem Mann, der bewegungslos in seiner gekrümmten Haltung da saß und schwieg. Endlich fragte Peter Heiland: »Wie alt war Ihr Sohn, als sie das Tattoo gestochen haben?«

»16! Ich hab damals geglaubt, er sei auf einem guten Weg. Aber er hat mich getäuscht.« Die Stimme wurde lauter. »Er hat immer alle getäuscht. Nichts von dem, was er gesagt hat, war wahr, und nichts, was er getan hat, war gut! Gott möge ihm verzeihen.« Roman Lubinski stand auf und reckte sich. »Keiner, der ihn gekannt hat, wird sich wundern, dass er so endete.«

Eine Viertelstunde später traten sie hinaus auf die Straße. »Können wir Sie nach Hause fahren?«, fragte Peter Heiland.

»Danke. Das ist sehr freundlich.«

Im Auto wurde nicht gesprochen. Es war, als wirke das Geschehen in der Gerichtsmedizin noch immer nach. Plötzlich sagte Lubinski: »Können Sie mich dort vorne an der Ecke rauslassen?«

»Gerne!« Jenny, die am Steuer saß lenkte den Wagen an die Bordsteinkante. Ohne noch etwas zu sagen, stieg Lubinski aus und ging in seinem schaukelnden Seemannsgang in eine schmale Gasse hinein.

»Warte hier«, sagte Peter Heiland und sprang aus dem Wagen. Er folgte Lubinski. Der ging auf ein schmuckloses rotes Backsteingebäude zu, über dessen Tür, zu der ein paar breite Stufen hinaufführten, ein Kruzifix hing. Ein kleiner Mann kam heraus. Er schien den Schiffer zu kennen. Mit kurzen Trippelschritten ging er auf ihn zu und reichte ihm die Hand. Die beiden wechselten ein paar Worte, dann verschwand Lubinski in dem Backsteingebäude.

»Entschuldigen Sie«, sagte Peter Heiland zu dem Mann, der aus dem Haus gekommen war. »Ist das eine Kirche?«

»Wir sagen nur Gebetsraum dazu«, antwortete der andere bereitwillig und blieb stehen.

»Und zu welcher Kirche gehören Sie?«

»Zur Kirche der ersten Christen«, antwortete der Mann ernst. »Wir glauben ausschließlich an das Wort, wie es in der Bibel steht.«

»Im Alten oder im Neuen Testament?«

»In beiden. Das ist sehr wichtig!«

»Auge um Auge, Zahn um Zahn?«

»Auch das. Wissen Sie, das Wort Gottes ist über Jahrhunderte durch seine Interpreten so oft verfälscht worden. Wir müssen zurück zur reinen Lehre, verstehen Sie?«

»Ich bin nicht sehr gläubig«, antwortete Peter Heiland mit einem kleinen Lächeln, »obwohl ich mit Nachnamen Heiland heiße.«

Der kleine Mann sah zu dem Kommissar auf. »Sie heißen wirklich so?«

»Bei uns in Württemberg ist das gar kein so seltener Name. Der Mann, den Sie grade begrüßt haben …«

»Ja?«

»Kennen Sie Herrn Lubinski gut?«

»Nein. Er ist ein stiller Bruder in unserer Gemeinde. Aber er hat einen starken Glauben, und damit ist er für viele von uns ein Vorbild. Gott sei mit Ihnen.«

Der kleine Mann ging mit seinen seltsamen Trippelschritten davon. Peter rief ihm nach: »Ja, mit Ihnen auch!« Ob er es gehört hatte, war nicht zu erkennen.

Der Kommissar kehrte zum Dienstwagen zurück. Jenny telefonierte. Als Peter einstieg, sagte sie gerade: »Wenn der Chef einverstanden ist, fahren wir gleich hin. Danke, Norbert!« Sie sah zu Heiland hinüber. »Der Kollege Meier hat die Mutter ausfindig gemacht.«

»Schon komisch!« Peter legte den Sicherheitsgurt an. »Immer wirkt der Norbert so lustlos, so desinteressiert, aber er macht wirklich gute Arbeit. Wo finden wir die Frau?«

»In der Mommsenstraße in Charlottenburg.«

»Das ist aber eine ganz andere Gegend als die hier.«

»Stimmt!« Jenny ließ den Motor an.

»Roman Lubinski gehört der Kirche der ersten Christen an«, sagte Peter Heiland.

»Was ist denn das für ein Verein?«

»Ich nehme an, eine Art Sekte. Fundamentalisten

nennt man die wohl. Es gilt nur das Wort der Bibel! Alternativlos, wie man heute sagt.«

Renate Lubinski wohnte im vierten Stock eines Mehrfamilienhauses aus den 50er-Jahren des letzten Jahrhunderts, das wie ein Fremdkörper zwischen Gebäuden aus der Gründerzeit stand. Offenbar war im Krieg hier eine Bombe gefallen und hatte nur ein Haus zerstört, an dessen Stelle dann dieser nüchterne, schmucklose Neubau entstanden war. Die anderen Gebäude mit ihren stolzen Fassaden hatten überlebt und waren offensichtlich vor nicht allzu langer Zeit renoviert worden.

Die Hausherrin führte die beiden Kommissare durch das Wohnzimmer auf einen schmalen Balkon. Drei Stühle standen um einen runden Tisch. »Nehmen Sie doch Platz«, sagte Frau Lubinski. »Kann ich Ihnen etwas anbieten?«

»Danke, nein, wir wollen Sie auch nicht lange aufhalten«, antwortete Peter Heiland. Er hatte von unterwegs angerufen und ihr Kommen angekündigt. »Es geht um Ihren Sohn«, hatte er gesagt und sich gewundert, dass die Frau am anderen Ende der Leitung nicht nachgefragt hatte.

Peter Heiland schätzte Frau Lubinski auf höchsten 65 Jahre. Ihre grauen Haare, die in akkuraten Locken um das hübsche schmale Gesicht lagen, hatten einen blauen Schimmer. Die Lippen waren dezent geschminkt, ebenso ihre Wangen. Die Augenbrauen hatte sie mit einem schwarzen Stift nachgezogen. Die ungewöhnlich langen Wimpern hielt er für nicht echt. Er würde nachher Jenny fragen, ob er damit richtiglag. Frau Lubinski hatte eine schmale sportliche Figur. Der Kommissar nahm an, dass sie viel Anstrengung und Zeit in den Erhalt ihrer äußeren Erscheinung steckte.

Jenny hatte in ihrer sachlichen Art, die Todesnachricht überbracht. Frau Lubinski reagierte, als habe sie schon gewusst, dass ihr Sohn ermordet worden war. Sie nickte ein paar Mal und fragte: »Kann ich Ihnen wirklich nichts anbieten? Einen Kaffee vielleicht. Die Maschine macht den ganz schnell.«

Ihre Besucher lehnten erneut ab. »Er war mir fremd«, sagte Frau Lubinski. »Als ich mich von Roman getrennt habe, war Sven zehn Jahre alt. Er hat mich gehasst. Ich nehme an, er gab mir alleine die Schuld dafür, dass unsere kleine Familie auseinandergebrochen ist. Aber so war es natürlich nicht.« Frau Lubinski zündete sich eine Zigarette an. »Ich hoffe, es stört Sie nicht, wenn ich rauche.«

»Hatten Sie denn noch Kontakt zu ihm?«

»Das letzte Mal, als er 17 war. Ich war damals mit einem tollen Mann liiert. Dem hat er eines Abends aufgelauert. Zusammen mit ein paar Kumpels. Sie haben ihn übel zugerichtet und ausgeraubt und mitten auf der Straße liegen lassen. Mein Freund war noch mit dem Notarztwagen auf dem Weg ins Krankenhaus, da sind Sven und zwei seiner Kumpels schon mit dem Schlüssel, den sie ihm abgenommen hatten, in seine Wohnung eingedrungen. Dort wurden sie von der Polizei gestellt.«

Peter nickte. »Ja, das ist eine Routinemaßnahme bei uns: Es wird immer sofort eine Streife in die Wohnung des Opfers geschickt. Erfahrene Kriminelle rechnen damit. Aber«, er lächelte, »Ihr Sohn hatte damals ja sicher noch nicht so viel Erfahrung.«

»Ja, Sven kam da zum ersten Mal ins Gefängnis. Ich habe ihn noch einmal besucht. Aber er hat mich nur lauthals als Hure beschimpft. Mich! Seine eigene Mutter! Mein Freund hat damals übrigens die Beziehung zu mir sofort abgebrochen.«

»Ihr früherer Mann war als Flussschiffer sicher viel unterwegs«, warf Jenny Kreuters ein.

»Ja, ich weiß, was Sie meinen. Sven war viel zu viel sich selbst überlassen. Ich muss zugeben, dass ich mich nach der Scheidung zu wenig um ihn gekümmert habe. Allerdings hat auch mein Exmann mit allen Mitteln die Kontakte zwischen uns verhindert. Für ihn war ich ja auch eine Hure. Er hielt die Ehe für heilig. Als er in die Fänge dieser fanatischen Christen geraten war, konnte man nicht mehr mit ihm reden. Er hat doch allen Ernstes behauptet, das Weib müsse dem Manne untertan sein, wie es irgendwo in der Bibel steht.« Sie winkte ab. »Na, lassen wir das! Das ist alles so lange her.«

»Sie hatten also in den letzten Jahren gar keinen Kontakt mehr zu Ihrem Sohn.«

Frau Lubinski zögerte einen Moment, ehe sie den Kopf schüttelte. »Der Kontakt war völlig abgerissen.«

»Leben Sie alleine?«, fragte Jenny Kreuters.

»Hier schon. Grundsätzlich nicht.« Frau Lubinski lächelte und drückte die Kippe ihrer Zigarette in einem Aschenbecher aus. »Ich habe einen Partner. Wir betreiben gemeinsam ein Fitnessstudio am Ku'damm mit ein paar Ablegern in anderen Bezirken. Läuft wirklich gut.«

»Und zu Ihrem früheren Mann haben Sie keinen Kontakt mehr?«

»Es kommt schon vor, dass wir gelegentlich einen Kaffee miteinander trinken. Aber wissen Sie: Die Gespräche, die wir dann haben, kann ich ohne Probleme auch alleine führen. Ich weiß genau, was er sagt, und er kriegt ja auch nur die Antworten, die er erwartet. Manchmal telefonieren wir. Aber da muss immer ich anrufen. Er schafft das nicht.«

»Aber das klingt ja immerhin nach einer ziemlich aufgeklärten Situation«, sagte Jenny.

»Ich weiß nicht, warum wir noch immer daran festhalten, so fremd wie wir uns längst geworden sind. Ich wäre übrigens bereit gewesen, ihn finanziell ein wenig zu unterstützen. Es geht mir wirklich gut – im Gegensatz zu ihm. Er hat ja nur seine Rente. Aber er hat natürlich abgelehnt.«

»Natürlich?«

»In sein Weltbild passt es nicht, dass eine Frau ihm hilft.« Sie lachte. »Er denkt ja, Frauen haben dem Mann zu dienen. Keinesfalls dürfen sie sich über ihn erheben.«

Peter stand auf. »Wie heißt denn Ihr Fitnessstudio?«

»Warum fragen Sie?«

»Ich müsste auch etwas für mich tun.«

Auch Frau Lubinski stand auf. Sie musterte den Kommissar. »Stimmt. Sie sind zu dünn. Zu wenig Muskeln.«

»Ich fahre regelmäßig Fahrrad.«

»Das trainiert ja nur die Beine.« Frau Lubinski ging

voraus ins Wohnzimmer und nahm von einer Vitrine einen Prospekt. »Hier! Wenn Sie sich anmelden wollen, sagen Sie mir Bescheid. Ich kann Ihnen einen guten Rabatt einräumen.«

»Vielen Dank!« Peter warf einen Blick auf die Werbeschrift. FITINFORM stand da in einem Wort. Peter blätterte die mehrseitige Broschüre auf, hielt plötzlich inne. »Na so was!«

»Was ist denn?«, fragte die Hausherrin.

»Nichts. Ich dachte, ich hätte da auf einem Foto einen alten Bekannten entdeckt. Aber er sieht ihm wohl nur ziemlich ähnlich.«

»Wissen Sie, wann mein Sohn beerdigt wird?«, fragte Frau Lubinski, als sie schon unter der Wohnungstür zum Treppenhaus standen.

»Nein. Aber ich kann veranlassen, dass Sie unterrichtet werden, wenn die Leiche frei gegeben wird. Ich nehme an, Ihr Exmann wird sich dann um das Begräbnis kümmern.«

Als Jenny Kreuters und Heiland in den Dienstwagen stiegen, fragte der Kommissar: »Sag mal, waren der ihre Wimpern echt?«

Jenny lachte. »Das ist dir aufgefallen?«

Er nickte nur.

»Die waren angeklebt. Es wäre interessant zu erfahren, wie viel Zeit diese Frau braucht, um sich so perfekt herzurichten.« Jenny Kreuters hatte ganz selbstverständlich wieder das Steuer übernommen. »Ins Büro?«, fragte sie.

»Ja, aber wir fahren über den Ku'damm!«

»Über die Kantstraße geht es doppelt so schnell.«

»Trotzdem!« Peter Heiland zog den Werbeprospekt für das Studio FITINFORM aus der Tasche und schlug ihn auf. »Sieh mal!«

»Was denn?«

»Der Typ da an der Kraftmaschine. Ach so – du kannst den ja gar nicht kennen.«

»Du etwa?«

»Ja, es ist Faruk Ben Salah, den Vanna Mbele für so gefährlich hält.«

»Echt jetzt?«

»Wir schauen uns das Fitnessstudio mal an.«

Jenny Kreuters legte den Rückwärtsgang ein, parkte aus, fuhr die Mommsenstraße Richtung Stuttgarter Platz und bog dann nach links in die Wilmersdorfer ein.

»Keine tausend Gäule würden mich in so einen Laden bringen«, sagte Peter Heiland, als sie das Studio im ersten Stock eines glas- und chromblitzenden Gebäudes betraten. Auch hier nur Metall und Glas. Gleich neben der Tür ein geschwungener Empfangstresen hinter dem eine junge Frau auf gefährlich hohen Absätzen stand. Sie wirkte auf Heiland wie eine Zweitausgabe von Claudia Schiffer, war allerdings um gute 15 Jahre jünger. Die Empfangsdame knipste ihr professionelles Lächeln an. »Guten Tag. Herzlich willkommen bei FITINFORM, mein Name ist Magda Klein, was kann ich für Sie tun?«

Peter Heiland schlug den Prospekt auf, was sofort einen beruflichen Reflex bei der Blondine hinter dem

Tresen auslöste. »Ich sehe, Sie haben sich schon mit unserem Angebot beschäftigt. Aber neu und noch nicht in diesem Prospekt ist unser Angebot für Paare, und wenn Sie gemeinsam trainieren wollen …«

»Uns reicht, dass wir gemeinsam arbeiten müssen«, sagte Jenny Kreuters trocken und legte ihren Polizeiausweis auf den Tresen.

Das Lächeln im Gesicht der jungen Frau erlosch. »Da muss ich wohl den Chef holen.«

»Nein«, meldete sich Peter Heiland. »Ich denke, Sie können unsere Frage auch beantworten.« Er schob den aufgeschlagenen Prospekt über den Tisch und deutete mit dem Zeigefinger auf das Bild von Faruk Ben Salah. »Kennen Sie diesen Mann?«

»Faruk? Natürlich kenne ich den.«

»Er ist also Kunde hier?«

Sie lachte. »Nein, Faruk ist der Sohn unseres Chefs. Warten Sie, ich hole ihn.«

Sie verschwand durch eine geriffelte Glastür, hinter der ihr Körper nur noch als Schattenriss zu sehen war.

»Holt sie nun den Chef oder den Sohn?«, fragte Jenny.

Peter Heiland zuckte die Achseln.

Der Mann, der die Empfangsdame begleitete, als sie zurückkam, reichte ihr nicht ganz bis zu den Schultern. 1,65 Meter schätzte Peter Heiland. Mitte 50. Nordafrikaner. Ein Kraftpaket. Sein Gesicht hatte nicht nur die Form, sondern auch die Farbe einer Olive. Die dichten Haare und der mächtige Schnurrbart waren offensichtlich mit Gel in Form gebracht worden. »Ich höre – Polizei?«

»Hauptkommissar Heiland«, stellte sich Peter vor. »Meine Kollegin Kriminalkommissarin Kreuters.«

»Ali Ben Salah«, der Besitzer des Studios deutete eine knappe Verbeugung an. Die Hände behielt er in den Hosentaschen. »Was ist mit meinem Sohn?«

»Gegen Ihren Sohn liegt nichts vor«, sagte Peter Heiland. »Er ist nur ein Zeuge in einem Mordfall. Das Opfer war ein guter Freund von ihm.«

Die Augen des Nordafrikaners verengten sich. Hörbar zog er die Luft durch die Nase. »Und was soll mein Sohn bezeugen?«

Heiland ging nicht darauf ein. »Sagt Ihnen der Name Malik etwas?«

Ben Salah nahm die rechte Hand aus der Hosentasche und strich mit dem ausgestreckten Zeigefinger über seine Stirn, um ein paar Schweißtropfen wegzuwischen. »Nein, sollte er?«

»Vor seiner Ermordung soll er viel mit Ihrem Sohn Faruk zusammen gewesen sein. Die beiden waren quasi unzertrennlich«, fügte Peter Heiland hinzu, obwohl er noch keine Ahnung hatte, wie die beiden zueinander gestanden hatten.

»Malik? Malik? – Nein!« Er sah seine Mitarbeiterin an. »Sagt dir der Name etwas?«

Die Empfangsdame schüttelte den Kopf und verließ den Tresen, um zu einem der trainierenden Männer zu gehen. Jenny hörte, wie sie sagte: »Möchten Sie etwas trinken? Sie schwitzen zu sehr!« Der Mann, der sich auf einem Rudergerät abmühte und die langbeinige Schöne förmlich mit den Augen verschlang, strahlte sie an. »Ja,

Magda, das wäre ganz besonders liebenswert.« Jenny hatte Mühe, nicht laut loszulachen.

»Mit richtigem Namen hieß Malik Sven Lubinski.«

»Lubinski? Meine Partnerin heißt so.«

»Ich weiß«, sagte Peter Heiland. »Malik ist ihr Sohn. Und Sie kannten ihn wirklich nicht?«

»Nein!«

»Entschuldigen Sie, aber das glaube ich Ihnen nicht.«

»Ihr Problem. Nicht meins.«

Jenny Kreuters übernahm: »Arbeitet Ihr Sohn hier mit?«

»Nein. Er geht seine eigenen Wege. Leider! Nicht einfach für einen tunesischen Vater, das zu akzeptieren. Aber wir leben nun mal in Deutschland, und da gelten andere Regeln.«

»Man hört immer wieder, dass sich afrikanische, türkische oder arabische Väter nicht so sehr um diese Regeln kümmern«, warf Peter Heiland ein.

»Ich schon. Ich bin Geschäftsmann. Und, wissen Sie, wir Tunesier haben ja alle irgendwie auch eine französische Vergangenheit.«

Peter Heiland ging nicht darauf ein. »Wo finden wir Ihren Sohn?«

»Tut mir leid. Kann ich Ihnen nicht sagen. Er ist vor einem halben Jahr 18 geworden. Volljährig, Sie verstehen?«

»Ich gebe mir Mühe«, Peter Heiland versuchte ein Lächeln. »Und ich denke, wir werden ihn finden. Ich habe ihn erst gestern Abend gesehen. Wiedersehn!« Er wendete sich ab und ging rasch auf den Ausgang zu.

Jenny nickte Magda Klein und Ali Ben Salah zu und folgte ihrem Chef. Im Treppenhaus fragte sie: »Was war denn jetzt das? Du brichst die Befragung einfach ab?«

»Kommt doch eh nichts dabei raus, außer dass der Papa jetzt einigermaßen verunsichert ist, und vielleicht hilft uns das. Du kannst ja heute Abend mitkommen ins ›Versteck‹, dann lernst du Faruk aller Wahrscheinlichkeit nach kennen.«

»Warum lässt du nicht Carl und Norbert dorthin gehen und kümmerst dich um Hanna?«

Peter sah überrascht zu der Kollegin hinüber, sagte aber nichts.

»Ich weiß es«, fuhr sie fort, »weil du bei allem, was wichtig ist, denkst, das kannst nur du! Stimmt aber nicht. Jetzt bist du bald anderthalb Jahre Chef, aber delegieren kannst du immer noch nicht.« Jenny sah konzentriert auf die Straße. Sie fuhr geschickt und bewegte das Auto flüssig im Verkehrsstrom. Jetzt sah sie kurz zu ihrem Kollegen hinüber und musste unwillkürlich lachen.

»Was ist denn?«, fragte Heiland.

»Was machst du denn für ein Gesicht?«

»Ich fürchte, du hast recht«, sagte der leitende Hauptkommissar. »Ich bin wirklich kein guter Chef.«

»Das hab ich nicht gesagt. Es ging doch nur darum, was du uns zutraust und was nicht.«

An diesem Abend war Peter Heiland schon kurz nach 18.00 Uhr zu Hause. Er hatte am Stuttgarter Platz in einem italienischen Feinkostgeschäft eingekauft: Parmaschinken, eingelegte getrocknete Tomaten, Oliven,

Panetta, drei Sorten Käse und eine Flasche Chianti. Hanna sah ihm zu, wie er die Köstlichkeiten auf dem Tisch arrangierte. Währenddessen erzählte er, wie die Ermittlungen bisher gelaufen waren. »Wir haben heute Nachmittag eine erste Nachricht aus Lagos bekommen. Per E-Mail. Offenbar war Sven Lubinski dort polizeibekannt, was immer das auch heißen mag. Überführt oder gar verhaftet wurde er nie, obwohl die Polizei in Lagos wusste, dass er eine unerlaubte Spielhölle betrieb, offenbar ein Spezialist in Geldwäsche war und im Frauenhandel die Finger im Spiel hatte. Es ging wohl darum, junge nigerianische Frauen mit falschen Versprechungen nach Europa zu locken und hier in die Prostitution zu zwingen.«

Hanna schob ihren Teller von sich. »Muss ein besonders mieses Exemplar gewesen sein, dieser Lubinski!«

»Das kannst du aber annehmen!«

Als Peter Heiland sagte, Carl Finkbeiner und Norbert Meier würden gegen 22.00 Uhr am Abend noch einmal ins »Versteck« gehen, fragte Hanna: »Und warum bist du da nicht dabei?«

»Weil ich hier bin!« Er goss sich ein Glas Chianti und Hanna ein Glas Wasser ein.

Hanna probierte von dem Schinken. »Au Mann, ist der gut!«, rief sie und beugte sich dann weit über den Tisch. »Das solltest du nicht tun, Liebster.«

»Was sollte ich nicht tun?« Mehr als über die Frage wunderte er sich über die Anrede »Liebster«, die Hanna sonst nur in großen Ausnahmefällen benutzte.

»Weißt du was«, sagte Hanna, »jetzt essen wir gemütlich. Dann lege ich mich hin, und du gehst noch mal los, die Kollegen unterstützen, hmm?«

»Die schaffen das auch ohne mich.«

»Ja, ganz bestimmt, aber du glaubst das nicht.«

»So siehst du das?« Peter Heiland nahm einen Schluck aus seinem Glas. »Jenny Kreuters hat etwas Ähnliches gesagt.«

»Tja, wir Frauen …« Hanna nahm ihm das Weinglas aus der Hand und nippte vorsichtig daran. »Ich freue mich schon darauf, irgendwann wieder mal ein gutes Glas Wein zu trinken.«

»Lang hin ist es ja nicht mehr.«

»Wer weiß? Ich will das Baby ja stillen und so lange ist Alkohol weiter verboten.«

Kurz vor 22.00 Uhr verließ Peter Heiland Hannas Wohnung. Mit dem Fahrrad brauchte er eine knappe halbe Stunde bis zum Westhafen. Der Himmel über der Stadt war eine dichte schwarze Wolkendecke. Aber es fiel kein Regen.

Als der Kommissar in die schmale Pflasterstraße einbog, die zum »Versteck« führte, hörte er schon den Lärm! Er trat heftiger in die Pedale. Kurz vor der Kneipe sprang er von seinem Rad und schloss es an einen Laternenpfahl an. Die letzten Schritte rannte er. Eine Bierflasche flog dicht an seinem Kopf vorbei und zerschellte auf dem Pflaster. Wildes Geschrei schallte ihm entgegen. Peter lief auf eine Wand von breitschultrigen Rücken auf. Einige der jungen Männer vor ihm trugen schwarze Lederjacken mit aufgedruckten Teufelsfratzen. »Mach ihn fertig«, schrie einer direkt vor Heiland und hob einen Pflasterstein auf. Vergeblich versuchte der Kommissar die Kerle vor sich auseinanderzuschieben, um durchzukommen. Dank seiner Größe konnte er über die Köpfe hinwegsehen. Direkt am Eingang zum »Versteck« war eine wilde Schlägerei im Gange. Fünf oder sechs junge Kerle hatten sich ineinander verkeilt.

»Ja! Stech ihn ab!« schrie einer plötzlich mit greller, sich überschlagender Stimme. Die Kämpfer stoben auseinander, und da sah Peter Heiland Faruk Ben Salah. Breitbeinig stand er mitten auf der Straße, in der Hand ein Springmesser. Das Licht der Straßenlampe spiegelte sich auf dem blanken Metall. Peter Heiland kannte diese Art Stichwaffe. »Schlitzundschlag« nannte man sie. Er hatte die Waffe in einer Gang, die bis vor einem halben Jahr ganz Neukölln unsicher gemacht hatte, und an deren Überführung Peter Heiland nicht unwesentlich beteiligt gewesen war, zum ersten Mal gesehen. Der kleine Finger saß in einer Fassung aus Metall, damit das Messer seinem Besitzer nicht aus der Hand geschlagen werden konnte. Weil man mit dem Messer gleichzeitig schlitzen und schlagen konnte, hatte es diesen Namen.

Zwei junge Männer wichen zurück. Faruk ging ihnen nach. Die Füße setzte er breit, den Oberkörper hatte er weit vorgebeugt. Peter Heiland schrie: »Faruk!« Aber seine Stimme drang nicht durch den Lärm. Die jungen Männer vor ihm rückten nun auf den Kampfplatz zu. Manche von ihnen zogen Baseballschläger unter ihren Jacken hervor. Peter Heiland sah sich gehetzt um. Wo waren seine Kollegen?

»Mach sie fertig! Schlitz sie auf«, rief der Haufen auf der anderen Seite und dann im immer gleichen Rhythmus: »Wir wollen Blut sehn! Wir wollen Blut sehn! Wir wollen Blut sehn!« Als ob ein Regisseur die Szene gestaltet hätte, rissen plötzlich die dunklen Wolken auf und ein starker Vollmond leuchtete den Platz vor der Kneipe aus.

Schlagartig brachen die Schreie ab. Auf der anderen Straßenseite bildete sich eine Gasse. Ein Mann in einem Rollstuhl, der von Johannes Streitz geschoben wurde, glitt heran. »Schluss jetzt, Leute!« Der Mann im Rollstuhl hatte eine starke, tiefe Stimme. »Es reicht!«

Peter Heiland traute seinen Augen nicht. Faruk Ben Salah richtete sich auf. Die Klinge seines Messers kappte in den Schaft zurück. Er grinste und steckte die Waffe in die Hosentasche. »Hi, Friedo!«

»Um was geht's?«, fragte der Rollstuhlfahrer mit ruhiger Stimme.

Ein junger Mann, der auf Peter Heilands Seite stand trat vor. »Faruk ist schuld.«

Schreie auf der anderen Seite. »Stopf dem Motherfucker das Maul!«

Faruk machte einen Schritt auf den Zwischenrufer zu. »Sag deiner Mutter sie soll morgen frische Wäsche anziehen, weil Faruk sie ficken kommt!«

Wilde Schreie erhoben sich. Einige der jungen Männer stießen ihre geballten Fäuste in die Luft.

»Ruhe!«, donnerte der Mann im Rollstuhl. Tatsächlich verstummte das Geschrei.

»Die ›Hot Devils‹ sind einfach auf uns los gegangen«, schrie ein anderer. »Jetzt, wo Malik nicht mehr lebt, trauen die sich …«

Ein anderer Junge meldete sich: »Aber angefangen hat es anders. Faruk hat nämlich behauptet, Malik ist in Nigeria und hat ihn solange als Chef eingesetzt!«

»Ja, und?«

»Malik ist schon seit ein paar Wochen tot. Der war nicht in Nigeria. Und schon gar nicht hat er Faruk zum Chef gemacht. Das hätte er uns ja vielleicht gesagt!«

»Was sagst du dazu?«, fragte der Rollstuhlfahrer Faruk Ben Salah.

Der Nordafrikaner grinste breit. »Ob er mich eingesetzt hat? Ist das jetzt noch wichtig? Er ist tot. Und die Boys hören auf mich, stimmt's?« Von ein paar der Umstehenden kam zustimmendes Gemurmel. »Ich bestimme! Wem das nicht passt, der kann ja abhauen Und die Devils sind eh nur ein Stück Scheiße!«

Ein wütender Aufschrei der Jungs in den Lederkutten folgte. Sie hoben ihre Baseballschläger und machten ein paar Schritte auf Faruk zu.

»Ruhe, habe ich gesagt.« Der Mann im Rollstuhl hatte eine Stimme wie ein Heldentenor. »Ihr beruhigt euch jetzt und lasst mich in Ruhe mit Faruk reden.« Erstaunt sah Peter Heiland, wie der Haufen sich auflöste. Einige verschwanden in der Kneipe, andere verkrümelten sich Richtung Hafen, wieder andere gingen die Pflasterstraße hinunter auf die Beusselstraße zu. Ihnen kam ein Auto entgegen. Am Steuer Norbert Meier, neben ihm Carl Finkbeiner, auf dem Rücksitz Jenny Kreuters.

»Was machst du denn da?«, fragte Finkbeiner, als die drei Beamten ausgestiegen waren.

Ohne auf die Frage zu antworten, sagte Peter Heiland: »Ihr hättet hier ganz schön zu tun gehabt, wenn ihr rechtzeitig da gewesen wäret.«

Meier breitete die Arme aus. »Was willste machen? Stau und kein Blaulicht dabei!«

»Was?« Peter Heiland lachte. »Sowas passiert sonst nur mir.«

»Und wie kommst *du* hierher?«, fragte Jenny.

»Mit dem Fahrrad. Bei mir gab's keinen Stau!«

Peter Heiland bahnte sich einen Weg durch eine Gruppe wild diskutierender Jungs. Er hielt nach dem Rollstuhlfahrer Ausschau, aber der war wie vom Erdboden verschwunden. Auch Faruk war nicht mehr zu sehen. Der Kommissar bat seine Kollegen, alle jungen Leute, derer sie noch habhaft werden konnten, zu befragen. Vor allem darüber, welche Rolle der ermordete Sven Lubinski gespielt hatte und wie sich die Gruppe zusammensetzte, die offenbar mit dessen Gang konkurrierte. Danach betrat er die Kneipe. Der Wirt stand hinter dem Tresen, spülte Gläser und gab sich große Mühe, einen unbeteiligten Eindruck zu machen. »Hallo!«, grüßte Peter Heiland.

»Hallo«, echote der Wirt.

»Ist Faruk irgendwo hier drin?«

»Nö. Keine Ahnung wo der ist.«

»Und der Rollstuhlfahrer?«

»Friedo meinen Sie? Hab ihn nur kurz draußen gesehen.«

»Was ist denn das für einer?«

»Ein Streetworker. Der beste, den wir haben. Die Jungs akzeptieren ihn. Ne richtige Autorität ist der. Von der Sorte sollten wir mehr haben, dann ging's hier ruhiger zu.« Sorgfältig sortierte der Wirt die Gläser in ein Regal.

»Hat denn auch Malik vor ihm gekuscht?«, fragte Peter Heiland.

»Gekuscht nicht. Aber vielleicht hat er Friedo respektiert. Weiß nicht! Ich weiß nur, dass Friedo ihn gehasst hat. Was man verstehen kann. Malik hat die jungen Kerle verdorben!«

»Respektiert Faruk Ben Salah den Streetworker?«

Der Wirt nickte nur, als ob er sagen wollte: »Ist doch selbstverständlich.«

Peter Heiland orderte ein Glas Rioja und fragte dann: »Können Sie mir ein bisschen mehr über diesen Malik sagen?«

Der Wirt trocknete umständlich ein Weinglas ab, stellte es auf die geriffelte Stahloberfläche des Tresens, drehte sich um und nahm eine Weinflasche aus dem Getränkeregal. Erst als er eingeschenkt und das Glas Peter Heiland zugeschoben hatte, sagte er: »Es gibt schlimme Typen, und es gibt welche, die noch schlimmer sind. Aber Malik hat alle übertroffen. Ein richtiger Menschenfänger. Die Jungs sind ihm blind nachgelaufen. Er hat sie von sich abhängig gemacht und dann ins Verderben geschickt.«

»Aha und wie hat er sie abhängig gemacht? Mit Drogen?«

»Das auch, aber er hatte auch andere Mittel. Er ist mit den Jungs zu den teuersten Rockkonzerten gefahren. Alles auf seine Rechnung. Überhaupt war Malik mit Geld sehr großzügig. Wer für ihn gearbeitet hat, hatte erst mal ausgesorgt. Er betrieb einen Puff nicht weit vom Savigny-Platz mit lauter exotischen Huren. Ein, zwei Mal im Monat ist er mit seinen Jungs dorthin gezogen. Da durften sie alles tun, wovon Jugendliche sonst nur beim Onanieren träumen. Wichtiger war vielleicht noch, solange einer in der Gang war, musste er vor nichts und niemandem Angst haben. Ich sagte ja schon mal, allein ist so 'n Junge harmlos und hat die Hosen voll, wenn's schwierig wird. Aber in der Gruppe, und dann noch angeführt von so nem Boss wie Malik, kann er sich furchtbar stark vorkommen. Wenn er sie so weit hatte, dass sie ihn wie einen Gott verehrten, hat er angefangen, ihnen Drogen zu verpassen. Und am Ende hat er sie als Kleindealer eingesetzt. Die sind auf jedem Schulhof zu Hause. Die Gang wurde immer größer und schlagkräftiger. Wäre Friedo nicht gewesen, hätte sich das alles noch viel schneller und schlimmer entwickelt.«

»Und wie stehen Sie dazu?«

»Neutral.« Der Wirt sah Heiland in die Augen und hielt dessen skeptischem Blick stand.

»Sie waren nicht immer Kneipier, stimmt's?«

»Woran erkennen Sie das?«

»An der Art, wie Sie reden. Aber sind Sie wirklich so unbeteiligt?«

»Ja, absolut. Ich steh hier und sehe mir das an, wie ein Stück im Theater.«

»Und Sie haben nie das Bedürfnis einzugreifen? Zum Beispiel, wenn einer Hilfe braucht …«

Der Wirt unterbrach den Kommissar. »Ich hab's manchmal versucht. Früher. Und hab mir jedes Mal dabei die Finger verbrannt. Und einmal, als ich dringend selber Hilfe gebraucht hätte, war weit und breit kein Mensch, der für mich da gewesen wäre, obwohl ich selbst …« Er winkte ab, holte eine Schnapsflasche aus dem Regal und goss sich ein Glas ein.

Carl Finkbeiner kam herein. »Wir haben alle befragt, die wir noch erwischen konnten«, sagte er. »Was steht noch an?«

Peter Heiland ärgerte sich. Er spürte förmlich, dass der Wirt, der gerade noch bereit war zu erzählen, in sich zurückkroch. Der Mann hinter dem Tresen leerte sein Schnapsglas in einem Zug und sagte: »Ich hoffe, das wird jetzt nicht zur Gewohnheit, dass ihr hier vorbeikommt.«

Finkbeiner lächelte. »Wieso? Ist doch 'ne schöne Kneipe. Mit dem Hof, jetzt im Sommer, sogar besonders.«

»Ja, wenn es den Hof nicht gäbe, hätt ich den Laden nicht gepachtet!« Der Wirt griff nach einer Bierkiste mit leeren Flaschen, hob eine Falltür hinter dem Tresen hoch, arretierte sie und stieg in den Keller hinab.

Peter Heiland schluckte seinen Ärger hinunter. Er nickte zu der Kellertreppe hin. »Morgen früh gleich müssen wir mal überprüfen, was der für einer ist.«

»Wie kommst du darauf?«, fragte Finkbeiner.

»Er hat grade angefangen zu erzählen, aber da bist du reingekommen …«

»Tut mir leid, ich konnte ja nicht wissen …«

Peter legte seine Hand auf Finkbeiners Schulter. »Nicht deine Schuld. Mach dir nichts draus. Übrigens: Du hattest recht.«

»Womit?«

»Du hast doch gesagt: ›Die suchen sich jetzt einen neuen Führer, oder einer von ihnen schwingt sich dazu auf‹, und genau das scheint passiert zu sein. Diesen Faruk Ben Salah müssen wir im Auge behalten. Wär nicht der erste Königsmörder, der seinen Herrn umbrachte, um selbst an die Macht zu kommen.«

»Klingt mir ein bisschen zu sehr nach Shakespeare«, sagte Carl Finkbeiner, »aber wer weiß, vielleicht hast du ja recht.«

MITTWOCH

Wenn die Mitarbeiter der 4. Mordkommission an einem aktuellen Fall arbeiteten, galt das ungeschriebene Gesetz, dass alle am Morgen pünktlich um 9.00 Uhr im Präsidium waren. Selbst Norbert Meier hielt sich daran. Und an diesem Mittwoch war er sogar schon zwei Stunden früher im Büro erschienen, um sich auf seinem Rechner ins Archiv einzuloggen.

Punkt 9.00 Uhr versammelte sich die Mannschaft im Besprechungsraum, einem kahlen kleinen Saal, der mit einem Videoprojektor und einem Flipchart ausgestattet war. Peter Heiland hob an: »Also, Leute …«

Meier unterbrach ihn ungeniert: »Also, Leute, ich hab mal die Akten durchstöbert. Der Wirt vom ›Versteck‹ heißt Hans Joachim Nenndorf, war bis vor zehn Jahren Lehrer am Uhland-Gymnasium, hatte ein Verfahren wegen Unzucht mit Abhängigen – genauer gesagt: Mit zwei Schülerinnen. Er saß zwei Jahre im Knast und wurde in einem Wiederaufnahmeverfahren freigesprochen. Die Missbrauchsvorwürfe haben die beiden Schülerinnen erfunden, und die Zeuginnen haben allesamt gelogen. Nenndorf hat eine finanzielle Entschädigung bekommen, und die hat er in die Kneipe investiert, die er im Übrigen nur gepachtet hat. In den Schuldienst wäre er ›ums Verrecken nicht zurückgekehrt‹, hat er damals zu Protokoll gegeben.«

»Jetzt verstehe ich manches besser«, sagt Peter Heiland nach ein paar Augenblicken betroffenen Schweigens.

»Was denn?«, wollte Jenny Kreuters wissen.

»Zu mir hat er gestern gesagt, er mische sich in nichts mehr ein. Und helfen werde er schon gar niemandem mehr. Einmal, als er selbst Hilfe gebraucht hätte, habe sich weit und breit kein Mensch gefunden, der für ihn da gewesen sei.«

»Der Typ kann einem leidtun«, sagte Jenny Kreuters.

Peter Heiland schluckte seinen Ärger darüber, dass Meier das Wort an sich gerissen hatte, hinunter. Er ging zu dem Flipchart an der Frontseite des Besprechungstisches und nahm einen Bordmarker in die Hand. »Also, was haben wir? Das Mordopfer Sven Lubinski, genannt Malik.« Heiland schrieb in der Folge alle Namen untereinander. »Dessen Vater Roman Lubinski, einen fanatisch frommen Flussschiffer.«

»Darf ich noch mal?«, rief Meier dazwischen.

»Wenn's wichtig ist?« Peter Heilands Ärger wuchs.

»Find ich schon. Ich hab die Datenbank nämlich nicht nur nach dem Wirt durchsucht sondern auch noch mal den Namen Lubinski eingegeben – Roman Lubinski.« Über Meiers Gesicht zog sich ein triumphierendes Lächeln.

»Ja, und?«

»Der alte Matrose ist vor acht Monaten schwer verletzt ins Krankenhaus eingeliefert worden. Mit zwei Messerstichen im Bauch. Damals hatte er zu Protokoll gegeben, er sei von zwei jungen Männern überfallen worden. Einer habe ihn festgehalten, der andere habe zugestochen. Dann hätten sie seine Wohnung durchwühlt und seien verschwunden. Näher beschreiben konnte oder wollte er die Täter nicht. Und man hat sie auch nie gefunden.«

»Mensch, Meier!«, sagte Carl Finkbeiner voller Hochachtung.

»Dem müssen wir nachgehen.« Peter Heiland baute sich wieder vor dem Flipchart auf und fuhr fort: »Wen haben wir noch? – Die Mutter Renate Lubinski, Mitbesitzerin mehrerer Fitnessstudios. Dann deren Lebenspartner, Ali Ben Salah, und dessen Sohn Faruk Ben Salah, der offenbar versucht, Maliks Stelle einzunehmen. Johannes Streitz, einen Gymnasiasten mit Manieren, der zu der Gang Maliks gehörte und ihn besonders verehrt hat, sonst aber nicht so recht ins Bild einer kriminellen Bande passt. Der wiederum hat gestern Abend den Streetworker Friedo im Rollstuhl geschoben. Dieser Streetworker wird von dem Wirt … – wie heißt der gleich noch mal?«, Peter Heiland sah seinen Kollegen Meier fragend an.

»Hans Joachim Nenndorf.«

»Hans Joachim Nenndorf also hat diesen Rollstuhlfahrer in den höchsten Tönen gelobt. Der beste Streetworker aller Zeiten muss das sein. Aber der und Jonny Streitz sind nach der Schlägerei spurlos verschwunden. Genauso übrigens wie Faruk Ben Salah. Dann gibt es da noch die schöne Vanna Mbele, Lebensgefährtin Sven Lubinskis, aus Lagos, der Gottesstadt.«

»Der was?«, fragten Finkbeiner und Meier wie aus einem Mund.

»Haben wir gestern von Vanna gelernt«, warf Jenny Kreuters ein. »Lagos wird in Afrika die ›Stadt Gottes‹ genannt.«

»Ich hab mir gestern Abend noch eine Dokumentation reingezogen, die ich in der Mediathek bei ARTE gefunden habe«, meldete sich Meier. »Da wurde das auch gesagt, aber nicht, wo der Name herkommt. Ist ja auch die reine Verarsche. Die Prostituierten dort – und es muss jede Menge davon geben – leben in leeren Öltonnen direkt an der Straße und verkaufen sich für 'n Appel und 'n Ei. Manche gebären sogar ihre Kinder in diesen Blechfässern.«

Peter Heiland ergriff wieder das Wort. »Der Wirt hat erzählt, dass Sven Lubinski ein Bordell in der Nähe des Savigny-Platzes betrieben habe. Den Laden werden wir uns ansehen.« Er wechselte das Thema: »Was ist denn bei euren Befragungen gestern Abend herausgekommen?«

»Viel mehr als: ›war eben cool in Maliks Gang‹ hat keiner gesagt«, antwortete Carl Finkbeiner.

»Und der andere Verein?«

»Nennt sich ›Hot Devils‹. Aber hot ist da nicht viel. Das sind ›Hells Angels‹ für Arme«, Norbert Meier machte eine wegwerfende Handbewegung. »Tragen schwarze Kutten mit Teufelsgrimassen. Bis die sich schwere Maschinen leisten können, brauchen sie noch ein paar Banküberfälle. Aber die trauen sie sich bestimmt nicht zu. Ihre Girls sind reihenweise zu Maliks Gang übergelaufen. Da gibt's natürlich schon mal Krach. Aber richtig ernst nehmen kann man die nicht. Und dass da einer drunter ist, der Malik per Genickschuss aus dem Leben befördert und danach noch im Hafenbecken versenkt hat, kann ich mir nicht vorstellen.«

»Und wer ist ihr Anführer?«

»Konnten wir nicht feststellen«, sagte Jenny Kreuters. »Gesehen hat man keinen, und auf Fragen dazu haben wir keine Antworten bekommen.«

»Das kriegen wir raus. Dieser Streetworker müsste es wissen.«

»Und wo finden wir den?«

»Ich nehme an im Blockhausklub am Saatwinkler Damm. Jedenfalls hat Jonny Streitz gesagt, dass er da immer hingehe.« Nachdem Peter Heiland die nächsten Aufgaben verteilt hatte, schloss er die kleine Konferenz.

Gegen 11.00 Uhr betraten Peter Heiland und Carl Finkbeiner den Hinterhof des Gebäudes Quitzkowskistraße 17. Roman Lubinski stand am offenen Fenster seiner Erdgeschosswohnung, als ob er sie erwartet hätte. »Ich komme raus«, sagte er. Das Thermometer im Dienstwagen hatte 29 Grad angezeigt. Die Luft war schwül. Im Durchlass zum Hof hatte Carl Finkbeiner noch gesagt: »Spätestens in zwei Stunden kriegen wir ein Gewitter.«

Roman Lubinski trug auf dem tätowierten Oberkörper nur ein graues Unterhemd, dazu eine kurze Hose. Seine Füße steckten in Badelatschen. Er deutete auf einen weiß gestrichenen Metalltisch, um den fünf Gartenstühle gruppiert waren. »Wir können uns dort hinsetzen. Wollen Sie ein Bier?«

Die beiden Kommissare lehnten ab.

»Sie haben uns nicht erzählt, dass Sie vor acht Monaten überfallen worden sind«, sagte Peter Heiland.

»Woher wissen Sie das?«

»Aus dem Polizeiprotokoll.«

»Stimmt. Die Ärzte in der Klinik haben die Polizei gleich benachrichtigt.«

»Hätten Sie das selber nicht getan?«

Lubinski wiegte seinen schweren Kopf hin und her. Sagte aber nichts.

Peter Heiland fragte unvermittelt: »Glauben Sie, dass Gott denen verzeiht?« Carl Finkbeiner sah seinen Chef überrascht an. Wie kam der auf so eine Frage?

Roman Lubinski rückte auf seinem Stuhl vor bis zur Kante. »Denen vielleicht, denn die waren ja nur Werkzeuge. Ihm aber nicht!«

»Sie meinen, die Täter waren nur die Werkzeuge Ihres Sohnes?«

»Ja, er hat sie geschickt. Das weiß ich genau. Sie haben meine ganze Wohnung durchsucht, während ich da auf dem Boden lag und fast verblutet bin. Dann hat mich einer gegen den Kopf getreten und geschrien: ›Wo sind die Münzen?‹ Verstehen Sie? Ich hab die Sammlung ein Leben lang zusammengetragen. Ich habe in jungen Jahren gut verdient! Und jeden Pfennig, den ich übrig hatte, habe ich in meine Sammlung gesteckt. Niemand wusste davon. Niemand, außer mein Sohn und meine frühere Frau. Er muss diese Schläger geschickt haben. Er konnte ja nicht wissen, dass meine Münzensammlung inzwischen in einem Banksafe liegt.«

Peter Heiland wollte etwas sagen, aber Lubinski hob beide Hände. »In der Bibel steht: ›Wer einen von diesen Kleinen, die an mich glauben, verführt, für den wäre es besser, dass ein Mühlstein an seinen Hals gehängt und er ersäuft werde im Meer, da es am tiefsten ist‹. Matthäus 18, Vers 6.«

»Ihr Sohn wurde mit einem Betonklotz an den Beinen im Westhafen versenkt, wo er am tiefsten ist«, sagte Carl Finkbeiner ernst.

Aber es war nicht zu erkennen, ob der alte Schiffer zugehört hatte. Er redete unbeirrt weiter: »Mein Sohn war nicht nur ein Verführer der Kleinen.«

»Das klingt wie ein Schuldeingeständnis«, sagte Peter Heiland.

Unbeirrt fuhr Lubinski fort: »Er war ein Teufel. Ein gewalttätiger Mensch. Fragen Sie Vanna! Sie hat er nur gedemütigt und geschlagen. Er war ein Verbrecher. Ich sage ja: der Satan in Menschengestalt!«

»Haben Sie Ihren Sohn umgebracht?«, stieß Peter Heiland nach.

»Er hat es verdient, aber ich hab's nicht getan.« Roman Lubinski sank auf seinem Gartenstuhl zusammen und wirkte mit einem Mal völlig erschöpft.

»Die Gerichtsmedizin konnte den Todeszeitpunkt nicht bestimmen. Sonst würde ich Ihnen jetzt die übliche Frage stellen: Wo waren Sie zur Tatzeit?«, sagte Peter Heiland. »Sie kennen also Vanna Mbele?«

Der Alte nickte. »Um sie zu retten würde ich vielleicht sogar meine Münzen verkaufen.«

»Um sie zu retten? Wissen Sie denn, wo sie ist?«

Lubinski nickte. »Sie ist zurück in das Bordell, wo sie war, als sie hier angekommen ist.«

»Sie hatten immer Kontakt zu ihr?«, fragte Peter Heiland.

Der alte Schiffer schwieg.

»Ich nehme an, Sie haben sie kennengelernt, als Ihr Sohn aus Lagos zurückkam und bei Ihnen wohnte.«

»Nein!«

»Sondern?«

»Ich habe sie in der Zillestraße angetroffen, als ich ihn einmal aufsuchen wollte. Das war …« Er musste noch mal ansetzen. »Das war, nachdem ich aus dem Krankenhaus entlassen worden bin.«

»Also nach dem Messerangriff der Burschen, die an Ihre Münzsammlung wollten.«

»Ja.«

»Wann war das genau?«

»Im letzten Dezember. An einem Sonntag. Vierter Advent, um genau zu sein. Aber er war nicht da. Ich sah sofort, dass er Vanna geschlagen hatte. Ich hab ihr angeboten, erst einmal mit zu mir zu kommen. Ich hätte dann in Ruhe eine Bleibe für sie gesucht. Ich wollte ihr helfen. Ich hätte die Münzsammlung verkauft. Das hätte erst Mal gereicht.«

»Obwohl Sie die Frau da zum ersten Mal gesehen haben, haben Sie ihr gleich so ein Angebot gemacht?«

Lubinski senkt den Blick und hob die Schultern. Leise

sagte er: »Ich muss zugeben, sie hat mich sehr beeindruckt.«

»Aber sie wollte nicht«, kam es von Carl Finkbeiner. Es war mehr eine Feststellung als eine Frage.

Roman Lubinski nickte.

»Und? Haben Sie Vanna danach wiedergesehen?«

»Immer mal wieder. Ich mag sie.«

»Sie haben uns angelogen«, sagte Peter Heiland.

»Wie bitte?«

»Als wir das erste Mal mit Ihnen gesprochen haben, sagten Sie, Sie hätten keinerlei Kontakt mehr zu Ihrem Sohn gehabt, nachdem er bei Ihnen ausgezogen ist.«

»Ich hab ihn ja auch nie mehr getroffen.«

»Sie sagten aber auch, Sie hätten nicht gewusst, wo er lebt und trotzdem wollten Sie ihn aufsuchen, nachdem Sie aus der Klinik raus waren?«

»Na ja, da muss ich ein bisschen was durcheinandergebracht haben. Als er hier weggezogen ist, hat er mir seine neue Adresse gegeben, damit ich ihm die Post nachschicken konnte. Ist aber nie welche gekommen.«

Es war noch schwüler geworden, als die beiden Kommissare den Hof verließen und zu ihrem Dienstwagen gingen. Carl Finkbeiner blieb am Bordstein stehen, zog ein Taschentuch hervor und wischte sich den Schweiß von der Stirn. Sein Gesicht war gerötet. »Sag mal, schwitzt du eigentlich nicht?«, fragte er Peter Heiland.

»Selten. Dafür hab ich ständig Kopfweh. Ich würde was drum geben, wenn wir jetzt zum Schlachtensee oder zum Teufelssee fahren und eine Runde Schwimmen gehen könnten.«

»Und warum machen wir das nicht?«, fragte Finkbeiner.

»Weil wir erst mal in den Puff gehen. Die haben garantiert eine Klimaanlage und vielleicht sogar ein Aspirin.«

»Ich halte an der nächsten Apotheke«, bot Finkbeiner an, als er sich hinters Steuer setzte.

»Nicht nötig. Es geht schon!« Peter massierte seine Schläfen mit den Fingerkuppen.

Als sie ein Stück gefahren waren, fragte Carl Finkbeiner: »Hältst du es für möglich, dass der alte Lubinski seinen eigenen Sohn umgebracht hat? Also ich würde mich nicht wundern, so fanatisch wie der ist. In der Bibel steht schließlich auch ›Auge um Auge, Zahn um Zahn‹!«

Peter Heiland schüttelte den Kopf. »In den zehn Geboten heißt es aber auch: ›Du sollst nicht töten‹.«

»Ja, so lautet das sechste Gebot, und im siebten heißt es, du sollst nicht ehebrechen. Das ist es wahrscheinlich, was er seiner Exfrau so übel nimmt.«

Carl Finkbeiner hatte die Klimaanlage eingeschaltet. Langsam wurde es angenehm kühl im Auto. »Vielleicht war es Faruk«, sagte er jetzt nachdenklich. »Der hat doch geglaubt, wenn Malik weg ist, wird er der Boss der Gang!«

»Vielleicht war es auch ein ganz anderer. Der Drogenmarkt ist umkämpft, und garantiert hat Malik Konkurrenten gehabt«, gab Peter Heiland zu Bedenken. Im gleichen Augenblick meldete sich sein Handy. Auf dem Display erkannte er, wer dran war. »Hallo, Norbert.

Ein neues Ermittlungsergebnis?« Peter Heiland schaltete auf laut.

»Kann man so sagen. Ich hab ein paar Hehler abgeklappert, die man so kennt. Das heißt, die mir Georgi«, er sprach es »Tschortschi« aus, »genannt hat.«

»Tschortschi« hieß eigentlich Georg Keller und war ein Kleinganove, der schon seit Jahren heimlich für die Polizei arbeitete und aus dem sogenannten Reptilienfonds eine monatliche Zuwendung bekam, mit der er seine Rente und die kleinen Einkünfte aus seinen Diebstählen aufbesserte.

»Bei einem bin ich fündig geworden. Er hat vor knapp drei Monaten eine Neun-Millimeter-Beretta 92 FS verkauft. An einen jungen Mann, den er auf ungefähr 18 Jahre schätzt. Ich musste ihn ein bisschen bearbeiten, bis er das Datum rausrückte. Es war am 21. Januar.«

»Davon haben wir mindestens zwei Dutzend rund ums ›Versteck‹«, sagte Finkbeiner.

»Gibt's eine Personenbeschreibung?«

»Nö. Daran, wie der genau ausgesehen hat, kann sich der Hehler nicht mehr erinnern. Ich musste ihm übrigens versprechen, dass ihm seine Aussage keine Nachteile bringt.«

»Das hab ich nicht gehört!«, sagte Peter Heiland.

»Aber verstanden«, fügte Carl Finkbeiner laut hinzu, damit es der Kollege Meier auch hören konnte. »Klasse gemacht, Norbert!«

Von außen wirkte das Haus unscheinbar. Über der zweiflügeligen Eingangstür zog sich eine Schrift in bunt schillernden Neonröhren entlang: ›Exoterotic‹. Gleich hinter der Tür führte eine breite geschwungene Treppe zum ersten Stock hinauf. Die Stufen waren aus Marmorimitat und mit einem roten Teppich belegt. Von oben erklang leise Musik. Am Ende der Treppe öffnete sich ein weiter Raum, in dessen Mitte ein Springbrunnen sprudelte. Rechts davon, an einem zierlichen Schreibtisch, erwartete die Besucher eine etwa 50-jährige Afrikanerin in einem Kleid in bunten Farben, das bis zu den Knöcheln hinabfloss. Sanftes Licht strahlte aus versteckten Quellen und änderte sich kaum merklich von einem hellen Gelb in ein zartes Rosa, wurde dann violett, um schließlich in ein purpurnes Rot hinüberzugleiten. Der Raum war angenehm gekühlt. Die Frau sah den beiden Männern entgegen und legte ihre Stirn in ernste Falten. »Dass Sie keine Kunden sind, sieht man Ihnen an.«

»Aha«, Peter Heiland lächelte, »und woran?«

»Weiß nicht. Ich hab da ein Gefühl dafür.«

Carl Finkbeiner, der sich in dieser Umgebung sichtlich unwohl fühlte, legte seinen Polizeiausweis auf das Tischchen. »Wir suchen Vanna Mbele.«

Die Frau antwortete nicht, sondern schaute nur forschend in Finkbeiners Gesicht.

»Darf ich Sie nach Ihrem Namen fragen?«, schaltete sich Peter Heiland ein.

»Maria. Ich heiße Maria und bin die Geschäftsführerin hier.«

»Da werden Sie sicher ahnen, warum wir kommen.«

Sie nickte. »Ich habe schon gehört, Malik ist ermordet worden, aber Vanna hat damit nichts zu tun.«

»Wir ermitteln und ziehen unsere eigenen Schlüsse daraus«, sagte Carl Finkbeiner barsch. »Das müssen Sie nicht für uns tun.«

»Ist Vanna hier?«, fragte Peter Heiland.

»Wie kommen Sie denn darauf?«

»Ein ihr nahestehender Mann hat es uns gesagt.«

»Ein ihr nahestehender Mann?«, Maria lachte laut auf, als hätte der Kommissar einen schlechten Witz gemacht. »Wenn es Faruk Ben Salah war …«

»Ja?«, machte Peter Heiland. Es konnte als Frage, aber auch als Bestätigung verstanden werden.

»Vergessen Sie's. Der denkt, weil er sich zu Maliks Nachfolger aufschwingen will, gehört ihm nun auch Vanna. Der kleine Teufel ist größenwahnsinnig geworden.«

»Aber dass Vanna hier ist, stimmt doch!« Carl Finkbeiner schickte sich an, den Empfangsbereich zu verlassen und in die hinteren Räume zu gehen. Peter Heiland sah ihm nach und musste unwillkürlich grinsen. In seiner Cordhose und dem biederen, quer gestreiften Pulli wirkte der Kollege in dieser Umgebung ziemlich deplatziert.

»Bleiben Sie hier. Ich hole sie!«, rief Maria und ging rasch an dem Kommissar vorbei durch einen schmalen Gang, der umso dunkler wurde, je weiter er nach hinten führte.

Finkbeiner blieb stehen und drehte sich langsam um. »Hast du nicht gesagt, du hättest Faruk vor dem Haus von Vanna gesehen?«

»Ja. Ich kann mir schon vorstellen, dass er glaubt, in

die Rechte von Malik eintreten zu können.« Peter Heiland drückte beide Handflächen gegen seine Schläfen.

»Nimm endlich eine Tablette«, sagte Finkbeiner und zog die Pillenschachtel aus der Tasche, die er auf der Fahrt hierher in einer Apotheke an der Leibnizstraße gekauft hatte. Er ging zu dem Schreibtisch, wo auf einem Stövchen eine gläserne, halb volle Teekanne stand, goss eine Tasse, die er auf einem kleinen Regal fand, halb voll, drückte eine Tablette aus dem Stanniolstreifen und reichte beides seinem Chef.

Peter sagte dankbar: »Wenn ich dich nicht hätte …«

»Ja, ja und die großen Kartoffeln, dann müsstest du lauter kleine essen«, fuhr der Kollege mit einem alten Scherz aus ihrer gemeinsamen Heimat fort.

Maria kehrte zurück. »Vanna kommt gleich!«

»Arbeitet sie denn hier?«, fragte Carl Finkbeiner.

»Von irgendetwas muss sie ja leben. Ich glaube nicht, dass Malik ihr ein Erbe hinterlassen hat.«

»Interessanter Gedanke«, sagte Peter Heiland, hob die Teetasse hoch und sagte: »Ich hab mir etwas Tee genommen, weil ich eine Tablette schlucken musste.«

»Sie können mehr davon haben. Auch gerne ein anderes Getränk.«

»Nein, danke!«

»Und Sie?«, fragte die Geschäftsführerin Carl Finkbeiner.

Der schüttelte nur verneinend den Kopf.

Peter Heiland nahm den Faden wieder auf. »Die natürlichen Erben Maliks, also Sven Lubinskis, sind dessen Eltern. Wenn der Sohn kein Testament hinterlassen hat, steht alles seiner Mutter und seinem Vater zu.«

»Der Alte würde sich ja wohl auch richtig um Vanna kümmern«, warf Carl Finkbeiner ein.

»Wer würde sich um mich kümmern?« Vanna trat aus dem dunklen Flur heraus. Sie trug nur ein Mieder, das ihre Brüste nach oben drückte, ein knappes Höschen und schwarze Strümpfe, die mit Strapsen an dem Mieder festgemacht waren.

»Roman Lubinski«, sagte Peter Heiland. »Guten Tag, Frau Mbele.«

Vanna setzte sich auf ein halbrundes rotes Plüschsofa, das dem kleinen Schreibtisch gegenüber stand und schlug ihre langen Beine übereinander.

»Wie kommen Sie darauf?«

»Er hat es uns selbst gesagt.«

Carl Finkbeiner fügte leise hinzu: »Besser, als wenn Faruk das tut, oder?«

Die junge Afrikanerin sprang auf wie von einer Tarantel gestochen. »Dieses kleine Schwein. Dieser Verbrecher. Sie müssen dafür sorgen, dass der kein Unheil mehr anrichten kann.«

»Kein Unheil mehr, hat er denn schon …?«

Vanna unterbrach ihn: »Ja glauben Sie etwa nicht, dass er Malik umgebracht hat?«

»Wir wissen es nicht«, sagte Peter Heiland. »Er gehört zu den Verdächtigen, aber bislang haben wir keinerlei Beweise.«

Vanna setzte sich wieder.

»Den Mut hätte der doch gar nicht«, meldete sich

Maria, die wieder hinter ihrem zierlichen Schreibtisch Platz genommen hatte.

»Na ja, Malik ist von hinten erschossen worden. Dazu gehört im Zweifel wenig Mut. Er war schon tot, als ihn sein Mörder im Westhafen versenkt hat«, sagte Finkbeiner.

Peter Heiland sah die Geschäftsführerin interessiert an. »Sie kennen Faruk also auch?«

Sie nickte. »Malik hat ihn manchmal mitgebracht.«

»Nicht nur ihn, wie wir wissen.«

»Ja, er hatte manchmal Gäste dabei. Schließlich gehört ihm der Laden zu einem Teil.«

»Und der andere Teil?«

»Ist das wichtig?«

»Wir können gerne im Handelsregister nachsehen. Geht ganz schnell. Ich rufe einen Kollegen an. Der macht das.« Carl Finkbeiner nahm sein Handy aus der Tasche und wählte.

»Nicht nötig! Die Mehrheit an der Firma hält Ali Ben Salah. Einen kleinen Anteil besitzt Renate Lubinski. Der Rest gehörte Malik.«

»Sieh mal einer an«, rief Peter Heiland. »Da haben wir also Faruks Vater. Und der ist der Partner von Frau Renate Lubinski, und die wiederum ist die geschiedene Frau von Roman Lubinski und die Mutter von Sven Lubinski, dem Mordopfer. Und sie war sicher auch gelegentlich hier, in diesem Etablissement«, sagte er zu Maria. »Was für überschaubare Verhältnisse.«

Vanna sah irritiert von Maria zu Peter Heiland und wieder zurück. Dann fragte sie: »Ist das wahr, Maria?«

Die Geschäftsführerin hob die Arme, als wollte sie sagen: »Was willst du machen?«

»Welche Rolle spielte Malik hier?«, fragte Peter Heiland.

»Sein Part war die Lieferung neuer …« Sie unterbrach sich.

»Wollten Sie ›Ware‹ sagen?«, fragte Peter Heiland.

Maria sah zu Vanna hinüber. »Du weißt doch am besten, wie das läuft. Er schickt euch Mädchen mit den tollsten Versprechungen hierher, und dann werden sie … nun, ihnen bleibt keine andere Wahl.«

»Und Sie?«, Carl Finkbeiner machte einen Schritt auf die Geschäftsführerin zu. »Welche Rolle spielen Sie dabei?«

»Ich sorge dafür, dass es den Mädels so gut geht, wie es die Verhältnisse erlauben. Eine richtige Puffmutter, wenn Sie so wollen.«

»Stammen Sie auch aus Lagos?«, fragte Heiland.

»Nein, meine Eltern kommen ursprünglich aus Benin. Ich bin hier geboren. Und bevor Sie fragen: Ja, ich habe den Job als Hure selbst jahrelang gemacht. Es gibt Schlimmeres, glauben Sie mir. So schlecht ist der Beruf gar nicht. Schlecht sind nur die Menschen, die immer mehr Kapital aus unserer Arbeit schlagen wollen, und die uns wegwerfen wie ausgepresste Zitronen, wenn die Kunden uns nicht mehr haben wollen.«

»Ihnen ist das ja wohl erspart geblieben«, meldete sich Carl Finkbeiner.

»Aber auch nur, weil Renate Lubinski diesen Job hier nicht mehr machen wollte, und weil keine andere da war, die das Zeug dazu hatte, den Laden zu führen.«

Peter Heiland hatte sich auf einem schmalen Plüschsessel niedergelassen, auf dem sein langer Körper nur mit Mühe unterzubringen war. Was die Frau an dem Schreibtischchen gesagt hatte, hatte ihn beeindruckt. Aber er versuchte, sachlich zu bleiben. »Wir müssen alles über Sven Lubinski, alias Malik, wissen, Maria.«

Die Geschäftsführerin nahm die Teekanne vom Stövchen und goss sich eine Tasse ein. »Er hat immer sehr darauf geachtet, dass man möglichst wenig über ihn wusste, nicht wahr, Vanna?«

Die schöne Nigerianerin nickte nur.

Maria fuhr fort: »Er konnte sehr charmant und sehr großzügig sein, aber man hatte ständig bei ihm das Gefühl, dass er einen belauerte.«

Von draußen war der ferne Donner eines herannahenden Gewitters zu hören.

»Aber man konnte die Brutalität nicht einmal ahnen, zu der er fähig war«, warf Vanna ein.

»Ich schon«, sagte Maria, »aber wenn man so lange im Geschäft ist, lernt man die Menschen zu durchschauen.«

»Sie sagten: Früher habe hier Frau Lubinski Ihren Job gemacht.«

»Ja, aber sie hatte nicht meine Vergangenheit. Als Hure hat sie nie gearbeitet. Für sie war alles nur Geschäft, und die Mädchen waren Posten in ihrer Buchhaltung.«

»Und dass Malik ihr Sohn war …?«, fragte Carl Finkbeiner.

»Habe ich jetzt erst erfahren.« Sie bemerkte Carl Finkbeiners skeptischen Blick. »Ja, wirklich. Wenn ich's doch sage!«

»Und Faruk Ben Salah, kannten Sie den als Freund Maliks oder als Sohn Ali Ben Salahs.«

»Beides. Sind wir jetzt mit der Befragung bald am Ende?«

Peter Heiland musterte die Puffmutter. »Mit Ihnen ist bestimmt nicht gut Kirschen essen, wenn Sie mal wütend sind«, sagte er lächelnd.

»Was meinen Sie damit?«, fragte Vanna Mbele. »Das verstehe ich nicht!«

»Es ist eine deutsche Redewendung«, warf Maria ein. Ihre Laune schien sich zunehmend zu verschlechtern. »Es heißt, dass ich sehr unangenehm werden kann, wenn es mal nicht nach meinem Kopf geht.«

Draußen fuhr ein greller Blitz über den Himmel, dem schon nach wenigen Sekunden der Donnerschlag folgte. »Haben Sie denn eine Vermutung, wer Malik umgebracht haben könnte?«, fragte Peter Heiland die Geschäftsführerin.

»Feinde hatte er genug!« Maria stand auf. »War's das?«

Peter Heiland schob sich aus dem schmalen Sessel heraus. »Fürs Erste, ja.« Dann wendete er sich an Vanna: »Ich an Ihrer Stelle würde die Hilfe des alten Herrn Lubinski annehmen.«

»Aber Sie sind nicht an meiner Stelle.« Auch die Nigerianerin war aufgestanden. Sie war jetzt, da sie sehr hochhackige Schuhe trug, so groß wie Peter Heiland und sah ihm direkt in die Augen. »Ich gehe meinen Weg!«

»Eine letzte Frage noch, Frau Mbele. Hat Faruk Sie belästigt?«

»Oh ja! Er war so dreist. Jetzt, da er der Boss der Gang sei, würde ich ihm gehören, hat er gesagt. Und wenn ich nicht freiwillig zu ihm käme, könne er mich auch zwingen. Dabei fuchtelte er mit seinem Messer vor meinem Gesicht herum.«

»Und was haben Sie ihm geantwortet?«

»Ich müsse es mir überlegen. Inzwischen bin ich sehr vorsichtig geworden.«

»Hier bei uns ist sie in Sicherheit«, sagte Maria.

Der Dienstwagen stand keine 50 Meter von dem Eingang zum ›Exoterotic‹ entfernt. Als die beiden Kommissare ihr Auto erreichten, waren sie nass bis auf die Haut. »Solche Regenfälle gab's früher nicht«, sagte Carl Finkbeiner, als sie sich in die Sitze des Autos fallen ließen. »Gestern haben sie aus Süddeutschland 80 Liter auf den Quadratmeter gemeldet. An einem Tag. So viel hat es dort früher in einem halben Jahr geregnet.«

»Die Klimaveränderung geht halt auch an uns nicht spurlos vorüber«, meinte Peter Heiland.

Sie fuhren zurück ins Büro. Als sie in der Tiefgarage ausstiegen, sagte Carl Finkbeiner: »Irgendetwas an dem Bibelzitat stimmt nicht.«

»Was für ein Bibelzitat?«

»Der alte Lubinski hat doch gesagt … warte mal. Ich glaube in Matthäus 18 stehe: ›Wer einen von diesen Kleinen, die an mich glauben, verführt, für den wäre es besser, dass ein Mühlstein an seinen Hals gehängt und er ersäuft werde, dort, wo das Meer am tiefsten ist‹.«

»Ja und?«, fragte Peter Heiland.

»Ich hab's irgendwie anders im Kopf.«

Im Büro klemmte sich Finkbeiner hinter seinen Computer und suchte nach dem Bibelzitat, während Peter Heiland versuchte, seine Frisur mit einem Stück Küchenrolle trocken zu reiben, was freilich am Ende nur dazu führte, dass seine Haare voller weißer Fussel waren.

»Da, ich hab's!«, rief sein Kollege schon nach wenigen Augenblicken. »›Wer aber ärgert dieser Geringsten einen, die an mich glauben, dem wäre besser, dass ein Mühlstein …‹ und so weiter.«

»Ja und?«, fragte Heiland.

»Lubinski hat gesagt, ›wer einen von den Kleinen, die an mich glauben, *verführt* … Hier steht nichts von Verführung. Das hat er doch glatt dazuerfunden, das gläubige Schlitzohr!«

»Ich versteh nicht ganz …«

»Ärgern und Verführen sind ja wohl zwei Paar Stiefel. Dabei ist Lubinski doch so stolz darauf, dass er und seine Glaubensgenossen die Heilige Schrift nach Punkt und Komma befolgen.«

»Und was sagt uns das?« Peter Heiland wusste immer noch nicht, worauf sein Kollege hinauswollte.

»Wenn er sich den Bibeltext so zurechtbiegt, nimmt er es ja vielleicht mit dem sechsten Gebot auch nicht so genau.«

»Außerdem hat er uns angelogen«, ergänzte Peter Heiland, »auch nicht die feine christliche Art!«

Jenny Kreuters und Norbert Meier kamen aus der Kantine zurück. »Wart ihr in der Stadt essen?«, fragte Jenny.

»Ne, wir waren im Puff, und da gab's nur Schwarzen Tee«, antwortete Finkbeiner grinsend. »Aber jetzt, wo du's sagst, merke ich, was ich für einen Hunger habe.«

»Es gibt Königsberger Klopse mit Kartoffelpüree«, sagte Meier.

»Guten Appetit!« Peter Heiland nahm seine nasse Jacke. »Ich hab keinen Hunger.« Er verschwand in seinem Büro. Dort fand er einen Zettel, den die Sekretärin Christina Reichert geschrieben hatte: »Wischnewski bittet um Rückruf.«

»So eilig wär's dann auch wieder nicht gewesen«, sagte Wischnewski, als sich Heiland bei ihm meldete. »Sie haben doch von diesem Seelenklempner …«

»Psychotherapeuten«, verbesserte Peter Heiland.

»Oder so, ja. Von dem haben Sie doch geredet. Wie erreiche ich den?«

»Er wohnt in Steglitz in der Klingsorstraße. Moment, ich suche schnell die Telefonnummer …« Während Peter Heiland sein Notizbuch durchblätterte, fragte er beiläufig: »Wie geht's Ihnen denn?«

»Beschissen! Ich bin hin- und hergerissen zwischen bodenloser Traurigkeit und Verzweiflung. Kein schöner Zustand, kann ich Ihnen sagen. Dazu komme ich mir vor, als wäre ich total erschöpft und innerlich vollkommen leer. Ich kann mich nicht konzentrieren und nicht schlafen. Wollen Sie noch mehr wissen?«

»Nein. Ich hab die Nummer!« Heiland gab sie langsam, Ziffer für Ziffer, durch und bat Wischnewski, sie noch einmal zu wiederholen. »Ich schaue in den nächsten Tagen wieder mal bei Ihnen vorbei, wenn's recht ist«, sagte er zum Schluss. Wischnewskis Brummen konnte genauso gut ja wie nein bedeuten. Und als Peter Heiland noch mal nachfragen wollte, hatte der andere schon aufgelegt.

Peter Heiland lehnte sich weit gegen seine Stuhllehne zurück und verschränkte die Arme im Nacken. Wischnewski war immer ein tatkräftiger Mann gewesen. Als Heiland ihn kennenlernte, hatte er allerdings ein Alkoholproblem gehabt. An einem Abend, den Peter Heiland und Hanna Iglau mit ihrem Chef bei seinem Lieblingsitaliener Gianni am Stuttgarter Platz zum Essen waren, hatte Wischnewski zu ihrer Überraschung seine ganze Leidensgeschichte erzählt, aber auch, wie er aus diesem Teufelskreis wieder herausgekommen war: Zuerst hatte er begonnen, nur noch am Wochenende zu trinken, was ihn, wie er sagte, sehr viel Mühe gekostet hatte. Am Sonntag schlief er dann den halben Tag und ging gegen Abend in die Sauna, machte drei strenge, lange Gänge, trank nur noch Wasser und war am Montag wieder fit. Unglücklich war er trotzdem. Das habe sich geändert, erzählte der Kriminaldirektor, als er Friederike Schmidt begegnet sei. Peter und Hanna hatten sie später einmal kennengelernt. Sie war eine fröhliche Mittfünfzigerin, die sehr selbstständig und tolerant war. Bei Wischnewski weckte sie alte Interessen. Sie überredete ihn, wieder einmal – wie früher – in ein Theater oder eine Oper zu gehen, und am Wochenende fuhren sie ins Grüne, an einen der schönen Brandenburger Seen, ließen es sich in einem Landgasthof gut gehen und verbrachten danach oft eine wunderschöne Nacht miteinander in Friederikes schmuckem Einfamilienhaus. Sieben Jahre lang – so lange war seine Scheidung her – hatte Wischnewski nur im LKA und in seiner schäbigen Zweizimmerwohnung gelebt und alles ausgeblendet, was einmal darüber hinaus für ihn wichtig gewesen war. Er hatte das schale Gefühl gehasst, das ihn erfasste, wenn er abends vor seinem Fernseher saß, dem Wunsch widerstand, noch ein Bier oder einen Whisky zu trinken, lustlos durch die Programme zappte und am Ende froh war, wenn irgendwo ein Fußballspiel kam. Als Friederike in sein Leben getreten war, hatte er aufgehört, sich am Wochenende so zuzusaufen, dass er kaum mehr auf seinen Beinen stehen konnte. Er hatte es geschafft, sich gelegentlich unter der Woche ein Bier zu genehmigen, ohne gleich das nächste hinterhertrinken zu müssen. Wischnewski hatte sich noch einmal richtig verliebt, »wie damals, als ich so 20 war«, gestand er Hanna und Peter bei jenem Abendessen.

Friederike Schmidt war vor einem halben Jahr überraschend an Krebs gestorben. Und seitdem war es mit dem Kriminaldirektor steil bergab gegangen. Lange Zeit konnte er geheim halten, dass er wieder trank, und die wenigen Untergebenen, die es wussten, und zu denen auch Peter Heiland gehörte, verrieten ihn nicht, sondern standen nach wie vor loyal zu ihm.

Aber lange konnte das nicht mehr gutgehen. Sein Stellvertreter Georg Konnarek wartete bereits ungeduldig darauf, dass sich Wischnewski die entscheidende Blöße gab. Konnarek, Mitte 40, war in Wien geboren, aber seit seinem 17. Lebensjahr lebte er in Berlin. Er war ein Mann mit guten Verbindungen, erstklassigen Manieren. Seine Art, sich überall beliebt zu machen, diente nur einem Ziel: Endlich an die Spitze des Amtes zu gelangen. »Der kauert in den Startlöchern für das Rennen um den Chefsessel im LKA«, hatte Carl Finkbeiner einmal gesagt. Für Konnarek war es klar, dass es kein halbes Jahr mehr dauern konnte, bis Wischnewski »sich selbst aus seiner Position schießen« würde. Die wenigsten Beamten des Hauses sehnten diesen Zeitpunkt herbei; denn wer den Kriminalrat Konnarek besser kannte – und dazu gehörten viele – hatte schon mindestens einmal hinter dessen Fassade blicken können. Der gebürtige Wiener war ein Menschenverächter, es kostete ihn ein Lächeln, einen Mitarbeiter fallen zu lassen, wenn er ihm nicht mehr passte oder gar Schwierigkeiten machte, selbst wenn er ihn jahrelang als guten Freund bezeichnet hatte.

Peter Heiland rief Frederic Möhlmann an. »Das ist ja eine Freude, dass Sie sich wieder einmal melden«, sagte der Psychotherapeut. »Ich hab damals den Fall Hartung* in der Zeitung verfolgt. Sie waren da offensichtlich sehr erfolgreich.«

Peter Heiland entschuldigte sich, dass er so lange nichts hatte von sich hören lassen und gab zu, dass er es auch jetzt nur tat, weil er eine Bitte hatte. »Vielleicht meldet sich ein Herr Wischnewski bei Ihnen, und ich hoffe sehr, dass Sie ihm helfen können.« Peter Heiland schilderte in kurzen Worten, worum es ging.

---

*Felix Huby: »Der Patriarch«

Frederic Möhlmann sagte: »Aber Sie wissen doch, dass ich schon lange nicht mehr praktiziere.«

»Ja, aber ich weiß auch, dass Sie ihm helfen können.«

»Na, dann will ich mal hoffen, dass Sie sich nicht täuschen. Und Sie versprechen mir, dass Sie mich bald wieder einmal besuchen?«

»Versprochen!« Peter Heiland fühlte sich erleichtert, als er das Telefongespräch beendet hatte.

Ein paar Minuten später trat Kurt Reiber in Heilands Büro. Er müsse am nächsten Tag eine Pressekonferenz geben, sagte er. Es gehe um den Fall Schönleber, der in seinem Dezernat bearbeitet werde, aber man werde ihm sicher auch Fragen darüber hinaus stellen, jetzt, da er den obersten Chef vertreten müsse, und da wolle er wissen, was man über den Mord an Lubinski alias Malik schon sagen könne.

»Nimm doch Platz«, sagte Peter Heiland und räumte seine nasse Jacke vom Besucherstuhl. »Ich hatte noch gar keine Gelegenheit, dir zu gratulieren.«

Reiber winkte ab. »Das ist nun wirklich nichts, wozu man einem gratulieren kann. Es macht einen Haufen mehr Arbeit, und die Ehre hält sich in Grenzen. Dazu kommt, dass man eine Menge Fehler machen kann.« Reiber setzte sich, und Peter Heiland gab ihm einen kurzen Bericht über den Stand der Ermittlungen im Fall Malik.

Peter Heiland mochte seinen Kollegen Reiber ganz gern, wenngleich immer eine große Distanz zwischen den beiden blieb, für die er eigentlich keine Erklärung hatte. Der Kollege war in der Pfalz zu Hause und stammte aus einem Winzerhaushalt. Sein älterer Bruder führt den elterlichen Weinbaubetrieb weiter, seine jüngere Schwester war Lehrerin in Neustadt an der Weinstraße. Reiber, etwa 1,75 Meter groß, schwarze kurze Haare, dunkelbraune, tief liegende Augen, war ein südländisch-sportlicher Typ, der aber wegen seiner Freude an Kochen, Essen und Wein stets mit seinem Gewicht zu kämpfen hatte. Das alles hatte er Heiland beim einzigen Mal erzählt, da sie miteinander auf ein Bier in eine Kneipe in Friedrichshain gegangen waren. Dort wohnte Reiber auch, zusammen mit einer Mopshündin, die er auch im Büro und bei Ermittlungen oft bei sich hatte.

Im Gegensatz zu Heiland hatte Reiber Abitur gemacht und ein paar Semester Soziologie studiert. Dass er bei der Polizei gelandet war, habe sehr persönliche Gründe, hatte er an jenem Abend erklärt, aber er wollte nicht darüber reden, was das für Gründe waren. Die Kollegin Nadja Zeughoff vom 7. Kommissariat wollte erfahren haben, dass Reibers große Liebe Opfer eines Verbrechens geworden sei, aber Nadja hatte eine blühende Fantasie. Da sie auf Nachfrage nichts über die genaueren Umstände sagen konnte, geriet ihre Spekulation rasch in Vergessenheit.

»Du könntest in der Pressekonferenz sagen, dass eine wichtige Spur in die Welt der Fitnesscenter führt. Vielleicht locken wir damit den alten Ben Salah und seine Freundin aus der Reserve«, sagte Peter Heiland.

Reiber stand auf. »Das mach ich. Und ihr haltet mich weiter auf dem Laufenden.« Sie gaben sich die Hand.

»Wann kommt den Konnarek zurück?«, fragte Peter Heiland.

»Freitagabend, aber im Dienst wird er erst am Montag wieder erscheinen.«

»Wäre schön, wenn wir bis dahin den Fall gelöst hätten«, Peter Heiland lächelte. »Dann kann er sich den Erfolg nicht an seine Fahne heften.«

»Das kann der trotzdem – du wirst es sehen!« Reiber verließ Heilands Büro.

Der Blockhausklub war nicht so leicht zu finden. Jonny Streitz hatte nur gesagt, dass er am Saatwinkler Damm liege. Peter Heiland war zwar schon oft an der Einmündung des Damms in die Flughafenstraße vorbeigekommen, aber noch nie entlanggefahren. Die Straße führte durch eine unbewohnte Gegend, rechts ein paar Industriegebäude, links kleine Anwesen. »Ich kenn mich hier auch nicht aus«, sagte Carl Finkbeiner. »Aber eigentlich kann es nur auf der Seite zum Spandauer Schifffahrtskanal hin sein.«

Ein Junge auf einem Mountainbike kam ihnen entgegen. »Wende mal und fahr ihm nach!«, rief Heiland, »vielleicht geht er ja in den Klub.« Der Radfahrer bog in einen Sandweg ein, in dessen Mitte ein erhöhter Grasstreifen entlanglief. Finkbeiner folgte ihm. Nach 50 Metern etwa stoppte der Junge, warf sein Fahrrad achtlos gegen einen Maschendrahtzaun, der von einer Hecke fast vollkommen überwuchert war, und stieß ein Gartentor auf. Carl Finkbeiner fuhr langsam an dem Grundstück vorbei. Jetzt sahen sie, dass über dem Gartentor ein Schild mit der Aufschrift »Blockhausklub« hing. 30 Meter weiter fand der Kommissar eine kleine Bucht zwischen zwei Grundstücken und parkte dort seinen Wagen.

Die schweren Regenwolken hatten sich verzogen. Die Sonne strahlte aus einem klarblauen Himmel. Aber es war schwül. »Man bekommt ja kaum Luft«, stöhnte Carl Finkbeiner.

»Da kommen garantiert noch mehr Gewitter heute«, sagte Peter Heiland und öffnete das Tor. Seine Kopfschmerzen waren zurückgekehrt.

Der Blockhausklub erwies sich als ein Holzhaus, umgeben von einem wilden Garten, in dem die Pflanzen sich selbst überlassen waren. Nur eine Fläche von etwa 20 × 20 Meter war gerodet worden. Dort standen zwei lange einfache Tische mit je zwei Bierbänken davor, eine Tischtennisplatte, eine gemütlich wirkende Parkbank und eine Hollywoodschaukel. Ein Mädchen und ein Junge, beide um die 15 Jahre, spielten Tischtennis. An den Tischen saßen fünf oder sechs Jungen, die etwas älter zu sein schienen. Einige der Gesichter kamen Peter Heiland bekannt vor. Aber ganz sicher war er sich nicht, ob er sie am vorausgegangenen Abend beim »Versteck« gesehen hatte. Sie sahen auf, als die beiden Kommissare an den Tisch traten. »Ist der Friedo da?«, fragte Peter Heiland.

»Drin im Büro«, sagte einer und wies mit dem Daumen zu dem Holzhaus hin.

Heiland und Finkbeiner betraten einen hohen Raum, der bis zum Dachfirst hinaufreichte. Die Wände bestanden aus glatt behauenen Baumstämmen. Tische und Stühle waren ohne erkennbare Ordnung im Raum verteilt. An der Giebelseite befand sich eine offene einfache Küche. Ihr gegenüber war eine Wand eingezogen, in deren Mitte eine schmale Tür ins Büro führte, wie man an der Aufschrift erkennen konnte. Nur der Junge, der kurz vor ihnen mit dem Fahrrad angekommen war, hielt sich in dem Raum auf. Er stand in der Küche und stapelte Geschirr in einen Hängeschrank. Alles hier drin wirkte sauber und aufgeräumt.

Jetzt rief der Junge in der Küche laut: »Friedo! Besuch!«

Die Tür öffnete sich. Der Streetworker rollte in den großen Raum. Er maß die beiden Männer mit einem abschätzigen Blick. »Ihr seid Bullen, nehm ich an.«

»Richtig!«, sagte Carl Finkbeiner.

»Und?«

»Wir ermitteln wegen des Mordes an Sven Lubinski.«

»Kenn ich nicht!« Friedo starrte Peter Heiland feinselig an.

»Sie kennen Ihn unter dem Namen Malik. Wussten Sie nicht, wie er wirklich hieß?«

»Nein.«

»Sie sind doch sicher mit ihm in Berührung gekommen«, ergriff nun Carl Finkbeiner das Wort.

»In Berührung? Was meinen Sie denn damit?«, fragte der Streetworker barsch.

Finkbeiner sah ratlos zu Peter Heiland hinüber. »Ich denke, Sie haben verstanden, was mein Kollege wissen wollte«, sagte der.

»Malik war ein Mensch mit dem man besser nicht ›in Berührung‹ kam«, gab Friedo gallig zurück. »War's das?«

»Malik hatte eine Gang aus Jugendlichen um sich gesammelt«, fuhr Peter Heiland unbeirrt fort. »Sie haben versucht, die Jugendlichen davon abzuhalten, da mitzumachen. Das hat uns der Wirt vom ›Versteck‹ gesagt.«

»Ja, und?«

»Also mussten Sie doch gewusst haben, was Malik trieb und was er vorhatte.«

»Ich hab gehört, er lebt nicht mehr.«

»Das stimmt!«

»Also hat sich der Fall erledigt. Für mich wenigstens. Guten Tag, die Herren!« Friedo drehte seinen Rollstuhl geschickt auf der Stelle. Dabei traten die Armmuskeln des Streetworkers stark hervor.

»Nur eine Frage noch: Wer ist der Anführer der ›Hot Devils‹?«

»Das werden Sie ja wohl auch ohne mich rauskriegen können. Ihnen stehen doch alle Mittel zur Verfügung.« Ohne die Kommissare noch eines Blickes zu würdigen, rollte Friedo auf sein Büro zu. Peter Heiland eilte schnell an ihm vorbei, um die Tür aufzuhalten. »Oh, hallo, Jonny«, hörte Finkbeiner plötzlich seinen Kollegen rufen, und dann sah auch er ihn. Johannes Streitz stand vor einem Computerdrucker, nahm die in rascher Folge herauswandernden Blätter entgegen und schichtete sie zu einem Stapel. Der Junge sah nur kurz herüber, nickte und wendete sich wieder seiner Arbeit zu. Friedo hatte nun die Tür passiert und schlug sie heftig hinter sich zu.

Carl Finkbeiner grinste schief. »Der mag uns nicht!«

»Wundert euch das?«, rief der junge Mann aus der Küche.

Heiland ging zu ihm hinüber. »Ja, schon«, sagte er. »Wir haben ihm doch nichts getan.«

»Na ja«, sagte der Junge gedehnt. Und befasste sich wieder angelegentlich mit dem Geschirr.

»Hat er schlechte Erfahrungen mit der Polizei gemacht?«, fragte Peter Heiland.

»So könnte man's nennen.«

»Und um was ging's da?«

»Ich war nicht dabei.«

»Aber du hast davon gehört?«

»Bevor ich was Falsches sage, sag ich lieber gar nichts«, gab der Junge zurück. Er verließ die Küche und griff sich aus einem Regal eine Zeitschrift. Auf dem Weg zur Tür sagte er: »Knut Dressler.«

»Wie bitte?«, fragte Peter Heiland.

»Der Boss der ›Devils‹. Knut Dressler heißt der!«, antwortete der Junge und trat ins Freie hinaus.

Die beiden Polizisten sahen sich an. Finkbeiner nickte zu der Bürotür hin. »Wollen wir noch mal reingehen?«

»Nein«, sagte Peter Heiland. »Erst soll Meier mal suchen, ob er was in seinem Computer findet.«

Finkbeiner grinste. »Was der findet, können wir auch finden. An die Datenbank kommst du auch ran.«

»Will ich aber nicht. – Gib mir doch noch mal so eine Tablette.«

Carl Finkbeiner reichte Peter die ganze Packung. Der ging zur Küche hinüber, füllte ein Glas unter dem Hahn mit Wasser und warf ein weiteres Aspirin ein. »Irgendwann müssen diese Scheißkopfschmerzen doch mal weggehen«, sagte er.

Als sie das Blockhaus verließen, hatte sich der Himmel wieder verdunkelt. Schwere eisgraue Wolken schoben sich zu bizarren Türmen zusammen. Ein unangenehmer böiger Wind schüttelte die Büsche vor dem Haus. »Wir gehen besser rein«, rief einer der Jungen. Sie verließen ihre Plätze an dem Gartentisch. Die Tischtennisspieler klappten die Platte zusammen und rollten sie unter die Dachtraufe. Als Peter Heiland laut sagte: »Kann ich euch was fragen?«, reagierten sie nicht, sondern verschwanden wortlos im Haus.

Auf dem Weg zu ihrem Dienstwagen sagte Carl Finkbeiner: »Nadja Zeughoff von der Abteilung 3 müsste diesen Friedo eigentlich kennen. Sie hat doch ne ganze Zeit im Dezernat Jugendkriminalität gearbeitet.«

»Die Kollegin mit der guten Nase?«

»Hä?«, machte Finkbeiner und betätigte den elektronischen Öffner der Autotür.

Peter lachte. »Im Fall Hartung hat sie buchstäblich gerochen, dass der Mann der Ermordeten bei seiner Geliebten war und nicht beim Joggen rund um den Grunewaldsee, wie er angegeben hatte. So ein Rendezvous riecht nun mal ganz anders als 5.000 Meter Dauerlauf an einem verregneten Abend.«*

* Felix Huby: »Der Patriarch«

Nadja Zeughoff saß alleine im Büro und hatte die Füße auf den Tisch gelegt. Ihre langen schlanken Beine steckten in Jeans. Die nackten Füße ruhten auf einem Stapel Papier. Die Schuhe standen unter ihrem Stuhl. Die Kommissarin las in einer Akte.

»Störe ich?«, fragte Peter Heiland.

»Du doch nicht!« Nadja nahm ihre Füße vom Tisch und richtete sich auf.

»Ich hab nur eine kurze Frage …«

»Sie darf ruhig auch länger sein. Bei uns ist grade nicht viel los.«

»Kennst du Friedo Neubert?«

»Ja, natürlich. Der Mann ist klasse. Streetworker mit Leib und Seele.«

»Und ein Polizistenhasser.«

»War er aber nicht immer. Erst seit er im Rollstuhl sitzt.«

»Hat das etwas miteinander zu tun?«

»Weiß nicht.«

Peter Heiland setzte sich auf den Stuhl an einem Schreibtisch, der im Augenblick nicht besetzt war. »Weißt du, seit wann er gelähmt ist?«

»Vor ungefähr drei Jahren, als ich noch beim Jugenddezernat war, kam er mir noch auf zwei Beinen entgegen. Ein halbes Jahr später saß er schon im Rollstuhl.«

»Aber du weißt nicht, wie es dazu kam?«

Nadja Zeughoff schüttelte den Kopf. »Keine Ahnung. Aber das wird man ja wohl rauskriegen können.«

Peter Heiland sah die Kollegin an. »Wo bei euch grade so wenig los ist …«

»Schon verstanden. Ich versuch's. Aber dass mir das nicht einreißt.«

»Was denn?«

»Dass du dich auf die Suche nach minderbeschäftigten Kollegen machst, wenn es bei euch eng wird.«

Peter Heiland lachte. »Ich werde mir Mühe geben.«

»Und wie geht's Hanna?«, fragte Nadja Zeughoff. »Dass du sie mir ja nicht vernachlässigst.«

»Auch da will ich mir Mühe geben.« Peter Heiland schaute auf seine Uhr. »Am besten mache ich Feierabend.«

Aber er fuhr nicht gleich nach Hause, sondern strampelte auf seinem Fahrrad nach Tempelhof, um Ron Wischnewski aufzusuchen. Eigentlich wollte er nur fragen, ob es der Chef geschafft hatte, Kontakt zu dem Therapeuten Frederic Möhlmann aufzunehmen.

»Ich war sogar schon bei ihm«, sagte Wischnewski, der seinen Mitarbeiter überraschend in seine Wohnung hereingebeten hatte. »Sympathischer Mann. Guter Schachspieler. Nehmen Sie doch Platz!«

Die Wohnung war zwar nicht aufgeräumt, aber sie war in einem sehr viel besseren Zustand als bei einem Besuch Peter Heilands vor ungefähr einem Jahr. Wischnewski räumte ein Bündel Kleider aus einem Sessel und warf sie auf ein Bügelbrett, das mitten im Zimmer stand.

»Danke. Ich möchte Sie nicht aufhalten. Sie haben Schach gespielt?«

»Ja, warum nicht. Wussten Sie, dass man manche unserer Verhaltensweisen mit Schachfiguren demonstrieren kann?«

»Nein. Das höre ich zum ersten Mal.«

»Möhlmann kann das. Zum Beispiel die Unbeweglichkeit des Turms, wenn der Gegner ihm geschickt alle Wege verstellt. Plötzlich kann die Figur überhaupt nicht mehr agieren. Sie wird sozusagen auf null gestellt.«

Peter Heiland sah Wischnewski an. »Das war doch nie Ihre Situation.«

»Das denken Sie, Schwabe. War aber doch so.«

»Also ehrlich! Ich wüsste niemand, der Sie so beeinflussen könnte.«

»Außer mir selber mit meinen Gewohnheiten und meinen Ängsten …« Plötzlich brach Wischnewski ab. »Ich rede zu viel. Wollen Sie was trinken?«

»Nein, danke. Ich wollte nur ganz schnell vorbeischauen.« Peter war dicht bei der Tür stehen geblieben. »Eigentlich wollte ich nur wissen, ob Sie mit meinem Tipp was anfangen konnten.«

»Dieser Möhlmann ist wirklich ein erstaunlicher Typ. Mit seiner Hilfe könnt' ich's schaffen. Ich bin völlig anders bei ihm rausgegangen als ich reingegangen bin. Es war ein guter Rat, Heiland. Ich bin Ihnen echt dankbar.«

Für einen Augenblick legte der Kriminaldirektor seine Hand auf Peter Heilands Schulter. Eine Geste der Vertrautheit, die er sich bislang stets verboten hatte. »Grüßen Sie Hanna von mir.«

Als Peter die Treppe hinunterstieg war er noch immer wie benommen. Konnte es denn sein, dass ein einziger Besuch bei dem kleinen, parkinsonkranken Therapeuten Frederic Möhlmann eine solche Veränderung bei Wischnewski hervorgerufen hatte? Der Gedanke beschäftigte ihn auf seiner ganzen Fahrt von Tempelhof durch Schöneberg nach Charlottenburg bis zur Wohnung von Hanna Iglau.

Er schloss sein Fahrrad neben der Haustür an einen Eisenzaun an und trat ins Haus.

Hanna lag auf der Couch und las in einem Buch. Peter beugte sich über sie und küsste sie.

»Das Essen ist fertig. Steht in der Küche.« Sie kam etwas mühevoll hoch. »Wird das schön, wenn der Bauch endlich wieder weg ist!«, seufzte sie. »Übrigens, dein Opa hat angerufen.«

»Tatsächlich? So ungern, wie der telefoniert! Wollte er dich oder mich sprechen?«

»Uns beide. Er will uns nämlich besuchen.«

»Was?«

Heinrich Heiland, Peters Großvater, der ihn einst alleine groß gezogen hatte, nachdem beide Eltern bei einem Verkehrsunfall ums Leben gekommen waren, verließ sein Häuschen auf der Schwäbischen Alb nur noch höchst ungern. Für ihn begann die deutsche Kulturlandschaft in Palermo und endete in Tauberbischofsheim. Alles was weiter östlich war, zählte bei ihm schon zu Sibirien. Und so war es bislang bei einem einzigen Berlinbesuch von Opa Henry, wie Peter ihn nannte, geblieben.

»Wann will er denn kommen?«

»Freitag! Er will auf jeden Fall hier sein, wenn das Baby kommt.«

»Was der aber auch für Ideen hat!« Peter schüttelte den Kopf.

»Freust du dich denn gar nicht?«, fragte Hanna, als sie in der Küche am Tisch saßen. Peter war seit der Nachricht, dass sein Großvater kommen würde, seltsam in sich gekehrt. Den griechischen Bauernsalat und die Hackfleischröllchen hatte er kaum angerührt. Die Flasche Wein, passend zum Essen ein trockener Demestica, stand noch ungeöffnet vor ihm.

Peter hob den Kopf. »Der Fall, an dem wir arbeiten, ist unheimlich kompliziert. Ich werde kaum Zeit für meinen Opa haben. Und du fällst ja auch aus.«

»Ich bin ja nicht krank. Ich kann mich um deinen Großvater kümmern. Und auf meinen Zustand wird er schon Rücksicht nehmen.«

Peter nickte. »Macht er bestimmt.«

DONNERSTAG

Der Tag versprach kein besseres Wetter. Allerdings waren die Temperaturen gefallen. Über der Stadt lag eine geschlossene, gleichmäßig graue Wolkendecke. Aber als Peter Heiland das Haus verließ, war es trocken. Er schloss sein Fahrrad von dem Metallzaun ab. Erst als er aufsteigen wollte, stellte er fest, dass beide Reifen platt waren. Bei näherem Hinsehen, entdeckte er, dass sie offenbar mit einem Messer aufgeschlitzt worden waren. Im Laufschritt erreichte er den Bus Richtung Bahnhof Zoo, der im gleichen Augenblick den Kaiserdamm herabgefahren kam.

»Alltäglicher Berliner Vandalismus!«, sagte Norbert Meier.

»Vielleicht hängt es ja auch mit unserem Fall zusammen«, sagte Jenny Kreuters.

Peter Heiland bedauerte bereits, dass er von den durchstochenen Fahrradreifen erzählt hatte. Er war froh, dass in diesem Moment Nadja Zeughoff hereinkam.

»Welch Glanz in unserer Hütte«, rief Norbert Meier übertrieben laut.

Nadja Zeughoff beachtete ihn nicht. Sie ging direkt auf Heiland zu: »Friedo Neubert ist am 18. Oktober 2014 bei einer Demonstration angeschossen worden. Seitdem ist er querschnittsgelähmt.«

»Und wer hat auf ihn geschossen?«, fragte Carl Finkbeiner.

»Weiß man nicht.«

»Was war denn das für eine Demonstration?«, wollte Peter Heiland wissen.

»Das ist ja das Interessante – keine, bei der normalerweise Schusswaffen im Spiel sind«, antwortete Nadja. »In der Mainzer Straße. Gegen die Räumung eines Mietshauses. Die Bewohner und die Nachbarn hatten sich zusammengetan gegen den Investor, der das alte Haus entmieten, abreißen und neue teure Wohnungen bauen wollte. Nichts Ungewöhnliches also.«

Peter Heiland wendete sich an Norbert Meier: »Kannst du mal den Bericht darüber aus der Datenbank holen.«

»Es gibt keinen Bericht über die Verletzung von Friedo Neubert. Nur das Übliche: Gewaltbereite Linksautonome sind mit Baseballschlägern auf die Beamten losgegangen, es flogen Steine und ein paar Molotowcocktails. Nach etwa fünf Stunden war der Einsatz beendet. Es gab zehn leicht verletzte Polizisten und 26 vorübergehend Festgenommene, die nach der Feststellung der Personalien wieder frei gelassen wurden.«

»Und woher weißt du dann, dass Neubert bei der Gelegenheit angeschossen wurde?«

»Ich hab mir die Mühe gemacht, ein paar Leute zu fragen, die damals dabei gewesen sind.«

»Auf welcher Seite?«, fragte Norbert Meier.

»Auf beiden Seiten!«

»Und es hat kein Verfahren gegeben?«, fragte Peter Heiland.

»Es gab eine Anzeige gegen Unbekannt wegen schwerer Körperverletzung, die Friedo Neubert erstattet hat. Sie wurde zunächst ziemlich verschleppt. Am Ende hat die Staatsanwaltschaft keine Anklage erhoben, weil kein hinreichend Tatverdächtiger gefunden wurde. Der Fall wurde zu den Akten gelegt.«

»Das stinkt doch!«, sagte Carl Finkbeiner.

»Wer hat denn den Einsatz geleitet damals?«, fragte Peter Heiland.

»Kriminaloberrat Nerlinger.«

»Der ist seit zwei Jahren tot«, rief Norbert Meier von seinem Schreibtisch herüber. »Kettenraucher! Lungenkrebs!«

Nadja nickte. »Ein paar Wochen nach dem Einsatz in der Mainzerstraße hat er sich ins Krankenhaus verabschiedet, und da ist er nie wieder rausgekommen.«

»Friede seiner Asche«, sagte Norbert Meier. »Ich hab ihn nicht vermisst.«

»Wen würdest du schon vermissen«, sagte Finkbeiner gallig.

»Nadja zum Beispiel!«, Meier grinste über das ganze Gesicht. »Aber sonst …« Er wendete sich seinem Computer zu. »Mann, fühl ich mich geschmeichelt«, sagte Nadja Zeughoff sarkastisch und wendete sich wieder an Heiland: »Bitte erwarte keine weitere Mitarbeit von mir. Wir haben heute Nacht zwei Mordfälle reingekriegt.« Damit verließ die Kollegin die 4. Kommission.

»Wir stehen auf dem Schlauch!«, sagte Finkbeiner.

»Vielleicht sollten wir unseren Fall auch zu den Akten legen«, meldete sich Norbert Meier. »Diesen Lubinski haben doch wohl alle, die ihn gekannt haben, zur Hölle gewünscht. Dort ist er jetzt. Friede seiner … na ja.«

»Mindestens einer hat verdammt um ihn getrauert«, sagte Finkbeiner.

»Aha. Und wer soll das gewesen sein?«

»Johannes Streitz, genannt Jonny, der getreue Assistent des Streetworkers Friedo Neubert.«

»Und wie passt das zusammen?«, fragte Jenny Kreuters.

»Erst mal gar nicht.« Peter Heiland massierte seine Schläfen. Der Kopfschmerz hatte sich wieder eingestellt. »Aber das kennen wir ja. Solche Fälle hatten wir schon öfter. Ich seh zu, dass ich noch mal mit diesem Jonny Streitz rede.«

»Norbert und ich könnten diesen Knut Dressler suchen«, meldete sich Finkbeiner.

»Und wer ist das?«, fragte Meier.

»Der Chef der ›Hot Devils‹.«

»Und was mache ich?«, fragte Jenny.

»Du hältst die Stellung. Vielleicht versuchst du auch mal rauszukriegen, was damals geschehen ist, als Friedo Neubert ins Kreuz geschossen wurde.«

»Ins Kreuz? Warum denn ins Kreuz?«

»Ne Querschnittslähmung kriegt man ja wohl kaum, wenn man ins Knie geschossen wird.«, ätzte Norbert Meier.

»Du hast ja heute wieder einen ganz besonders charmanten Tag«, giftete Jenny Kreuters zurück.

»Los, komm!«, sagte Carl Finkbeiner zu dem Kollegen, »bevor du dich vollends um Kopf und Kragen redest.«

Das triste Grau lag unverändert über der Stadt. Peter Heiland holte sich einen Dienstwagen und fuhr zum Uhland-Gymnasium. Als er dort ankam, war gerade große Pause. Auf dem Schulhof standen die älteren Schüler in kleinen Gruppen und rauchten oder redeten aufeinander ein oder taten beides. Die Jüngeren tobten herum, soweit es die Enge des Platzes zuließ. Peter Heiland schlenderte gemächlich über den Schulhof, wurde ein paar Mal rüde angerempelt und entdeckte schließlich Johannes Streitz als einen der Wenigen, die alleine herumstanden. Der Junge tippte auf seinem Smartphone offensichtlich eine Nachricht und schreckte auf, als der Kommissar plötzlich vor ihm stand. »Hallo, Johannes!«

Hastig steckte der Junge das Telefongerät in die Hosentasche. »Was ist? Ach Sie sind's.«

»Ich würde gerne noch mal ein paar Takte mit Ihnen reden«, sagte Peter Heiland.

Der Schüler machte eine Geste, die bedeuten konnte: »Bitte, ich höre zu«.

»Ich habe bis jetzt nur Leute kennengelernt, die Sven Lubinski, also Malik, wenn Ihnen der Name lieber ist, abgrundtief gehasst haben.«

»Abgrundtief«, Jonny sprach das Wort leise nach und schien ihm hinterher zu hören.

»Aber Sie waren zutiefst betroffen, als Sie von seinem Tod gehört haben.«

Johannes Streitz nickte nur, ohne etwas zu sagen.

»Können Sie mir das erklären?«

»Malik hat viel für mich getan. Ich hab mich bei ihm und seiner Frau die meiste Zeit sehr wohlgefühlt«

»Haben Sie Vanna Mbele gemocht?«

»Ich kenne niemanden, der sie nicht mag.«

»Sind Sie verliebt in Vanna?«

Johannes Streitz hob den Kopf und sah Peter Heiland direkt in die Augen. »Was stellen Sie denn für Fragen?«

»Ich finde die Frage ganz normal. Nachdem ich Frau Mbele kennengelernt habe, kann ich jeden verstehen, der sich in sie verliebt.«

Der schmale Schüler richtete sich auf und sagte dann mit einem Ernst, der zu seiner Jugend nicht passen wollte: »Ich war Gast in ihrem Haus.«

Peter Heiland lächelte. »Wenn wir mal mehr Zeit haben, erzähle ich Ihnen ein paar Geschichten aus der Literatur, in denen sich Gäste eines Hauses in die Frau des Hauses verliebten.«

»Danke! Wir haben eine Deutschlehrerin, die kann das auch.« Ein feines Lächeln flog über Jonnys Gesicht.

»Ich kenne auch aus der Realität ein paar ganz schöne und auch schlimme Beispiele.«

»Machen wir jetzt hier Small Talk oder was?«

»Sie haben recht. Das bringt uns nicht weiter. Ich will schlicht wissen, wie Ihr Verhältnis zu Malik war, und genauso interessiert mich, wie Ihr Verhältnis zu Friedo Neubert ist.«

»Mein Verhältnis zu beiden war beziehungsweise ist gut!«

»Aber Friedo und Malik waren Feinde.«

»Ja, das war eine wirklich spannende Konstellation.«

Die Pausenglocke rief die Schüler in den Unterricht zurück. Jonny hob bedauernd die Schultern. »Ich muss leider wieder!«

»Wann und wo können wir uns denn weiter unterhalten?«, fragte Peter Heiland.

»Ich hab jetzt ein Zimmer im Blockhausklub.«

»Und Ihre Eltern?«

»Ich bin über 18 und volljährig. Genügt Ihnen das?«

»Nein!«

»Schade!« Johannes Streitz drehte sich rasch um und ging mit schnellen Schritten auf das Schulgebäude zu. Niemand gesellte sich zu ihm, und er schien auch nicht daran interessiert zu sein, mit jemandem zu reden.«

Peter Heiland verließ den Schulhof und setzte sich auf die Umgrenzungsmauer. Er nahm aus seiner Tasche die Schachtel mit den Kopfschmerztabletten und schluckte eine der Pillen trocken hinunter. Heiland überlegte, ob er in seiner Jugend so einem Schüler begegnet war und erschrak plötzlich, als ihm einfiel, dass er selbst vermutlich der Einzige gewesen war, der ein ähnliches Verhalten an den Tag gelegt hatte. Er war immer ein Einzelgänger gewesen, respektiert von den Klassenkameradinnen und -kameraden, aber was man einen besten Freund nannte, hatte er nie gehabt. Er hatte auch nie zu einer Clique gehört. Und hatte nicht auch er immer gedacht, den anderen voraus oder ihnen gar überlegen zu sein? Er war schon früh in die Höhe geschossen, überragte die Mitschüler mit 16 um gut einen Kopf, und er war in allen körperlichen Dingen extrem ungeschickt. Seltsamerweise machte sich bei den anderen aber darüber keine Schadenfreude breit. Eher hatten sie, vor allem die Mädchen, Mitleid mit ihm. Bei den Fußballspielen wurde er immer, wenn die Mannschaften gewählt wurden, als Letzter genommen. Im Geräteturnen war er eine einzige Lachnummer gewesen, nur dass merkwürdigerweise niemand gelacht hatte. Bis heute konnte er diese Zurückhaltung seiner Schulkameraden nicht begreifen. Freilich hatte auch er eine Stärke. Er war ein glänzender Läufer. Vor allem auf den langen Strecken. Mit 17 lief er den Marathon unter vier Stunden. Aber alles Reden der Sportlehrer nutzte nichts. Er trainierte nicht planvoll, sondern lief, wenn ein Wettbewerb anstand, und ansonsten lief er, wenn er Spaß daran hatte. Im Grunde ermittelte er heute so, wie er einst den Laufsport betrieben hatte. Und auch in seiner Polizeiarbeit kam er meist mit einem guten Ergebnis ins Ziel. Unterwegs gab er auch dann nicht auf, wenn die Lage aussichtslos zu sein schien.

Peter Heiland nahm sich vor, das alles bei Gelegenheit in aller Ruhe Johannes Streitz zu erzählen, der ihm zu gefallen begann, vielleicht weil sie sich so ähnlich waren.

Seinem Elternhaus freilich war Peter Heiland nie davongelaufen. Seine Mutter und seinen Vater hatte er sehr früh verloren. Noch ehe er in die Schule kam. Auf der Autobahnausfahrt Stuttgart Degerloch war ihnen ein Falschfahrer entgegengekommen, ein Kleintransporter mit hoher Geschwindigkeit. Beide Eltern starben noch an der Unfallstelle. Der Geisterfahrer blieb unverletzt. Damals hatten sich die Großeltern um ihn, das einzige Kind des verunglückten Paares, gekümmert.

Und als nach zwei Jahren die Oma starb, hatte der Opa alleine die Verantwortung übernommen. Sicher war es ihm schwer gefallen, dem Kind die Eltern und zudem die geliebte Großmutter zu ersetzen. Aber er hatte sich das nie anmerken lassen, zumindest hatte Peter es ihm nie angemerkt. Und so war es gekommen, dass Peter Heiland und sein Großvater Heinrich über viele Jahre ein unzertrennliches Paar geworden waren. Der Großvater hatte sogar seinen Beruf als Revierförster frühzeitiger als nötig aufgegeben, um ganz für den Heranwachsenden da zu sein.

Ob Johannes Streitz so einen Menschen hatte, fragte sich Peter Heiland und überlegte, ob es Friedo Neubert sein könnte, oder ob Sven Lubinski, dieser Teufel aus Lagos, diese Rolle gespielt haben konnte. Oder beide, jeder auf seine Weise. Plötzlich wusste Peter Heiland: Er musste die Eltern dieses Jungen kennenlernen.

Für Carl Finkbeiner und Norbert Meier war es keine große Mühe gewesen, Knut Dressler zu finden. Sie hatten seine Polizeiakte gefunden, in der eine ganze Reihe Vergehen und kleinerer Verbrechen registriert war. Dressler war zwar einer, der mit schöner Regelmäßigkeit überführt wurde und mit immer längeren Strafen in den Knast einfuhr. Aber da war nichts darunter, was einem Ganoven oder einem Polizisten besondere Hochachtung abgenötigt hätte. Im Augenblick war Knut Dressler draußen, und er hatte einen Bewährungshelfer, allerdings einen, von dem man wusste, dass er seinen Klienten riet: »Halt's Maul, halte still und nimm dich zusammen.« Andere Bemühungen um die Resozialisierung seiner ihm Anvertrauten, hatte er längst aufgegeben. »Was willste machen, bei einer Rückfallquote von 98 Prozent«, pflegte er zu sagen. Woher er die Zahl hatte, wusste er selber nicht, aber sie passte ihm ins Konzept.

Der Bewährungshelfer, wunderte sich nicht, als Carl Finkbeiner und Norbert Meier bei ihm erschienen. »Um wen geht es?«, fragte er.

»Wir wollen mit Ihnen über Knut Dressler reden.«

»Was wird ihm denn zur Last gelegt?«, fragte der Bewährungshelfer. Es klang verdammt nach Routine. Carl Finkbeiner schätzte den Mann auf Mitte 50. Was für ein desillusionierter Sack, schoss es ihm durch den Kopf.

»Es liegt nichts gegen ihn vor. Wir brauchen ihn als Zeugen.«

»Na so was!« Der Bewährungshelfer gönnte sich ein kleines Lachen.

»Wo finden wir ihn?«

»Ich kann Ihnen seine derzeitige Adresse geben. Aber die hätten Sie ja wohl auch bei Gericht erfahren.«

»Ja, aber jetzt geben Sie sie uns!« Carl Finkbeiner konnte sehr bestimmend sein, und nur selten setzte er sich damit nicht durch.

Der Bewährungshelfer schrieb ein paar Zeilen auf einen Zettel, während Norbert Meier sagte: »Ich versteh euch. Ihr habt einen Scheißjob. Die Typen verarschen euch am laufenden Band, und ihr habt kein Mittel dagegen.«

Der Bewährungshelfer sah auf. »Es ist sogar noch schlimmer. Heute musst du echt Angst haben, dass da ein 14-Jähriger kommt und dir zwei Mal das Messer reinsticht, und es ist vorbei. Irgendein Kind aus Russland, das kriegt 400 Euro und dann schicken die den wieder nach Hause. Das gab's früher nicht. Ich geh kein Risiko ein. Nie mehr. Mein bester Freund ist so ums Leben gekommen, nur weil er versucht hat, einem zu helfen, als schon klar war, dass ihn die Russenmafia zurückhaben wollte.«

Die beiden Kommissare gingen nicht darauf ein. Stattdessen fragte Meier: »Wie isser denn so, der Knut?«

»Kleiner als er denkt. Viel kleiner! Aber sagen Sie das mal einem, der sich für den Größten hält! Seine Bewährungszeit läuft in neun Monaten ab. Und wenn er durchhält, wäre das ein Riesenerfolg!«

Deiner nicht, dachte Finkbeiner, sagte es aber nicht.

Sie fanden den derzeitigen Boss der »Hot Devils« in einer Kneipe an der Skalitzer Straße, die der Bewährungshelfer ihnen genannt hatte. Sie hieß »Darktown« und so sah sie auch aus. Vor dem Laden parkten ein paar Motorräder, keine mit denen man hätte angeben können, aber wenn sie so dicht nebeneinander stehen, dachte Finkbeiner, sehen sie fast ein bisschen nach Macht und Stärke aus. Die beiden Kommissare beschlossen, in die Kneipe zu gehen, ein Getränk zu bestellen und so zu tun, als ob sie Zufallsgäste wären. Aber das verfing nicht. »Kuck ma, die Bullen!«, tönte es aus einer dunklen Ecke des ziemlich heruntergekommenen Lokals. »Die waren doch vorgestern im ›Versteck‹, oder?«

»Genau!«, rief ein anderer.

»Ja dann, wenn das so ist«, sagte Finkbeiner und ging entschlossen zu dem Tisch ganz hinten links in einer Nische, wo das Licht der Straße nicht hinkam, aber auch keine Lampe brannte. »Hallo Knut!«, sagte der Kommissar aufs Geratewohl.

»Kennen wir uns? Haben wir schon mal zusammen im Straßengraben gelegen?«, kam eine Stimme aus der dunklen Ecke.

»Da ziehe ich andere Gesellschaft vor!«, antwortete Finkbeiner, ohne zu lächeln. »Herr Dressler, wir haben ein paar Fragen an Sie. Wir können hier reden, oder Sie kommen zu uns ins LKA. Eine Vorladung kann ich Ihnen jetzt gleich ausschreiben.«

»Und wenn ich nicht komme?«

»Dann kennen Sie vermutlich Ihre Bewährungsauflagen nicht.« Carl Finkbeiner war einer, den niemand so schnell aus der Ruhe bringen konnte, und so einer wie Dressler schon gleich gar nicht.

»Okay, Jungs«, tönte es jetzt aus der dunklen Ecke. »Bin gleich wieder da!«

Der Mann, der sich erhob, war mindestens 35 Jahre alt, etwa 1,70 groß und 20 Kilo zu schwer. Er trug eine Militärhose, ein T-Shirt mit irgendwelchen Runenzeichen, die Finkbeiner nicht deuten konnte und darüber die Kutte mit den gehörnten roten Teufeln auf dem Rücken. Sein Gesicht war unnatürlich gerötet. Seine kurzen fettigen Haare hatte er nach vorne in die Stirn gekämmt, wie man es manchmal auf Darstellungen von Napoleon sieht. Carl Finkbeiner ging voraus zu einem

Tisch nahe beim Eingang und sagte: »Kommen Sie, setzen wir uns hierher«, während Norbert Meier dort Platz nahm, wo Dressler bis gerade noch gesessen hatte.

Einige der jungen Männer am Tisch schienen protestieren zu wollen, aber Meier sagte: »Wir unterhalten uns jetzt ein wenig, und dann bin ich auch schon wieder weg.«

Carl Finkbeiner bestellte bei dem Wirt, der an den Tisch getreten war, »ein Glas Rotwein, wenn's geht, einen Trockenen« und wandte sich dann Dressler zu.

»Wie gut haben Sie Sven Lubinski gekannt?«

»Wen?«

»Malik, den Mann aus Lagos.«

»Malik? Det war doch 'n Berliner.«

Carl Finkbeiner nickte. »Also?«

»Nicht gut. Er und wir, wie soll ich sagen ...«

»Sie waren Konkurrenten.«

»Ja, genau!«

»Hat er Sie denn als Konkurrenten ernst genommen?«

Knut Dressler fuhr hoch. »Da könn' Se Gift drauf nehmen.«

Der Wirt brachte den Rotwein und stellte ein volles Bierglas vor Dressler hin. Die beiden Männer warteten, bis er gegangen war.

Finkbeiner nahm seinen Faden wieder auf. »Als ernstzunehmender Konkurrent sind Sie auch unser erster Verdächtiger für den Mord.«

Dressler grinste. »Welche Ehre!«

»Wenn Sie es wirklich waren, werden wir's Ihnen beweisen.«

»Ich hab gehört, man weiß nicht mal, wann genau er umgebracht worden ist.«

Finkbeiner fixierte Knut Dressler. »Da täuschen Sie sich«, log er. Aber er konnte im Gesicht des anderen keine Verunsicherung bemerken. »Na ja«, sagte der Kommissar, »es gibt ja auch Leute, die Ihnen gar nichts zutrauen. Neulich hat einer gesagt, bevor die ›Hot Devils‹ was gelten, müssten sie erst mal entsprechende Maschinen haben. Um die kaufen zu können, müssten sie ein paar Banküberfälle verüben, aber die traut denen keiner zu.«

Dressler richtete sich auf, gönnte sich ein überlegenes Lächeln oder das, was er dafür hielt, und sagte: »Sie wissen es, und wir wissen es: Malik ist tot. Und jetzt werden die Karten neu gemischt. Sie werden sich über uns noch wundern.«

Finkbeiner sah Dressler ernst an. »Ich kann Ihnen nur raten, keine Fehler zu machen. Wir haben schon einen, der das versucht.«

»Sie meinen Faruk?«

Finkbeiner war überrascht, nickte aber nur.

Dressler stand auf. »Eine Null! Ganz im Gegenteil zu seinem Vater.« Er ging zu dem Tisch in der hinteren Nische zurück. Finkbeiner war beeindruckt, was ihn selbst ein wenig überraschte.

Norbert Meier erhob sich. »Ich hab Ihnen Ihren Platz warm gehalten.«

»Danke!«, sagte Dressler und setzte sich.

Als Finkbeiner und Meier auf die Straße hinaustraten, hatte es begonnen zu nieseln. »Dieses Frühjahr kannst du in die Tonne treten«, sagte Meier. Ihr Dienstwagen stand nur wenige Meter entfernt. Das Knöllchen hinter dem Scheibenwischer nahm Meier ab, zerknüllte es und warf es auf die Straße. »Und«, sagte er, »hast du irgendetwas Wichtiges erfahren?«

Finkbeiner hob die Schultern. »Weiß nicht so genau. Aber dieser Dressler ist nicht so harmlos wie wir gedacht haben.«

»Ja, den Eindruck hatte ich auch. Die Jungs, mit denen ich geredet habe, akzeptieren ihn offenbar als Boss, aber das bringt uns auch nicht weiter.«

Finkbeiner nickte. »Das ist genau der Moment, der bei unseren Ermittlungen immer mal wieder auftaucht. Man hat das Gefühl, dass man auf der Stelle tritt.«

Nachdem sich der Pausenhof geleert hatte, sprang Peter Heiland von der Begrenzungsmauer und ging in das Schulgebäude hinein. Eine ältere Frau im Sekretariat des Schuldirektors gab ihm bereitwillig die Adresse von Johannes Streitz. »Ein netter Junge«, sagte sie, »aber leider sehr verschlossen.« Dass er gar nicht mehr zu Hause wohnte, wusste sie nicht, wunderte sich aber darüber; denn Johannes Streitz' Vater sei ein angenehmer Mann, sagte sie. Er gehöre zu den besonderen Freunden der Schule und spende regelmäßig »ansehnliche Summen«, wenn das Uhland-Gymnasium mal wieder seine Bettelbriefe verschicken müsse. »Der Senat vernachlässigt uns ja, und ohne Eigeninitiative müssten wir die Schule irgendwann schließen. Die Toiletten sind eine Zumutung, es regnet durchs Dach der Turnhalle, und längst müssten alle Räume, alle Korridore und die Treppenhäuser neu gestrichen werden.«

Peter Heiland fiel ein, wie gepflegt seine Schule, das Progymnasium in Riedlingen, gewesen war. Aber natürlich: Baden-Württemberg war ein wohlhabendes Land und Berlin schob noch immer eine Bugwelle von Schulden vor sich her.

Die Familie Streitz wohnte in einem Jugendstilhaus in der Wielandstraße. Aus den Fenstern im fünften Stock sah man auf den Walter-Benjamin-Platz hinab, den die Bezirksverwaltung Charlottenburg vergeblich zu beleben versuchte. Trotz der Wasserspiele auf der Seite der Leibnitzstraße wirkte das Areal verlassen und kahl. Die Wohnung des Kunsthändlers Dr. Thomas Streitz schätzte Peter Heiland auf gut 300 Quadratmeter. Die hohen Räume bekamen zusätzlich Helligkeit durch Lichtkuppeln, die nachträglich in die Decke eingelassen worden waren. Nach hinten öffnete sich die Wohnung zu einer Terrasse, von der aus man in einen begrünten Hof blicken konnte.

Der Hausherr nutzte sein Zuhause auch als Büro. »Sonst hätten Sie mich wohl kaum hier angetroffen«, sagte er zu Peter Heiland. Streitz war ein hoch gewachsener, schlanker Mann. Er trug ein schwarzes Tennisshirt, dazu eine Leinenhose, und er ging barfuß durch seine Wohnung. Der Duft von einem teuren Aftershave umwehte ihn. Peter Heiland schätzte Streitz auf Mitte 50.

»Meine Frau ist zurzeit in Amsterdam«, sagte der Hausherr. »Und meine Sekretärin ist im Urlaub, aber einen Kaffee kann ich Ihnen trotzdem anbieten.« Peter Heiland lehnte dankend ab. Sie setzten sich an einen Tisch, dessen Glasfläche auf zwei schmalen Marmorblöcken ruhte. Streitz räumte ein paar Schriftstücke zur Seite. »Es geht um meinen Sohn, wenn ich Sie richtig verstanden habe.«

»Er wohnt nicht mehr bei Ihnen, wie er mir sagte.«

»Nein. Und seine Mutter ist vor einem Jahr nach Paris gezogen. Davor hat er bei ihr gewohnt. Wir lebten schon seit Längerem getrennt.«

»Sie sagten, Ihre Frau sei in Amsterdam. Also sind Sie wieder verheiratet.«

»Ja. Und genau da liegt das Problem. Angela und Johannes sind wie Feuer und Wasser. Ich muss sagen, meine Exfrau hat den Jungen so konditioniert, dass er keine Chance hatte, meine zweite Frau nicht abzulehnen. Wenn die beiden aufeinandertreffen, gibt es Krieg.«

»Und wie ist Ihr Kontakt zu Ihrem Sohn?«

»Er nimmt mir die Trennung von seiner Mutter übel. Ein Gespräch mit ihm ist nur sehr schwer möglich.«

»Das Opfer in dem Fall, in dem wir ermitteln, hat Ähnliches erlebt wie Ihr Sohn. Könnte sein, dass sich die beiden deshalb so gut verstanden haben.«

»Wie? Was sagen Sie da? Das Mordopfer …?« Der Kunsthändler starrte Peter Heiland ungläubig an. »Etwa der Mann, der im Westhafen gefunden wurde?«

»Ja, er und Johannes hatten sich angefreundet.«

»Das glaube ich nicht, nach allem was über diesen Menschen in den Zeitungen zumindest angedeutet wurde.«

»Ja, mir kam das auch unwahrscheinlich vor. Aber Ihr Sohn Johannes hat es mir bestätigt. Er hat sogar eine Zeit lang bei diesem Mann und seiner Freundin, einer Afrikanerin aus Nigeria, gewohnt.« Peter Heiland sah durch die offenen Schiebetüren, die den Blick auf einen großen Teil der großzügigen Altbauwohnung frei gaben. »Freilich unter ganz anderen Bedingungen als hier.«

»Und wo ist er jetzt?«

»In einem Jugendklub am Saatwinkler Damm. Er hat einen sehr guten Kontakt zu dem Mann, der den Klub leitet und wichtige Arbeit als Streetworker leistet.«

»Können Sie mir die Adresse geben?«

»Wollen Sie etwa dorthin fahren?«

»Ja, natürlich!« Thomas Streitz wirkte entschlossen.

»Ich schreib sie auf.« Peter Heiland zog seinen Notizblock heraus, aber der Hausherr schob ihm rasch Zettel und Stift zu. »Da, bitte!«

Während Heiland die Adresse notierte, sagte er: »Ihr Sohn schien uns von Anfang an nicht in die Umgebung zu passen, in der er jetzt lebt.«

»Er ist ein wahnsinniger Dickkopf. Immer schon hat er damit gedroht: ›Sobald ich 18 bin, ziehe ich aus‹. Aber natürlich habe ich das nicht ernst genommen.« Streitz ging zu einem schmalen Glasschrank und nahm eine Kognakflasche heraus. »Sie auch einen?«

Peter Heiland wehrte ab. »Nicht im Dienst!«

»Johannes war schon als Kleinkind oft voller Trotz. Und er kann ungeheuer jähzornig sein.«

»Johannes?« Peter Heiland hob überrascht den Kopf.

»Auf mich hat er sehr ... wie soll ich sagen, sanftmütig gewirkt.«

Streitz lächelte. »Sie, in Ihrem Beruf, müssten doch wissen, dass die meisten Menschen nicht nur eine Seite haben. Dass viele sogar mit absolut gegensätzlichen Eigenschaften leben müssen.«

»Und bei Ihrem Sohn ist das so?«

»Ja, leider. Ich hätte ihn ernster nehmen müssen.«

Peter Heiland stand auf. »Vielleicht ist es ja noch nicht zu spät.«

Jenny Kreuters hasste Computerrecherchen. Dabei war sie darin sehr viel versierter als Peter Heiland zum Beispiel. Ihr war zudem klar: Über den Einsatz in der Mainzer Straße würde sie auch nicht mehr herausfinden als Norbert Meier, der, im Gegensatz zu ihr, am liebsten am Rechner recherchierte. Also suchte sie nach Kollegen, die damals für die Polizeiaktion eingeteilt waren. Irgendeinen würde sie schon finden, mit dem sie dann reden konnte. Aber in der Datei fehlte die Liste der Beteiligten. Nicht einmal die Zahl der Einsatzkräfte war festgehalten. Außer Nerlinger war auch kein Kollege genannt, der damals mit der Leitung betraut war. Jenny ärgerte sich, dass sie Nadja Zeughoff nicht gefragt hatte, mit wem sie geredet hatte, und am Telefon erreichte sie die Kollegin nicht. Die Kommissarin sah auf die Uhr. Es war kurz nach 14 Uhr, eigentlich zu spät, um in die Kantine zu gehen. Trotzdem machte sie sich auf den Weg. Sie hatte zwar keinen Hunger, aber die leise Hoffnung, irgendwen zu finden, der seinerzeit den Einsatz in der Mainzer Straße mitgemacht hatte.

Hans Steinecker stand kurz vor der Pensionierung. Seit drei Jahren arbeitete er im Archiv, wie die Abteilung Dokumentation im Hausjargon noch immer genannt wurde. Steinecker zog es vor, alleine zu essen. Deshalb ging er meistens auch erst in die Kantine, wenn die anderen schon wieder zurück waren. Jenny Kreuters holte sich einen Salat und ein Mineralwasser an der Theke und setzte sich zu ihm. »Hallo!«, grüßte sie.

Erstaunt sah Steinecker auf. Dann sah er sich um. Die meisten Tische waren unbesetzt. »Tag!« grüßte er leise zurück und wendete sich wieder seinem Schnitzel und den Pommes Frites zu.

»Kann ich Sie was fragen?«

Steinecker hob den Kopf wieder. »Mich?«

Jenny Kreuters lachte. »Sehen Sie sonst jemanden hier?« Irgendwie kam es ihr komisch vor, den Kollegen zu siezen, aber sie konnte sich an niemanden erinnern, der den alten Hauptkommissar duzte.

Steinecker schob seinen Teller von sich und sah Jenny aufmerksam in die Augen. »Na dann!«

»Erinnern Sie sich an den Einsatz in der Mainzer Straße vor ungefähr drei Jahren?« Sie ärgerte sich, dass sie das genaue Datum nicht parat hatte. »Muss im Herbst 2014 gewesen sein.«

»Da gab's mehrere! Was interessiert Sie denn?«

»Der Streetworker Friedo Neubert wurde damals verletzt und hat später gegen Unbekannt geklagt.«

»Ja, das stimmt. Bei dem Einsatz war ich dabei.«

»Und wer hat geschossen?«

»Keine Ahnung.«

»Ich hab im Computer nichts gefunden. Es fehlen eine Menge Angaben. Da steht nur, dass Nerlinger den Einsatz geleitet hat.«

»Mehr nicht?« Zwischen Steineckers Augenbrauen bildete sich eine steile Falte. »Das kann eigentlich nicht sein.«

»Ist aber so.« Jenny nahm eine erste Gabel von dem Salat.

»Sie meinen, die Dokumente sind manipuliert worden?«

»Ich wundere mich einfach.«

Steinecker legte sein Besteck zur Seite. »Nerlinger war damals schon krank. Er saß im Mannschaftswagen. Von dort aus leitete er den Einsatz. Aber warum interessieren Sie sich ausgerechnet jetzt dafür?« Steinecker lehnte sich weit zurück und überkreuzte seine Arme vor der Brust. Er war eine unauffällige Erscheinung, ziemlich groß und sehr dünn. Sein schmaler Kopf saß auf einem zu langen Hals, der mit seinen vielen Falten an den Hals eines Truthahns erinnerte. Auch das Gesicht war mit Falten durchzogen, die Steinecker älter erscheinen ließen, als er war.

»Friedo Neubert taucht in unserem neuesten Fall auf.«

»Dem Mord an diesem Malik?«

Jenny nickte. »Und Herr Neubert erweist sich als wenig kooperativ, um es mal freundlich auszudrücken.«

»Sie meinen, er hat was gegen die Polizei? Da wäre er

nicht der erste Streetworker. – Ich hole mir noch einen Kaffee. Sie auch einen?«

»Ja, gerne.«

Jenny sah dem älteren Kollegen hinterher. Er hob beim Gehen kaum die Füße vom Boden, die Schultern fielen nach vorn. Die Hände hatte er tief in den Hosentaschen vergraben. Jenny wusste, dass er schon als ganz junger Polizist zum Landeskriminalamt gekommen war. Sie hätte ihn gerne gefragt, weshalb er seine letzten Jahre auf einem Druckposten, wie man es im Hause nannte, verbringen musste.

Als er sich wieder zu ihr setzte, sagte er, als hätte er ihre Gedanken erraten: »Die Kollegen denken immer, ich sei in die Dokumentation abgeschoben worden, aber so ist das nicht. Ich wollte da hin. Mit raushängender Zunge irgendwelchen Verbrechern hinterherzuhecheln, die uns doch meistens ein, zwei Schritte voraus sind, war nicht mehr mein Ding.« Er schob eine der beiden Tassen über den Tisch. »Was Sie da erzählen, interessiert mich. Ich werde der Sache nachgehen. Kann ja nicht sein, dass da einfach Teile eines Berichtes verschwinden.«

»Der Gedanke, dass Friedo Neubert von einer Polizeikugel getroffen wurde, ist wohl nicht so ganz abwegig«, sagte Jenny Kreuters.

»Das war eine wilde Auseinandersetzung damals. Die Demonstranten haben nicht nur mit Pflastersteinen sondern auch mit Molotowcocktails geworfen. Haben Sie schon mal erlebt, wie das ist, wenn so ein Ding direkt vor Ihren Füßen explodiert?«

Jenny schüttelte den Kopf.

»Man kann verstehen, wenn da einer reflexartig durchzieht und schießt.« Steinecker trank rasch seinen Kaffee aus, stand auf, machte eine linkische Verbeugung und sagte: »Ich rufe Sie an, wenn ich was rauskriege.«

Jenny Kreuters blieb noch eine Weile sitzen, ohne ihren Salat noch einmal anzurühren, trank den lauwarm gewordenen Kaffee aus und ging dann zurück in ihr Büro.

Etwa um die gleiche Zeit verließ Peter Heiland das Haus in der Wielandstraße. Auf dem gegenüberliegenden Gehsteig blieb er noch einmal stehen und sah an der Fassade hinauf. Wenn man einmal so wohnen könnte wie dieser Kunsthändler, dachte er. So groß müsste es gar nicht sein. Die Hälfte würde es auch tun. Aber dann wären es bestimmt immer noch 150 oder gar 200 Quadratmeter – mitten in der Stadt und dennoch ruhig und mit viel Grün nach hinten raus. Ideal für seine kleine Familie, die gerade im Entstehen war. Eine Gedichtzeile von Kurt Tucholsky fiel ihm ein: »Ja, das möchtste: Eine Villa im Grünen mit großer Terrasse / Vorn die Ostsee und hinten die Friedrichstraße …« Peter lachte auf und wiederholte die zwei Zeilen noch mal, aber so sehr er sich bemühte, die Fortsetzung fiel ihm nicht ein. Noch mal rezitierte er laut: »Vorn die Ostsee und hinten die Friedrichstraße …«, als hinter ihm ein Mann mit lauter Stimme fortfuhr: »Mit schöner Aussicht, ländlich mondän / Vom Badezimmer ist die Zugspitze zu sehn.« Peter Heiland fuhr herum. Der Mann musste Mitte 70 oder älter sein. Er hatte ein bezauberndes Lächeln im Gesicht.

»Ja, nicht wahr«, sagte er und sah auch an der Fassade hinauf, »wenn man so wohnen könnte.«

Und dann geschah etwas, was für Peter Heiland typisch war und was keiner seiner Kollegen je verstehen würde. Immerhin waren sie mitten in einem höchst brisanten Fall. Der Kommissar deutete zum Walter-Benjamin-Platz hinüber. »Darf ich Sie zu einem Kaffee einladen?«

Der alte Herr, es war ein Herr, das konnte man sehen, wenngleich der Anzug mit Weste ein wenig abgetragen wirkte, verbeugte sich leicht. »Es ist mir ein Vergnügen.«

Inzwischen hatte es aufgehört zu nieseln, und es war warm genug geworden, um draußen zu sitzen. Sie nahmen vor einem italienischen Restaurant Platz, das sich auch als Café auswies. Der Wirt war gerade noch dabei, die letzten Stühle trocken zu reiben. Heilands Gast hatte sich als Erich Kornberg vorgestellt. Er sei Gymnasiallehrer gewesen, sagte er. Zuletzt Oberstudienrat am Uhland-Gymnasium.

Peter Heiland beugte sich auf seinem Korbstuhl weit nach vorne. »Jetzt muss ich Ihnen etwas sagen. Ich glaube nicht an Zufälle, aber immer wieder erlebe ich ganz unwahrscheinliche.«

»Vielleicht grade weil Sie nicht dran glauben.« Kornberg zeigte wieder dieses warme, werbende Lächeln.

»Ich habe mit einem Fall zu tun, in dem beiläufig auch ein ehemaliger Lehrer aus dem Uhland-Gymnasium eine Rolle spielt.«

»Einen Fall? Was treiben Sie denn beruflich?«

»Ich bin Kriminalkommissar und leite eine Mordkommission.«

»Nein!«, entfuhr es seinem Gegenüber. »Sie sehen überhaupt nicht so aus.«

Der Kommissar lachte. »Und ich heiße auch gar nicht so. Entschuldigung, ich habe mich noch gar nicht vorgestellt. Heiland mein Name.«

»Ungewöhnlich! – Wie heißt denn mein Kollege, mit dem Sie zu tun haben?«

»Hans Joachim Nenndorf.«

»Was denn, der Hajo Nenndorf? Er war Referendar bei mir. Und ich sage Ihnen, er war unschuldig.

»Ja, das ist ja nun auch bewiesen.«

»Ehrlich? Das wusste ich gar nicht. Er ist also rehabilitiert?«

»Voll und ganz!«

»Gott sei Dank! Ich war ja schon in Pension, als das passiert ist. Aber mir war absolut klar, dass die ganze Geschichte erstunken und erlogen war. Was macht er denn jetzt?«

»Er betreibt eine Kneipe in der Nähe vom Westhafen!«

Kornberg nippte an seinem Espresso. »Können Sie mir die Adresse geben?«

»Ich wollte sowieso noch mal hinfahren, ob ich das jetzt oder später mache, ist egal. Wenn Sie wollen, nehme ich Sie mit.«

Der alte Herr strahlte den Kommissar an. »Auch diese Einladung nehme ich gerne an, junger Mann!«

Um diese Zeit war wenig los im »Versteck«. Ein paar Jugendliche hingen auf der Straße vor dem Lokal herum und tranken Bier aus Flaschen. »Ich geh mal vor«, sagte Peter Heiland und betrat das Lokal. Es war menschenleer. »Er wird hinten im Garten sein.« Der Kommissar durchquerte den Raum. Kornberg folgte dichtauf. Der obere Teil der Tür zum Hof war verglast. Die Scheiben waren zwar sehr lange nicht geputzt worden, aber dennoch konnte Peter Heiland durch die Schmutzschlieren sehen, was draußen geschah. Er streckte seinen linken Arm nach hinten und hielt Kornberg fest. »Rühren Sie sich nicht!«, flüsterte er und zog mit der rechten Hand seine Dienstwaffe aus dem Holster unter seiner Jacke. Langsam, ganz langsam schob er die Tür auf.

Mit dem Rücken zu ihm stand Faruk Ben Salah. Lässig hielt er eine Maschinenpistole der Marke Uzzi in der Armbeuge, die er auf Hans Joachim Nenndorf und Vanna Mbele gerichtet hatte. Die beiden saßen sich gegenüber auf zwei Bänken, links und rechts von einem der Biertische. Peter Heiland gelang es, die Tür Zentimeter für Zentimeter aufzuschieben, ohne Lärm zu machen.

»Ihr wisst, wo das Zeug ist!«, schrie der junge Ben Salah. »Ihr wollt es euch unter den Nagel reißen. Der Stoff ist gut zwei Millionen wert. Das hat Malik mir noch gesagt. Also, wo ist er?«

»Du spinnst!« Nenndorf hatte die Hände gehoben, schien aber wenig beeindruckt zu sein. »Du weißt genau …«

»Ich weiß genau«, schrie Faruk, »ihr habt das Zeug! Und jetzt pass auf!« Er entsicherte die Uzzi. »Zuerst schieß ich dir ins rechte Knie. Wenn du dann nicht redest, ins linke. »Und mit dir mach ich das nur nicht, weil du sowieso mir gehörst«, sagte er zu Vanna.

Peter Heiland war nun zwei Schritte hinter ihm. Vanna und Nenndorf ließen sich nicht anmerken, dass sie ihn bemerkt hatten. So viel Coolness hätte er nicht von ihnen erwartet. Nenndorf sagte: »Gut, Faruk, reden wir!«

Der junge Ben Salah ließ die Waffe sinken und sicherte sie wieder. »Wusst ich's doch!«

Im gleichen Augenblick drückte ihm Peter Heiland den Lauf seiner Dienstpistole in die Halsbeuge und sagte mit ruhiger Stimme. »Keine Bewegung, Faruk, oder es ist vorbei mit dir.« Er kam sich bei diesen Worten selbst ein wenig lächerlich vor, zumal er seiner Stimme einen besonders tiefen, fast pathetischen Klang gegeben hatte. »Die Waffe!« Peter Heiland streckte seine offene Linke nach vorne. Faruk legte die Uzzi hinein. Im gleichen Augenblick wurde dem Kommissar schmerzlich bewusst, dass er zwar seine Dienstpistole dabei hatte, aber keine Handschellen.

»Herr Kornberg! Ja, wo kommen Sie denn her?« Das war der Wirt, der nun von der Bank aufsprang.

»Darf ich mal vorbei«, sagte der ehemalige Studienrat und schob Peter zur Seite, um mit ausgebreiteten Armen auf Nenndorf zuzugehen. Faruk erkannte blitzschnell seine Chance. Er warf sich herum, trat mit voller Wucht sein Knie in Peter Heilands Unterleib, sodass der vor Schmerz aufschreiend zusammenknickte. Die Uzzi fiel zu Boden. Die Pistole hielt der Kommissar zwar noch in der Hand, aber er war unfähig, sich zu bewegen. Faruk sprang durch die Tür und verschwand im Lokal.

»Haltet ihn doch auf!«, schrie Vanna. »Man muss ihn aufhalten!«

Schwer atmend richtete sich Peter Heiland auf. »Der entkommt uns nicht.«

»Möglich«, sagte Vanna Mbele kühl. »Aber wissen wir, was er bis dahin anrichtet?«

»Sieht so aus, als hätt ich's verbockt«, sagte Kornberg.

Hans Joachim Nenndorf begann zu kichern. Gegen das Gelächter, das in ihm aufstieg, kam er nicht an. Es schüttelte ihn förmlich, wurde lauter, hektischer. Er konnte es nicht mehr kontrollieren. Kornberg starrte ihn an und sah dann fragend zu Peter Heiland herüber. Vanna stand auf und schlug den Wirt zwei Mal mit der flachen Hand ins Gesicht. Das Lachen brach ab.

Kornberg setzte sich mit dem Rücken zum Tisch auf die Bank, stützte beide Ellenbogen auf und schlug die Beine übereinander. »Was für ein Schauspiel!«

Peter Heiland fragte mit gequälter Stimme. »Wo ist denn nun der Stoff, von dem Faruk gesprochen hat?«

»Er denkt, wir wüssten, wo Malik das Zeug gebunkert hat«, antwortete Vanna sachlich. »Aber das hätte Malik weder mir noch Hajo gesagt.«

»Wenn einer weiß, wo das Zeug ist, dann ist das Faruks eigener Vater«, fügte der Wirt hinzu.

Peter Heiland hatte endlich die Kraft, die Uzzi vom Boden aufzuheben. Er legte die Waffe vorsichtig auf den Tisch und wickelte sie in ein paar Papierservietten ein, die auf einem Stapel bereit lagen. »Das ist eine ganz schöne Verführung. Rauschgift im Wert von zwei Millionen«, sagte er mehr zu sich selbst als zu den anderen und ertappte sich bei dem Gedanken, dass die Wohnung des Kunstsammlers Streitz ungefähr so viel gekostet haben musste.

»Wollen wir denn auf die Tatsache, dass offensichtlich, dank der Courage des Herrn Kommissars, alles gut ausgegangen ist, und auf unser glückliches Wiedersehen nicht vielleicht ein Gläschen trinken«, ließ sich der frühere Oberstudienrat Kornberg hören.

»Aber unbedingt«, sagte der Wirt und verschwand im Lokal.

Er kam kurz darauf mit einem Tablett zurück, darauf eine geöffnete Rotweinflasche und vier Gläser. »Mein Wein für besondere Anlässe«, sagte er. Peter Heiland musterte den Wirt, danach Vanna Mbele, die einen schwarzen einteiligen Anzug mit schmal geschnittenen Hosenbeinen und einem engen Oberteil trug. Ein paar Mal gingen seine Blicke hin und her, ehe er sagte: »Seit wann kennt ihr beide euch eigentlich?«

»Ich verweigere die Aussage«, gab der Wirt lachend zurück.

»Malik hat mich gleich nach seiner Ankunft aus Lagos einmal mit hierher gebracht. Ich habe Hajo von Anfang an gemocht«, sagte Vanna.

»Und weiter?«, fragte Peter Heiland.

»Nichts weiter. Sie haben ja keine Ahnung, wie eifersüchtig Malik war.«

»Aber jetzt ist er tot!«

»Kann mir mal einer erklären …?«

Weiter kam der ehemalige Oberstudienrat nicht.

Denn Nenndorf fuhr Heiland scharf an. »Ziehen Sie jetzt bloß keine falschen Schlüsse!«

Peter sagte nichts drauf. Er nahm das Glas, das der Wirt inzwischen eingeschenkt hatte, und probierte den Wein. »Der ist tatsächlich für besondere Anlässe. Und ich meine damit nicht diese Szene mit Faruk, sondern das Wiedersehen zwischen Ihnen, Herr Nenndorf und Herr Kornberg.«

Alle prosteten sich zu. Danach sagte Peter Heiland zu Vanna: »Vielleicht sollten wir die beiden alleine lassen. Sicher haben sie sich viel zu erzählen. Ich könnte Sie mitnehmen in die Stadt. Ich weiß ja, wo Sie zu Hause sind, und dort fahre ich sowieso vorbei.«

Vanna Mbele verzog das Gesicht, trank ihr Weinglas in einem Zug aus. »Man kann Ihnen ja nichts abschlagen!«

»Hat aber weniger mit mir als mit meinem Beruf zu tun, oder?«

»Ich widerspreche nicht.« Vanna Mbele stand auf, bereit zu gehen.

Kornberg erhob sich ebenfalls, küsste Vanna formvollendet die Hand und sagte: »Was sind Sie für eine wunderschöne Frau!«

Der Wirt lachte. »Galant war er schon immer. Und ein ganz wunderbarer Lehrer!«

»Und woran erkennt man das?«, fragte Vanna.

»Daran, dass ihn seine Schüler liebten.«

»Ich wollte auch Lehrerin werden«, sagte die Afrikanerin. »Aber das Schicksal hat es nicht gewollt.«

»Ich würde mich sehr freuen, wenn ich Sie einmal wiedersehen dürfte«, sagte Kornberg zu ihr. Dann reichte er Peter Heiland die Hand. »Ich danke Ihnen! In den letzten vier Stunden habe ich mehr erlebt, als sonst in einem Vierteljahr.« Dann setzte er sich wieder und sagte zu Hajo Nenndorf: »Und nun zu uns!«

Als Peter Heiland und Vanna Mbele ins Auto eingestiegen waren, sprach zunächst niemand. Peter machte keine Anstalten loszufahren. Nach einer Weile des Schweigens sagte er: »Was wissen Sie über den Stoff?«

»Malik hat ihn auf Wegen, die sich ständig geändert haben, ins Land gebracht. Vielleicht ist es sogar sehr viel mehr als dieser Idiot Faruk behauptet hat. Ich habe keine Ahnung. Aber ich muss zugeben, dass ich Malik ein paar Mal geholfen habe, das Zeug zu schmuggeln. Wenn Sie mich dafür festnehmen wollen – bitte!«

Peter winkte nur ab und sagte: »Sprechen Sie bitte weiter!«

»Ich habe keine Ahnung, wie viele Leute davon wissen. Ich weiß auch nicht, wie Faruk davon erfahren hat. Der Junge ist völlig verrückt. Der hat Allmachtfantasien. Mir hat er erklärt, dass ich sofort aufhören müsse, im Bordell zu arbeiten, und dass er jeden, der sich an mich heranmache, umbringen werde. Der Kerl ist krank!«

»Und deshalb vermutlich besonders gefährlich.«

Vanna nickte.

Peter Heiland drehte den Zündschlüssel. »Die interessanteste Bemerkung für mich war Nenndorfs Satz: ›Wenn einer weiß, wo das Zeug ist, dann ist das Faruks Vater.‹ Ich habe ihn kennengelernt. Ali Ben Salah ist bestimmt nicht so harmlos, wie er sich gibt.«

Vanna schwieg.

Peter Heiland sah zu ihr hinüber. »Was sagen Sie dazu?«

»Nichts!«, sagte Vanna Mbele und nach einer ganzen Weile: »Haben Sie auch nur die geringste Ahnung davon, wie schwierig es für jemanden wie mich ist, hier zurechtzukommen?«

Peter Heiland legte den ersten Gang ein und ließ die Kupplung kommen. »Ich denke schon!«

Nachdem er Vanna Mbele vor dem »Exoterotic« abgeliefert hatte, fuhr Peter Heiland ins Büro. Finkbeiner, Jenny Kreuters und Norbert Meier saßen beisammen und als ihr Chef hereinkam, sagte Jenny gerade: »Wen hätte dieser Malik wohl zu seinem Vater geschickt, um ihm die Münzensammlung abzuknöpfen?«

»Vielleicht Faruk und diesen Jonny, der war Malik ja wohl völlig hörig«, sagte Carl Finkbeiner. »Wo wir Jonny finden, wissen wir, aber bei dem anderen wird's schwierig.«

»Den müssen wir sowieso zur Fahndung ausschreiben«, warf Peter Heiland ein, ging zum Fensterbrett und holte sich einen Kaffee von der Maschine, die leise vor sich hin gurgelte.

»Mit welcher Begründung?«, fragte Meier.

»Unter anderem wegen unerlaubtem Waffenbesitz!« Heiland legte die eingewickelte Maschinenpistole auf den Tisch. »Und wegen Nötigung und versuchter schwerer Körperverletzung.« In kurzer Folge schilderte er, was im »Versteck« passiert war.

»Okay«, sagte Meier, »schnappen wir uns diesen Faruk und holen den Jonny. Dann organisieren wir eine Gegenüberstellung. Vielleicht erkennt ja der alte Lubinski die beiden.

Danach berichtete Jenny Kreuters, was sie von dem Kollegen Steinecker erfahren hatte. »Irgendwer muss einen Teil der Berichte aus den Akten genommen haben«, schloss sie.

»Man muss Konnarek befragen«, meine Peter Heiland.

»Der ist in Paris und kommt erst am Wochenende zurück.«

»Auf die paar Tage kommt's dann auch nicht mehr an«, sagte Peter Heiland.

Gegen 16.00 Uhr am Nachmittag betraten Carl Finkbeiner und Peter Heiland den Blockhausklub am Saatwinkler Damm. An einem langen Tisch saßen drei Mädchen und vier Jungen. Sie machten offensichtlich Hausaufgaben. Vor ihnen standen Cola- und Mineralwasserflaschen. Johannes Streitz beugte sich gerade über eines der Mädchen und erklärte ihr etwas. Die jungen Leute hoben fast synchron die Köpfe und schauten den beiden Kommissaren entgegen. Johannes Streitz verließ den Tisch und ging zu der Tür mit der Aufschrift Büro, öffnete sie einen Spalt und rief leise: »Friedo, die Polizei.«

Eigentlich wollten wir mit Ihnen reden, Jonny«, sagte Peter Heiland. Aber da rollte Friedo Neubert bereits aus seinem Büro. »Was ist denn jetzt schon wieder?«, herrschte er die beiden Kommissare an, ohne sie zuvor zu begrüßen.

Peter Heiland trat auf ihn zu. »Warum sind Sie eigentlich nicht bereit, mit uns zu reden?«

»Wir wären mit allem, was wir versuchen, doppelt so erfolgreich, wenn ihr Bullen euch halb so viel einmischen würdet.«

»Wir mischen uns nicht in Ihre Arbeit ein«, sagte Finkbeiner. »Wir haben die Aufgabe einen Mord aufzuklären, und dass wir Sie da nicht in Ruhe lassen können, wenn der Täter womöglich einer Ihrer Schützlinge ist …«

»Wer behauptet das?«, unterbrach ihn der Streetworker barsch.

»Es ist eine Möglichkeit, für die es gewisse Indizien gibt«, sagte Peter Heiland sanft.

»Sehen Sie sich doch um! Meinen Sie denn, dass einer von denen dazu fähig ist, einen Mann wie Malik zu töten?«

Peter Heiland lächelte. »Auf den Augenschein verlasse ich mich schon lange nicht mehr. Kommt eigentlich Faruk Ben Salah auch hierher in den Klub?«

»Nein!«

»Aber Sie kennen ihn?«

»Was ist denn das für eine Frage? Er ist genau der Typ, um den wir uns kümmern müssen, und genau das tun wir auch. War's das?«

»Können wir noch ein paar Sätze mit Ihnen alleine sprechen?«

»Von mir aus!«

Mit einer kräftigen Bewegung drehte Friedo Neubert seinen Rollstuhl und kehrte in sein Büro zurück. Die beiden Kommissare folgten. Finkbeiner drückte die Tür leise zu und lehnte sich mit dem Rücken dagegen. Der Streetworker rollte hinter seinen Schreibtisch und wies mit einer ruckartigen Kopfbewegung auf einen Stuhl.

Peter Heiland setzte sich. »Sie sind während eines Polizeieinsatzes verletzt worden, nicht wahr?«

»Was hat das mit Ihren Ermittlungen zu tun?«

»Ich weiß noch nicht. Das wird sich zeigen.«

Friedo Neubert starrte Heiland böse an. Ein seltsames Flackern war plötzlich in seinem Blick. »Na, da bin ich aber gespannt.«

»Wir auch.« Peter Heiland blieb gleichbleibend freundlich. »Kennen Sie eigentlich den Vater von Johannes Streitz.«

»Was soll denn das jetzt?«

»Es ist eine einfache Frage. Antworten Sie doch einfach«, rief Carl Finkbeiner von der Tür her.

»Nein. Ich bin ihm nie begegnet.«

»Das wird sich vermutlich ändern«, ergriff Peter Heiland nun wieder das Wort. »Ich habe heute mit ihm geredet, und er hat sich von mir Ihre Anschrift geben lassen.«

»Jonny ist volljährig!«

»Und sein Vater ist sein Vater!« Peter Heiland rückte seinen Stuhl etwas näher an den Schreibtisch heran und legte seine Unterarme auf die Platte. »Wir wissen, dass die Waffe, mit der Sven Lubinski erschossen wurde, am 16. März bei einem Hehler im Wedding gekauft wurde. Von einem jungen Mann, den der Verkäufer auf 18 Jahre schätzt …«

»Johannes? Johannes und eine Waffe? Sie sind ja nicht ganz dicht!«

»Ich habe mit keinem Wort behauptet, dass es Johannes Streitz war. Aber interessant ist doch, dass offenbar keiner der Jungs Malik so nahe stand wie Jonny Streitz. Er hat sogar eine Zeit lang bei ihm gewohnt.«

»Und daraus konstruieren Sie …«

Diesmal war es Peter Heiland, der unterbrach: »Wir konstruieren gar nichts. Wir tragen Fakten zusammen, und es wäre schön, wenn Sie uns dabei helfen würden.«

»Machen Sie Ihre Arbeit, ich mache meine.«

Peter Heiland wechselte abrupt das Thema: »Geben Sie eigentlich einem Polizeibeamten die Schuld an Ihrer Verletzung im September 2014?«

»Aus meinem Rücken wurde ein Geschoss herausoperiert, das vermutlich aus einer Walther-Pistole stammte. Was tragen Sie denn da unter Ihrer Jacke?«

»Ganz bestimmt nicht die Pistole, aus der auf Sie geschossen wurde. – Sie haben damals geklagt …«

Friedo Neubert winkte geringschätzig ab. »Das hätte ich gar nicht erst machen sollen.«

Als Heiland und Finkbeiner den Blockhausklub verließen, sagte Peter Heiland zu Johannes Streitz: »Wir brauchen Sie vielleicht in den nächsten Tagen für eine Gegenüberstellung. Sie bekommen eine formelle Vorladung, und ich muss Ihnen jetzt schon sagen, der können Sie sich nicht entziehen.«

»Schon gut«, sagte Johannes Streitz als ob er gar nicht richtig zugehört hätte.

Ali Ben Salah wohnte in einem riesigen weißen Haus, das architektonisch keiner Zeit zuzuordnen war. Die Fenster im Erdgeschoss waren mit kunstvoll geschmiedeten Gittern geschützt. Die Fassade im ersten Stock wurde von tief gezogenen Fenstern bestimmt, die nach oben in Spitzbögen ausliefen und zum Teil bunt bemalt waren. Darüber erhoben sich zwei turmartige Aufbauten die von Steinornamenten abgeschlossen wurden, und hinter denen sich vermutlich Dachterrassen befanden. Im Fitnessstudio hatte der Kommissar erfahren, dass der Chef heute zu Hause arbeite. Vermutlich müsse er sich mit der Steuererklärung beschäftigen, meinte Magda Klein, die Blondine am Empfang. Das Finanzamt habe den Termin für die Abgabe der Steuererklärung schon zweimal verlängert.

»Redet er denn mit Ihnen über so etwas?«, fragte Peter Heiland verwundert.

»Wir arbeiten sehr vertrauensvoll zusammen«, sagte die Empfangsdame. Ihr Lächeln war wie festgefroren.

Jetzt stand Peter Heiland vor dem schneeweißen Gebäude in der Furtwänglerstraße. Er hatte seinen Dienstwagen um die Ecke in der Richard-Strauß-Straße geparkt und war die wenigen Meter zu dem Anwesen zu Fuß gegangen. Über der Klingel waren nur die Initialen ABS zu lesen.

»Peter Heiland vom Landeskriminalamt!«, meldete er sich, als eine weibliche Stimme fragte, wer er sei und was er wolle. Dabei sah er genau in die Kameralinse, die er, versteckt in einer schmiedeeisernen Rosette, am oberen Rand des Eingangstors entdeckt hatte. Ein leises Summen. Das Tor sprang auf. Peter Heiland trat in einen gepflegten Garten. Ein junger Mann, dessen ausgeprägte Muskeln unter dem knappen T-Shirt gut zu erkennen waren, mit kurz geschorenen Haaren, einem kantigen Schädel und der dunklen Hautfarbe eines Nordafrikaners, kam ihm entgegen. Er führte zwei Kampfhunde an der Leine, die den Neuankömmling unfreundlich anknurrten. »Sie wollen zu Monsieur Ben Salah?«

»Ganz recht. Zu Herrn Ben Salah.«

»Bitte folgen Sie mir.« Der junge Mann zischte den Hunden etwas zu, was der Kommissar nicht verstand. Sofort stellten sie das Knurren ein und gingen brav bei Fuß neben ihrem Herrn voraus zum Haus, das etwas erhöht im hinteren Teil des parkähnlichen Gartens stand.

»Warten Sie hier!«, sagte der Mann, als sie die hohe Eingangshalle betreten hatten. An den Wänden liefen schwere dunkle Holzbänke entlang, deren Lehnen mit hellen Intarsien geschmückt waren. »Setzen Sie sich!«

Peter Heiland blieb lieber stehen. Gedämpftes Licht fiel durch die spitzgiebeligen Fenster.

»Tut mir leid, wenn Sie warten mussten!« Ben Salah kam in kurzen Sprüngen die Treppe herunter, die im hinteren Teil der Halle nach oben führte.

Peter Heiland lächelte den Tunesier freundlich an. »Es sind noch keine fünf Minuten vergangen, seitdem ich hier bin.«

»Tee? Kaffee? Wasser? Saft?«, fragte der Hausherr. »Sie wissen, wir Muslime trinken keinen Alkohol, und um nicht in Versuchung zu geraten, ist gar keiner im Haus.«

»Sehr vernünftig«, sagte Peter Heiland. »Danke. Ich möchte gar nichts.«

»Wollen wir uns hier unterhalten?«

»Wo Sie wollen. Es dauert bestimmt nicht lange.«

»Na gut! Dann setzen wir uns doch gleich hier.« Ben Salah ließ sich auf der Bank unter dem Fenster nieder. Seine Füße erreichten kaum den Boden. Peter setzte sich neben ihn. Er hatte sich auf dem Weg hierher eine Finte überlegt, der er aber jetzt schon nicht mehr traute. Dennoch wendete er sie an. »Herr Ben Salah, unsere Spurensicherung hat im Nachlass des ermordeten Sven Lubinski alias Malik mehrfach Ihren Namen gefunden.«

»Das ist nur zu natürlich. Wir waren Geschäftspartner.«

»Das haben Sie mir bei unserem ersten Gespräch verschwiegen.«

»Verschwiegen? Entschuldigen Sie, mein Deutsch …«

»Ich habe Sie vorgestern gefragt, ob Sie die Namen Malik oder Sven Lubinski kennen, und Sie haben entschieden verneint.«

»So, hab ich das? Ich kann mich nicht erinnern.«

Peter Heiland stand auf und sah auf den Tunesier hinab, dabei schüttelte er ganz langsam den Kopf, sagte aber nichts.

Ben Salah fuhr sich mit dem ausgestreckten Finger über die Stirn, eine Geste die der Kommissar schon im Fitnessstudio beobachtet hatte. Da waren aber diesmal keine Schweißtropfen, die Ben Salah hätte wegwischen müssen. »Herr Kommissar! Ich habe so viel um die Ohren, und ich bin schon immer sehr vergesslich gewesen …«

»Und ich habe Ihnen schon in unserem letzten Gespräch gesagt: Ich glaube Ihnen nicht.«

Ben Salah grinste: »Und was machen wir jetzt?«

»Tja«, sagte Peter Heiland, »das Dumme ist, bei Maliks Notizen geht es nicht nur um das Bordell, das Sie gemeinsam betrieben haben. Ganz offensichtlich geht es auch um Rauschgift!«

»Sie bluffen!«

Ehrlicherweise hätte Heiland sagen müssen: »Stimmt!« Stattdessen antwortete er: »Da würde ich mich an Ihrer Stelle nicht drauf verlassen. Immerhin ist Ihr Sohn Faruk auf der Suche nach dem Stoff, den Malik angeblich ins Land gebracht hat. Dummerweise hat er bei Leuten gesucht, die ganz offensichtlich nichts damit zu tun haben und die behaupten, die Drogen seien bei Ihnen.«

»Ich versteh kein Wort!«

»Ja, Sie müssen sich schon ein bisschen Mühe geben, Herr Ben Salah! Ist Ihr Sohn im Haus?«

»Nein! Ich weiß nicht, wo Faruk ist. Was haben Sie da grade über ihn gesagt? Ich hoffe nicht, dass er in so eine Sache verstrickt ist. Ich jedenfalls habe absolut nichts mit Rauschgift zu tun.«

»Und ich kann Ihnen nur wieder antworten: Ich glaube Ihnen nicht!«

Peter Heiland deutete eine Verbeugung an. »Bis zum nächsten Mal, Herr Ben Salah!« Dann verließ er die hohe Halle und trat ins Sonnenlicht hinaus. Das Tor in der Umgrenzungsmauer öffnete sich, als er fünf Schritte davor war, und schloss sich mit einem leisen Klack wieder hinter ihm. Peter Heiland sah sich um. Auf der gegenüberliegenden Straßenseite stand ein Einfamilienhaus mit einem schmalen Vorgarten. Ein älterer Mann schnitt sorgfältig Zweige aus einem Busch. Er trug Jeans und ein kariertes Hemd und hatte eine blaue Schürze umgebunden. Peter Heiland wusste, dass man Bäume und Büsche beschnitt, solange es kalt war, weil dann der Saft noch nicht in die Zweige gestiegen war und die Pflanzen deshalb nicht unter der Schere litten. Das sagte er aber nicht. Vielmehr fragte er den Mann, ob er sich für eine kurze Zeit bei ihm verstecken dürfe.

»Was? Sind Sie verrückt?«

»Nein, nur Polizist!« Peter Heiland zeigte dem älteren Herrn seinen Ausweis. »Ich würde gerne das Haus dort drüben unauffällig beobachten.«

»Ach so. Ja dann! Ist das nicht eine Sauerei«, sagte der Mann. »Da hat früher eine berühmte Schauspielerin gewohnt. Jetzt gehört es diesem …, diesem …«

»Sprechen Sie's lieber nicht aus«, unterbrach ihn der Kommissar. Er nahm sein Mobiltelefon heraus, berichtete Carl Finkbeiner kurz, wo er war und bat ihn, in die Furtwänglerstraße zu kommen. Vielleicht ist Faruk hier. Vielleicht verlässt auch der Alte bald das Haus. Man müsste ihn dann beschatten.«

Der Gartenbesitzer hatte aufmerksam zugehört. »Hoffentlich geht es ihm endlich ans Leder!«, sagte er und wendete sich wieder seiner Arbeit zu. Peter Heiland suchte einen Platz hinter der Hecke, die den Garten gegen die Straße abschirmte. Zwischen den Zweigen hatte er einen guten Blick auf das gegenüberliegende Anwesen. »Ist Ihnen denn an Herrn Ben Salah etwas aufgefallen?«, fragte er über die Schulter.

»Was meinen Sie?«

»Gerade haben Sie sich doch gewünscht, dass es ihm ›ans Leder geht‹.«

»Na ja. Das hier ist eine ruhige Gegend, nicht wahr. Grunewald eben. Aber dort drüben geht's zu wie in einem Taubenschlag. Vor allem nachts. Wenn sie feiern, tut man kein Auge zu wegen des Lärms, und wenn sie ihre Hammel grillen, zieht der Geruch direkt zu uns herüber. Ich hab schon oft Ihre Kollegen gerufen. Hat freilich nichts genützt. Es ist nicht besser geworden. Aber Sie sind ja vom Landeskriminalamt, habe ich gesehen, und da geht's ja dann wohl um größere Dinge.«

Peter Heiland antwortete nicht. Die Zeit zog sich hin. Ein Auto fuhr heran und parkte ein paar Meter vom Gartentor der weißen Villa entfernt. Peter Heiland erkannte seinen Kollegen hinter dem Steuer, rief ihn an und sagte: »Bis jetzt ist noch nichts passiert.« Ein paar Minuten später öffnete sich das Tor auf der anderen Straßenseite. Faruk Ben Salah schob sein Motorrad heraus. Eine Enduro-Maschine. Carl Finkbeiner startete den Motor seines Dienstwagens. Peter Heiland sagte ins Telefon: »Wenn du weißt, wo er hinfährt, hol Verstärkung. Wir müssen ihn festnehmen!«

»Sehr gut!«, sagte der ältere Mann, der nun seine Gartenschere aus der Hand legte und seine Hände an der Schürze abwischte.

Faruk Ben Salah setzte einen Sturzhelm auf, ließ seine Maschine an, und schwang sich in den Sitz des Motorrads. Er fuhr erstaunlich langsam an und bog nach links in die Hubertusbader Allee ein. Carl Finkbeiner folgte in gebührendem Abstand.

Peter Heiland verabschiedete sich von Ben Salahs Nachbarn. Auf die Frage, was denn gegen den Tunesier vorliege, gab er keine Antwort.

»Ich hoffe nur, dass es hier nicht auch noch zu einer Schießerei kommt«, sagte der Hobbygärtner.

Peter Heiland lächelte. »Am besten bleiben Sie in Deckung!« Er gab dem Mann die Hand, bedankte sich und ging zu seinem Dienstwagen zurück. Als er einstieg, meldete sich sein Handy. Carl Finkbeiner rief an. »Ich bin jetzt vor dem ›Darktown‹ in der Skalitzer Straße. Faruk ist pfeilgrad in Knut Dresslers Stammkneipe gefahren. Ich würde zu gern hören, was der mit den ›Hot Devils‹ zu besprechen hat, aber ich kann da nicht rein, weil die mich kennen.«

»Und Jenny?«

»Ich war mit Norbert da.«

»Richtig, stimmt ja. Ich rufe Jenny an, vielleicht schafft sie's auf die Schnelle. Ich komm aber auch hin. Wollen wir uns für die Festnahme Verstärkung bei der Schutzpolizei holen?«

»Ich glaube, das wird nicht nötig sein.«

Jenny und Peter Heiland kamen fast gleichzeitig vor der Kneipe in der Skalitzer Straße an. Jenny trug Jeans, die in kniehohen Stiefeln steckten. Darüber einen knapp sitzenden Pulli und eine offene Lederjacke. Auf ihren dunklen Locken saß eine Schiebermütze, die sie schräg bis zum rechten Ohr heruntergezogen hatte.

»Also wie ne Kriminalkommissarin siehste wirklich nicht aus«, sagte Peter Heiland.

»Meine Verkleidung für besondere Anlässe. Ich war ja bei dem Einsatz am Dienstag vor dem ›Versteck‹ dabei. So erkennen die mich vielleicht nicht wieder.«

»Einen Versuch ist es wert«, sagte Peter Heiland.

Carl Finkbeiner trat aus einem dunklen Hauseingang. »Ich hab mal durchs Fenster gelinst. Dieser Faruk sitzt tatsächlich mit Knut Dressler an einem Tisch. Und so wie's aussieht, redet er ohne Punkt und Komma auf ihn ein.«

Jenny verschwand in der Kneipe. Ihre beiden Kollegen postierten sich links und rechts von dem Fenster, durch das Finkbeiner schon zuvor ein paar Blicke ins Innere der Kneipe geworfen hatte.

Jenny blieb einen Augenblick in der Tür stehen und schlenderte dann zum Tresen. »Ne Berliner Weiße grün!«

»Neuet Jesicht!«, sagte der Wirt.

»Kann dem Laden nur guttun, oder?«

»Wo de recht hast, haste recht!« Der Mann hinterm Tresen schob das Glas mit dem Bier über den Tresen und goss aus einer Flasche Waldmeistersirup hinein. »Schnaps dazu? Sonst kriegste das Zeug ja nicht runter.«

»Gute Idee. Einen kleinen Klaren, bitte!«

Während der Wirt den Schnaps eingoss, ließ sich

Jenny ein wenig durch die Kneipe treiben. Sie erreichte den Tisch in der hinteren Ecke und versuchte zu hören, was zwischen dem Chef der ›Hot Devils‹ und Faruk Ben Salah gesprochen wurde.

»Ich versteh's immer noch nicht«, sagte Knut Dressler gerade. »Das geht doch voll gegen deinen Alten!«

»Na und?«, Faruk knallte sein Bierglas auf den Tisch. »Er hat's nicht anders verdient. Und hast du eine Ahnung, was das Zeug bringt? Wir teilen ehrlich.«

Dressler sah auf und Jenny direkt in die Augen. »Hallo, was bist denn du für eine?«

»Charlotte«, antwortete Jenny Kreuters. »Ich schau mich hier nur mal um. Bin letzten Samstag drüben in der Prinzenstraße eingezogen. Mal sehen, was die Gegend so bietet.«

»Mich zum Beispiel«, sagte Dressler. »Und das ist schon ne ganze Menge.«

»Du kannst die Fotze anmachen, wenn wir fertig sind«, herrschte Faruk ihn an.

»Wenn ihr fertig seid, mach ich dir erst mal klar, dass man so nicht über mich redet!«, zischte Jenny und kehrte an den Tresen zurück.

»Ärger?«, fragte der Wirt.

»Den kriegt der Marokkaner da hinten gleich.« Jenny stürzte den Schnaps hinunter.

»Dit is keen Marokkaner, dit ist 'n Tunesier.«

»Und was ist der Unterschied?«

»Weeß ick nich.«

Die beiden lachten und der Wirt schenkte noch einen Schnaps ein. »Geht auf's Haus!«

Jenny hob abwehrend die Hände. »Ich vertrage nicht so viel!«

»Na, bis in die Prinzenstraße schaffst du et och besoffen.«

»Du hast verdammt gute Ohren. Haste das wirklich gehört, dass ich da wohne?«

»Klar. Und dass du Charlotte heißt.«

»Worüber streiten sich die zwei denn?« Jenny nickte zu Dressler und Faruk hinüber.

»In so nem Fall hör ick weg!«

Dressler und Faruk standen gleichzeitig auf und reichten sich die Hand. Jenny warf einen Blick zum Fenster und sah kurz Peter Heilands Gesicht. Der Tunesier verließ den Tisch. Dressler setzte sich wieder. Faruk Ben Salah trat an den Tresen. »Zahlen!« Er stand jetzt direkt neben Jenny. Die Kommissarin sah aus den Augenwinkeln, wie Heiland und Finkbeiner die Kneipe betraten.

»Du entschuldigst dich jetzt bei mir«, sagte sie zu Faruk.

»Ich? Bei einem Weib? Oder bist du keins?« Er lachte.

Der Wirt schüttelte den Kopf. »Leute, ich will keinen Ärger.«

Jenny legte ihre rechte Hand in Faruks Nacken. »Du entschuldigst …« Weiter kam sie nicht. Faruk fuhr herum und holte aus. Jenny hatte genau darauf gewartet. Sie wendete sich dem jungen Kerl voll zu und zog ruckartig ihr Knie hoch. Es traf den Tunesier exakt zwischen seinen Schenkeln. Er schrie auf, knickte nach vorne und wurde genau in diesem Moment an seiner Kinnspitze von Jennys verschränkten Händen getroffen. Sein Kopf flog ruckartig zurück. Für einen Augenblick schien er jede Orientierung verloren zu haben.

»Was ist denn hier los? Junge Frau, was machen Sie denn da?« Das war Carl Finkbeiners Stimme.

»Polizei? Wo kommt ihr denn her?«, schrie der Wirt.

»Direkt von der Straße«, sagte Peter Heiland. »Faruk Ben Salah, Sie sind vorläufig festgenommen. Ich mache Sie darauf aufmerksam, dass alles, was Sie ab jetzt sagen, gegen Sie verwendet werden kann. Aber Sie haben das Recht zu schweigen.«

Faruk starrte Peter Heiland an. »Sie schon wieder!« Seine Hand glitt zu seinem Stiefelschaft hinunter und er zog ein Messer hervor. Finkbeiner trat zu. Das Messer flog quer durch den Raum und trudelte direkt vor Dresslers Tisch aus. Der Chef der »Hot Devils« bückte sich, hob es auf, prüfte vorsichtig mit der Daumenkuppe die Schärfe der Spitze und der Klinge, nickte beifällig und wollte das Messer einstecken. »Her damit!«, herrschte ihn Heiland an. Grinsend reichte Dressler das Messer dem Kommissar. Peter Heiland wandte sich wieder zu Faruk um. Der ließ sich ohne Widerstand die Handschellen anlegen. »Abmarsch!«, sagte Peter Heiland, und zu Jenny. »Und Sie, junge Frau, suchen sich vielleicht besser ein anderes Lokal.«

Jenny grinste ihn an. »Mir gefällt's hier.« Sie setzte sich auf einen der Barhocker, die vor dem Tresen standen, und schlug ihre Beine übereinander.

Die beiden Kommissare verschwanden mit Faruk aus

dem Lokal. Jenny wendete sich dem Wirt zu. »Ein Bier. Aber ein richtiges diesmal!«

Dressler kam herüber und stellte sich neben Jenny. »Wo haste denn das gelernt, Puppe?«

»Wer sagt denn heut noch Puppe, Mann!« Jenny trank den ersten Schluck Bier. »Und gelernt hab ich das in einem Selbstverteidigungskurs. Ich war Jahrgangsbeste und inzwischen unterrichte ich das sogar. Also mit mir legt man sich besser nicht an.«

»Hatt' ich auch gar nicht vor. Kann ich dir einen ausgeben.«

»Ne! Ich hab schon zu viel. 'N ander Mal vielleicht.« Sie legte Geld auf den Tisch. »Stimmt so, ich hab mitgerechnet.«

Sie glitt von dem Barhocker und ging rasch hinaus.

Carl Finkbeiner fuhr. Peter Heiland saß neben Faruk Ben Salah auf der Rückbank des Dienstwagens. »Sie wissen, warum wir Sie festgenommen haben?«

»Logisch. Wegen gestern Abend. War echt ne blöde Nummer. Ich hätt dem Hajo doch nichts getan. War mehr so 'n Spiel.«

»Danach sah es aber nicht aus.«

»Ich will meinen Anwalt anrufen. Nehmen Sie mir mal die Fesseln ab?«

Peter Heiland zog sein Handy aus der Tasche. »Sagen Sie mir die Nummer!«

Schon nach dem dritten Klingeln meldete sich eine weibliche Stimme. »Rechtsanwaltskanzlei Rübsam und Kollegen.«

Peter hielt sein Handy an Faruks Ohr.

»Faruk Ben Salah hier. Ich möchte Dr. Rübsam sprechen.«

Die Stimme des Anwalts war so laut, dass Peter Heiland ihn mühelos verstehen konnte. »Herr Ben Salah?«

»Ich bin verhaftet worden. Ohne jeden Grund. Saß ganz gemütlich in der Kneipe …«

»Wo sind Sie?«

»Im Polizeiauto.«

»Wo bringt man Sie hin. Fragen Sie das?«

Zwar hatte Peter Heiland jedes Wort gehört, aber er hütete sich, die Antwort direkt zu geben. Erst als Faruk ihn fragte, sagte er: »Zum Landeskriminalamt.«

Faruk wiederholte.

»Ich mache mich sofort auf den Weg.«

Carl Finkbeiner drehte sich um. »Hab ich das richtig gehört? Doktor Rübsam?«

Peter nickte, und beide Kommissare dachten das Gleiche. Der Haftrichter würde keinen Haftbefehl aussprechen. Sie würden den jungen Tunesier laufen lassen müssen, nachdem sie seine Personalien aufgenommen hatten.

Und genau so kam es. Mit Sicherheit bestehe keine Flucht- und keine Verdunkelungsgefahr, argumentierte der Rechtsanwalt. Zudem habe der Wirt der Gaststätte »Versteck« ihm gegenüber vor zehn Minuten am Telefon ausgesagt, er habe sich nicht bedroht gefühlt. »Und diese Aussage wird er jederzeit unter Eid wiederholen.« Die Nigerianerin, die dabei gewesen sei, habe man nicht auftreiben können, aber es sei ja inzwischen gerichtsbekannt, welchem Beruf sie nachgehe. Zudem rate er zur Vorsicht, ausgerechnet in diesen aufgeheizten politischen Zeiten, einen gerade mal 18-jährigen jungen Mann mit Migrationshintergrund ohne ausreichende Gründe hinter Gittern verschwinden zu lassen.

Faruk Ben Salah ging als freier Mann aus dem Richterzimmer, in dem sein Fall verhandelt worden war.

Sie traten gemeinsam auf den Korridor hinaus: Faruk, Finkbeiner und Heiland. Als die Tür ins Schloss gefallen war, baute sich der junge Tunesier vor Peter Heiland auf. »Das wirst du mir büßen, Bulle! Und diesmal bleibt es nicht bei zwei zerstochenen Fahrradreifen.« Dann stieß er ein fast irres Lachen aus und hüpfte den langen Korridor hinunter, immer zwei Sprünge auf dem rechten und zwei auf dem linken Bein. Und die ganze Zeit lachte er dieses keckernde Lachen.

Gegen 19.00 Uhr trafen sich die Mitarbeiter der 4. Mordkommission noch einmal im Büro der Kommissare. Finkbeiner ergriff als erster das Wort. »Es ist doch bei jeden Fall so: Wenn er nicht in den ersten drei Tagen gelöst wird, stehen wir erst einmal auf dem Schlauch.«

Jenny meldete sich: »Ich hab ja nicht viel aufgeschnappt, aber die paar Sätze habe ich mir notiert, gleich nachdem ich die Kneipe verlassen habe: ›Ich versteh's immer noch nicht‹, hat der Knut Dressler zu Faruk Ben Salah gesagt. ›Das geht doch voll gegen deinen Alten!‹«

»Interessant«, ließ sich Carl Finkbeiner hören.

»Warte mal, es geht noch weiter. Faruk hat dann regelrecht geschrien: ›Na und? Er hat's nicht anders verdient!‹« Dann ist er wieder leise geworden. Ich bin nicht ganz sicher, ob ich den nächsten Satz so gehört habe, aber er klang wie: ›Hast du eine Ahnung, was das Zeug bringt?‹ Und dann hat er noch gesagt: ›Wir teilen ehrlich.‹«

»Vielleicht sollten wir die Kollegen vom Rauschgift hinzuziehen«, schlug Meier vor.

»Unbedingt! Übernimmst du das, Norbert?« Peter Heiland, der die ganze Zeit am Fensterbrett gelehnt hatte, stieß sich ab. »Ich geh nach Hause.«

»Aber pass auf dich auf, Mann!« Das war wieder Finkbeiner. »Dieser Faruk ist ein Irrer. Wer weiß, was der sich in seinem Hass alles ausdenkt.«

»Mach mir keine Angst!«, sagte Peter Heiland.

»Ich will dir keine Angst machen. Ich will nur, dass du vorsichtig bist.«

Hanna schlief, als Peter nach Hause kam. Aber sie wachte auf, als sie ihn in der Küche hantieren hörte. »Gehst du noch ein Stück mit mir spazieren?«, fragte sie. »Dieses ewige Rumliegen macht mich ganz rammdösig. Und draußen ist so eine gute Luft. Ich hab das mitgekriegt, als ich vorhin auf dem Balkon gewesen bin.«

»Nichts lieber als das!« Er legte seinen Arm um sie und zog sie an sich. Dann esse ich jetzt nichts, und wir gehen rüber zum Lietzensee. Es ist zwar frisch, aber noch warm genug, um draußen zu sitzen.«

Der Besitzer des Selbstbedienungsrestaurants, das direkt am Ufer des Lietzensees lag, hatte mehrfach gewechselt. Aber seit einiger Zeit wurde das Lokal von einem Gastronomen bewirtschaftet, der in der Kaiser-Friedrich-Straße in Charlottenburg eine beliebte Trattoria betrieb. Seitdem war die Qualität der angebotenen Speisen und Getränke beträchtlich gestiegen. Die Preise freilich auch. Sie suchten sich einen Tisch direkt am Wasser. Hanna setzte sich und Peter Heiland ging in das Holzhaus hinein, wo die Speisen und Getränke verkauft wurden.

Hanna sah verträumt einem Schwanenpaar zu, das nur wenige Meter von der Terrasse entfernt im dunklen Wasser schwamm, wobei die beiden Tiere immer dicht beieinander blieben, sich in kleinen, engen Kreisen drehten, auf der Suche nach Futter zur gleichen Zeit ihre Hälse tief ins Wasser hinabsenkten und in einer synchronen Bewegung wieder hoben. Manchmal drehten sie sich umeinander, als ob sie sich in einem Tanz nach einer unhörbaren Musik bewegten. Hanna hatte einmal gelesen, dass Schwäne monogame Tiere seien. Wenn einer von ihnen sterbe, werde der Hinterbliebene von einer unsagbaren Trauer erfasst. Wie die Tierverhaltensforscher das herausbekommen haben wollten, verstand sie nicht. Aber sie glaubte es.

Peter Heiland erschien unter der Tür und sah zu ihr herüber. Sie winkte ihm zu. Er balancierte das Tablett zu ihrem Tisch und stellte es vorsichtig ab. Von einem kurzen Windstoß erfasst segelte eine Serviette zu Boden. Peter Heiland bückte sich. Im gleichen Augenblick fiel ein Schuss. Die Menschen rundherum schrien. Peter Heiland richtete sich auf. Hanna war nach vorne gefallen. Blut breitete sich auf dem weißen Tischtuch aus. Ein zweiter Schuss fiel, aber er verfehlte sein Ziel. Peter Heiland umfasste die Schultern seiner Verlobten und zog sie sanft an sich. Sie stöhnte auf.

»Der Notarzt muss gleich da sein!«, rief jemand nach ein paar lähmenden Minuten aus dem Küchenfenster.

Im Martin-Luther-Krankenhaus wurde Hanna Iglau sofort in den Operationssaal gefahren. Peter Heiland saß auf einer Bank im Korridor und versuchte, seine Gedanken zu ordnen. Er wunderte sich, dass ihm als Erstes sein Großvater einfiel, der am nächsten Tag nach Berlin kommen würde. Er weigerte sich, den Gedanken zuzulassen, dass Hanna sterben könnte. Der Arzt hatte gesagt, die Kugel sei in die rechte Schulter eingedrungen, habe aber womöglich die Schlagader erwischt. Er hatte das nicht zu Peter Heiland gesagt. Peter hatte es gehört, als sich der Arzt mit seinen Kollegen beraten hatte.

Plötzlich setzte sich jemand neben ihn. Peter schaute auf und in das Gesicht von Ron Wischnewski. »Finkbeiner hat mich angerufen. Natürlich weiß man im LKA längst Bescheid. Die Ermittlungen laufen auch bereits. Aber wir waren uns einig, dass es am besten wäre, wenn ich hierherkomme.«

»Danke!«, sagte Peter und wunderte sich, wie sachlich seine Stimme klang. Und dann: »Er hat es angekündigt. Er hat gesagt: ›Das wirst du mir büßen, Bulle! Und diesmal bleibt es nicht bei zwei zerstochenen Fahrradreifen.‹

»Hanna und das Kind in ihrem Bauch werden es überleben«, sagte Ron Wischnewski, »Hanna hat eine starke Natur. Und ich fange morgen wieder an zu arbeiten.«

»Ich denke, das geht nicht.«

»Es geht, wenn man will, und ich will es! Wir werden diesen Fall gemeinsam lösen, Peter!« Es war das erste Mal, dass Ron Wischnewski ihn beim Vornamen nannte. »Man wird Ihnen zureden, sich beurlauben zu lassen. Aber ich bin dagegen!«

Dann sprachen sie lange nicht. Beide waren wohl zwischendurch eingeschlafen. Jedenfalls mussten sie sich erst wieder orientieren, als der Arzt vor ihnen stand. »Ihre Frau ist außer Lebensgefahr«, sagte er.

»Und das Baby?«

»Wir hoffen, dass wir auch das Kind retten können.«

Gegen 4.00 Uhr morgens war Peter Heiland in seine eigene kleine Wohnung in der Stargarder Straße gefahren. Er warf sich auf sein Bett, ohne sich auszuziehen, fand aber keinen Schlaf. Irgendwann ertappte er sich dabei, dass er betete. Er schreckte hoch und saß plötzlich kerzengerade auf der Bettkante. Wann hatte er zum letzten Mal ein Gebet gesprochen? Vermutlich bei seiner Konfirmation vor nahezu 20 Jahren. Bis zu jener Zeit war er richtig fromm gewesen, war regelmäßig in die Kirche gegangen und hatte sich in der Jungschar, später in der Jungenschaft des Christlichen Vereins Junger Menschen, kurz CVJM, engagiert. Aber irgendwann war er zu dem Schluss gekommen, dass es, bei all dem, was auf der Welt geschah, keinen Gott geben konnte, der dies alles zuließ. Er war zu einem genauso überzeugten Atheisten geworden, wie er zuvor ein überzeugter evangelischer Christ gewesen war. Aber jetzt wiederholte er sein Gebet, legte sich wieder zurück, schloss die Augen. Endlich konnte er einschlafen.

FREITAG

Kurt Reiber, Chef der 3. Mordkommission, betrat gegen 9.00 Uhr das Gemeinschaftsbüro der Kommissare. Er war überrascht, dass Peter Heiland auf einer der Schreibtischkanten saß und mit ruhiger Stimme zu seinen Mitarbeitern sprach, die ihm von ihren Arbeitsplätzen aus aufmerksam zuhörten. Mit betont sachlichen Worten schilderte er, was am vorausgegangenen Abend geschehen war. »Wir müssen davon ausgehen, dass es Faruk Ben Salah war, aber mit Gewissheit kann man das natürlich im Moment nicht sagen.« Peter Heiland unterbrach sich selbst und sah Reiber fragend an.

»Ich habe mit Konnarek telefoniert«, sagte der Leiter der 3. Kommission und vorübergehende Chef des LKA, »er empfiehlt dringend, dich freizustellen, bis geklärt ist, wie es zu dem Überfall gestern kommen konnte.«

»Empfehlung abgelehnt!« Peter Heiland zwang sich zu einem Lächeln. »Außerdem kommt Wischnewski zurück.«

»Was?« Das kam wie aus einem Mund von allen Kollegen.

»Hat er mir gestern Abend versichert, und ich hatte nicht den Eindruck, als sei das nur so dahingesagt gewesen.«

Reiber grinste. »Also ich finde das prima. Konnarek wird es weniger gefallen.«

»Ich muss aber doch für ein paar Stunden Urlaub nehmen«, sagte Peter Heiland. »Mein Großvater kommt mit dem Zug um 12.54 Uhr auf dem Hauptbahnhof an.«

Als Heiland den Bahnsteig erreichte, wurde gerade wegen einer technischen Störung eine Verspätung von 25 Minuten durchgegeben. Ein Mann neben ihm sagte: »Das ist ja fast pünktlich. Heutzutage muss man dankbar sein, wenn die Verspätungen nicht in die Stunden gehen.«

Es dauerte aber dann doch noch über 40 Minuten, ehe der Zug einfuhr. Opa Henry hatte seine Wagennummer durchgegeben, sodass sein Enkel ihn direkt an der Tür des Waggons in Empfang nehmen konnte. Der alte Mann hatte beim Aussteigen Mühe mit den hohen Stufen. Aber als Peter ihm helfend die Hand reichen wollte, sagte er unwirsch: »Lass! Ich kann das allein!«

Einen Augenblick standen sie sich gegenüber. Jeder hätte den anderen gerne umarmt, aber sie schafften es nicht. »Wie geht's dir?«, fragte Henry.

»Erzähl ich dir gleich!« Peter nahm den Koffer seines Großvaters. »Leider hab ich im Augenblick viel zu tun.«

Auf der Fahrt zu seiner Wohnung erzählte Peter dem Großvater kurz zusammengefasst, was in den letzten Tagen passiert war.

»Dann fahren wir jetzt aber z'erscht amal ins Krankenhaus!«, bestimmte der Alte.

Hanna lag in zahlreiche Kissen gebettet. Ein dicker Verband lief um ihre rechte Brustseite. Sie freute sich sichtlich, als die beiden hereinkamen. Wie geht's dem Kind?«, fragte Peter aufgeregt.

»Das Baby hat's auch überlebt, meint der Doktor. Wir hatten wirklich Glück im Unglück.«

»Was machscht au du für Sache, Mädle!«, schwäbelte der alte Heiland.

»Ich? Ich hab gar nichts gemacht!« Sie lachte ein wenig.

Opa Henry ließ sich mit einem tiefen Seufzer auf den Stuhl neben dem Bett sinken. »Wenn ich des g'wusst hätt, wär ich besser daheim geblieben.«

Hanna lächelte ihn an. »Jetzt musst du deinen Besuch einfach verlängern, damit ich auch noch was von dir habe, wenn ich hier wieder rauskomme.«

»Jetzt guck du, dass du g'sund wirscht. Über alles andere schwätzet mir später.«

Peter Heiland fühlte sich plötzlich erleichtert. Der Hass auf den Schützen, der ihn wohl gemeint und Hanna getroffen hatte, schien ein wenig nachzulassen. Bisher hatte Peter Heiland nur ein Gedanke umgetrieben, und der hatte weniger mit dem Wunsch zu tun, den Fall aufzuklären, sondern viel mehr mit dem, sich zu rächen.

Es war eine dieser Eingebungen, von denen Peter Heiland nicht wusste, wo sie herkamen, und die selten auf Anhieb Sinn zu machen schienen. Dennoch ließ er sich in aller Regel davon leiten. Statt Opa Henry nun zu seiner Wohnung in der Stargarder Straße zu bringen, fuhr er Richtung Westhafen.

»Machscht en Umweg?«, fragte der Alte. Obwohl er erst zwei Mal in Berlin gewesen war, um seinen Enkel zu besuchen, verfügte er über eine erstaunlich gute Orientierung für die Stadt. »Da geht's doch nicht zu deiner Wohnung.«

»Ich möchte dir was zeigen.«

Die Uhr am Armaturenbrett des Dienstwagens zeigte 14.35 Uhr als Peter das Auto direkt vor dem »Versteck« parkte. Hajo Nenndorf fanden sie in seinem Hof hinter der Kneipe unter den beiden Kastanien. Er sah überrascht auf, als die beiden auf ihn zutraten. »Darf ich vorstellen«, sagte Peter Heiland, »mein Großvater Heinrich Heiland aus Riedlingen im Donautal, gleich hinter der Schwäbischen Alb.«

Der Wirt sah ihn verständnislos, aber nicht sonderlich interessiert an. »So, so.«

»Er hat mich großgezogen, nachdem meine Eltern bei einem Verkehrsunfall ums Leben gekommen waren. Ich war damals noch ganz klein.«

»Na dann, willkommen, der Herr!«

Peter sah den Wirt irritiert an, der barsche Ton war neu bei ihm. Der Kommissar setzte sich dem Wirt gegenüber auf die Bank und bat seinen Opa mit einer Geste, neben ihm Platz zu nehmen. »Herr Nenndorf, Sie würden also unter Eid aussagen, dass Sie sich von Faruk Ben Salah gestern nicht bedroht fühlten, als er mit dieser Maschinenpistole vor Ihnen und Vanna Mbele stand?«

»Wer sagt das?«

»Ein Rechtsanwalt namens Rübsam. Er hat gestern mit Ihnen gesprochen. Sagt er wenigstens.«

»Ach ja. Stimmt!«

»Und?«, Peter Heiland sah den Wirt unverwandt an.

Der hatte den Blick gesenkt. Seine Finger trommelten einen schnellen Rhythmus auf die Tischplatte. »Was und?«

»Warum haben Sie denn so ein schlechtes Gewissen?«, fragte der alte Heiland plötzlich.

»Wie? Was hab ich?«

»I ben so alt, guter Mann, ich kenn die Menschen. Und ich kann sehen, wenn einer net ehrlich ischt.«

Jetzt sah Hajo Nenndorf auf und Heinrich Heiland direkt in die Augen. Überraschend lachte er. »Das glaube ich Ihnen sogar.«

Eine von den Bedienungen streckte den Kopf durch die Tür, die zur Kneipe hinein führte. »Ich fang jetzt an.«

Nenndorf sah auf die Uhr. »Viertel vor Drei. Pünktlich. So mag ich's. Bring uns doch eine Flasche von dem Pfälzer Riesling. Liegt im Kühlfach. Und drei Gläser.« Dann wandte er sich wieder seinen Gästen zu. »Rübsam hat damals das Wiederaufnahmeverfahren für mich betrieben. Ihm verdanke ich, dass ich ein freier Mensch bin.«

»Und aus lauter Dankbarkeit würden Sie auch einen Meineid schwören?«

»Jeden, Herr Kommissar. Jeden!«

»Kann mr verstehe!«, sagte Peter Heilands Großvater. »Was war denn das für ein Verfahren?«

Der ehemalige Lehrer berichtete kurz von seiner Verurteilung wegen Unzucht mit Abhängigen, den dreisten Lügen der Schülerinnen und deren später Einsicht, ihren

Lehrer ins Unglück gestoßen zu haben. »Und diese Einsicht hat Rübsam bei diesen Weibsbildern erzwungen. Wäre er nicht gewesen, säße ich heute noch im Knast.«

»Respekt!«, sagte Opa Henry.

Nenndorf entkorkte die Flasche und goss ein. »Mir nur ganz wenig«, sagte Peter Heiland.

Sein Großvater meinte: »Bei mir müsset Se net schpare.«

Man trank sich zu, und als die drei ihre Gläser abstellten, setzte der Kommissar an: »Diese Rauschgiftgeschichte …?«

Nenndorf unterbrach ihn: »Vergessen Sie's. Das ist so eine fixe Idee von diesem Faruk Ben Salah, dass Malik das Zeug mit meiner Hilfe versteckt haben soll.«

»Sie und Vanna Mbele, um genau zu sein«, warf Peter Heiland ein.

»Faruk ist irre. Er hasst die ganze Welt, und am meisten hasst er seinen Vater. Trotzdem will er nicht wahrhaben, dass der womöglich in Maliks Rauschgiftdeals mit drin steckt.«

»Ali Ben Salah war ja auch auf einem anderen Feld ein Geschäftspartner Maliks, nicht wahr?«

»Ja. Deshalb denke ich ja auch, dass das Rauschgift, hinter dem sein Junior her ist, bei seinem Vater steckt.«

Heinrich Heiland hob sein Glas, nahm einen Schluck und sagte: »Au ned schlechter als a Württemberger Riesling.«

»Wie?«, fragte der Wirt. »Ach so. Ja, ja.«

Opa Henry sah den einstigen Lehrer aus zusammengekniffenen Augen an, sagte aber nichts.

»Eine Frage habe ich noch«, meldete sich Peter Heiland wieder. »Wie stehen Sie zu Vanna Mbele?«

Hans Joachim Nenndorf tauchte seinen Zeigefinger in den Wein und fuhr mit der Kuppe über den Rand des Glases, bis es leise zu klingen begann. »Was wollen Sie denn wissen?«

»Sind Sie befreundet oder ist da noch mehr?«

»Ach, Herr Kommissar, Ihre Fantasie in Ehren, aber Sie stellen die falschen Fragen.«

Opa Henry, der den Wirt keinen Moment aus den Augen gelassen hatte, sagte: »Des glaub i jetzt eher net!«

Hajo Nenndorf nahm seinen Finger vom Glasrand und hob den Kopf. »Ich kenne niemand … – also keinen Mann, der nicht von Vanna fasziniert ist. Sie weiß das und kann damit umgehen.«

»Eine richtige Antwort auf meine Frage ist das nicht«, sagte Peter Heiland.

»Eine andere kann ich Ihnen nicht geben.«

»Eine andere wollet Sie nicht gebe«, meinte Opa Henry.

»Ganz recht!« Nenndorf erhob sich und sagte: »Ich habe leider zu tun.«

»Na dann bis zum nächsten Mal«, antwortete Peter Heiland und reichte dem Wirt die Hand.

»Ich glaube, es gibt kein nächstes Mal«, sagte Hajo Nenndorf.

»Des Höfle find ich schön«, sagte der alte Heiland.

»Jetzt fahr ich dich in meine Wohnung«, sagte Peter, als sie in seinen Dienstwagen einstiegen.

Opa Henry hatte ein wenig Mühe beim Einsteigen. Peter registrierte das und musste sich eingestehen, dass sein Großvater in letzter Zeit körperlich ziemlich abgebaut hatte. Heinrich Heiland bemerkte den Blick des Enkels und deutete ihn richtig. »Ja. Ich werd' halt alt! Saumäßig alt.« Er schnallte sich an.

Als Peter Heiland anfuhr, sagte Opa Henry: »Eigentlich ein ganz sympathischer Mann, der Wirt.«

»Eigentlich?«

»Na ja, ganz ehrlich war der net, des hat mr deutlich gseha! Und warum hat der jetzt g'sagt, er glaube, es gäbe kein nächstes Mal?«

»Ich hab dem keine Bedeutung zugemessen.«

»Hat es aber g'habt.«

»Genau deshalb hab ich dich mitgenommen. Du warst schon immer so ein genauer Beobachter.«

»Ich kenn halt die Menschen.«

»Am liebsten würde ich dich auch noch mit Roman Lubinski zusammenbringen.«

»Und wer ist das?«

»Der Vater des Ermordeten. Ein alter Flussschiffer und unheimlich fromm. Er wohnt ganz in der Nähe.«

»Und warum machscht des net?«

»Du bist doch sicher müde von der Reise und musst dich erst einmal ausruhen.«

»Ausruhe kann ich mich, wenn ich tot bin. Und lang isches ja bis dahin au nimmer. Los, zeig mir den Mann!«

Schon nach einem knappen Kilometer Fahrt parkte Peter Heiland sein Auto vor dem Haus Quitzkowskistraße 17. Sie stiegen aus und passierten den Durchgang. Roman Lubinski saß in dem Gärtchen auf einem der Gartenstühle und las Zeitung. Er sah erst auf, als die beiden Männer an den weißen Metalltisch traten. »Ach, Sie schon wieder.«

Peter stellte seinen Großvater vor und der alte Flussschiffer musterte diesen mit einem langen Blick. »Sie sind keen Berliner, wa?«

»Dabei hab ich noch kein Wort g'sagt.«

»Sieht man aber.«

Peter Heiland lachte. »Zwei Menschenkenner! – Dürfen wir uns setzen?«

»Ja, bitte, Sie können auch einen Kaffee haben.« Lubinski deutete auf eine Thermoskanne die in der Mitte des Tisches stand.

»Danke, nein!«, sagte Peter.

»Gerne, ja!«, sagte sein Großvater.

»Ich hol Ihnen schnell eine Tasse.« Lubinski stand auf und ging ins Haus. Im gleichen Moment meldete sich Peter Heilands Mobiltelefon. Norbert Meier war dran. »Wir haben ihn!« Der Triumph in seiner Stimme war unüberhörbar.

»Wen?«

»Na, Faruk Ben Salah.«

Peter Heiland stand auf. Die Erregung war ihm anzusehen. »Warte mal, Norbert, ich bin grade bei Roman Lubinski. Vielleicht können wir die Gegenüberstellung gleich organisieren. Wenn der ihn als einen der beiden Täter erkennt, die ihn überfallen und niedergestochen haben …«

»Reden Sie von mir?« Lubinski stand direkt hinter Peter Heiland, in der Hand einen Kaffeepott.

Peter deckte das Telefon mit der Hand ab. »Hätten sie eine oder zwei Stunden Zeit?«

»Was denn? Jetzt gleich?«

»Wir haben vielleicht einen der Täter, die sie überfallen haben.«

Lubinski stellte den Kaffeepott auf den Tisch. »Und was soll ich machen?«

»Wir stellen ihn zwischen drei oder vier andere Männer im gleichen Alter, und Sie schauen sich die Reihe an und zwar durch eine Scheibe, durch die nur Sie die Leute sehen und nicht umgekehrt.«

»Ja, ich hab so was schon im Fernsehen gesehen.«

»Manchmal isch's Fernseha halt doch au für was gut!«, warf der alte Heiland ein.

»Ich zieh mich schnell um. Trinken Sie so lange Ihren Kaffee.« Roman Lubinski goss Opa Henry ein und verschwand wieder im Haus.

»Also, Norbert, sei so gut und organisiere eine Gegenüberstellung. Dazu brauchen wir auch Johannes Streitz, den findet ihr wahrscheinlich im Blockhausklub. Wir sind in einer halben Stunde da«, sagte Peter Heiland ins Telefon.

»Es war eigentlich ganz einfach«, berichtete Carl Finkbeiner. »Ich hab die Geschäftsführerin des ›Exerotic‹ gebeten, uns sofort zu unterrichten, wenn Faruk auftauchen würde.«

»Der war tatsächlich so blöd …?«, unterbrach Peter Heiland.

»Ne, das nicht. Aber Vanna hat sich bei ihrer Chefin abgemeldet. Sie müsse dringend jemanden treffen. Für Maria war offenbar klar, um wen es sich handeln musste. Jedenfalls hat sie Vanna noch mit einem wichtigen Auftrag aufgehalten und mich angerufen. Norbert und ein Kollege waren dann rechtzeitig vor Ort, um Frau Mbele zu folgen.«

»Saubere Arbeit«, sagte Peter anerkennend. Er war kurz nach 16.00 Uhr gemeinsam mit Lubinski und Opa Henry im Präsidium eingetroffen. »Und wo habt ihr ihn dann erwischt?«

»Am Schlachtensee«, meldete sich Norbert Meier. »Dort saß er in dem Selbstbedienungsrestaurant direkt am Wasser, hatte das halbe Gesicht mit einer Sonnenbrille verdeckt und saß so lässig da, dass man ihm die Anstrengung ansah, die es ihn kostete, so gleichgültig auszusehen. Vanna Mbele erzählte uns nachher, dass er gesagt habe, sie müssten sofort verschwinden. Er habe einen Vetter in Budapest, bei dem würden sie zunächst unterkommen.«

»Sie hat sich natürlich geweigert.« Es war mehr eine Feststellung als eine Frage Heilands.

»Nein. Sie wusste ja, wie schnell der Typ ausrasten kann, zumal wenn er unter Druck steht. Also ging sie zum Schein darauf ein. Lang hat das Gespräch ja nicht gedauert. Wir haben ihn problemlos festgenommen. Er hatte eine Beretta und zwei Messer bei sich. Die Pistole ist möglicherweise die Waffe, mit der er auf dich und Hanna geschossen hat. – Wenn er es war. Aber es war keine Beretta 92 FS, wie beim Mord von Malik.«

Faruk Ben Salah stand als Zweiter von links in einer Reihe junger Männer, Johannes Streitz ganz rechts. Roman Lubinski zögerte keinen Moment. »Der Zweite von links. Das war der, der auf mich eingestochen hat.«

»Sind Sie ganz sicher?«, fragte Peter Heiland.

»Absolut!«

»Und sein Komplize, erkennen Sie den auch?

»Nein. Die anderen kenne ich nicht.«

Peter Heiland atmete auf. Fragte aber noch mal: »Sind Sie ganz sicher?«

»Ich würde auch den anderen jederzeit wiedererkennen«, antwortete Lubinski. »Da bin ich sicher.«

Nach der Gegenüberstellung ging Peter Heiland in sein Büro, wo er seinen Großvater zurückgelassen hatte. Der saß im Bürostuhl seines Enkels und schlief mit weit offenem Mund. Sein Schnarchen erfüllte das ganze Zimmer. Peter berührte ihn sanft an der Schulter. Mit einiger Mühe kam der alte Mann zu sich. »Jetzt ben i doch tatsächlich eing'schlafe.«

Peter zog seinen Schlüsselbund aus der Tasche und nahm seinen Haus- und Wohnungsschlüssel ab. »Ein Kollege von der Fahrbereitschaft fährt dich jetzt in meine Wohnung. Dort ruhst du dich aus. Wir sehen uns heute Abend.«

»Und was machst du solang?«

»Ich muss den Mann verhören, den wir festgenommen haben. Herr Lubinski hat ihn als Täter identifiziert.«

»Ja, dann geht's ja scheint's vorwärts.« Heinrich Heiland stemmte sich aus dem Schreibtischsessel heraus.

Sein Enkel begleitete ihn noch in die Garage, holte Henrys Koffer aus seinem Wagen und übergab den alten Herrn einem freundlichen Kollegen, der ihn in die Stargarder Straße fahren würde.

»Leugnen nützt nichts!« Peter Heiland sah in die dunklen Augen Faruk Ben Salahs. »Das Opfer hat Sie glasklar erkannt. Sie haben zwei Mal auf ihn eingestochen, während Ihr Komplize den alten Mann festgehalten hat.«

»Ich sage nichts ohne meinen Anwalt.«

Peter Heiland fuhr fort, als ob er den Einwurf nicht gehört hätte: »Sven Lubinski, also Malik, wie er sich nannte, hatte Sie geschickt, stimmt's?«

Faruk lachte nur auf und versuchte, ein überlegenes Grinsen aufzusetzen.

»Die Messerattacke war genauso ein Mordversuch, wie der Schuss gestern Abend auf mich, der meine Frau getroffen hat. Wissen Sie eigentlich, wie lange Sie dafür hinter Gittern verschwinden?«

Faruk betrachtete seine Fingernägel, sagte aber nichts.

Peter Heiland wechselte abrupt das Thema. »Sieht so aus, als könnte Ihr Vater die letzte Rauschgiftlieferung Maliks haben?«

Faruks Kopf fuhr hoch, er holte Luft, sagte aber nichts, sondern senkte nur wieder den Kopf.

»Und wenn – wird dann Knut Dressler nicht ohne Sie versuchen, da ranzukommen?«

Wieder hob Faruk den Kopf, diesmal aber sehr langsam. Er starrte den Kommissar mit weit aufgerissenen Augen an. »Was … was … was reden Sie denn da?«

Unbeirrt fuhr Peter Heiland fort. »Oder ist das Zeug doch bei Hajo Nenndorf im ›Versteck‹?« Heiland überlegte einen Moment, ob die Hinweise ausreichen würden, eine Hausdurchsuchung bei Nenndorf zu veranlassen.

Faruk Ben Salah hatte sich wieder gefangen. »Ich versteh kein Wort.«

Peter Heiland lehnte sich zurück und verschränkte seine Arme im Nacken. »Tja, mit der großen Gangsterkarriere wird es nun nichts mehr. Vanna Mbele sehen Sie erst in 20 Jahren wieder, und dann ist sie längst mit Nenndorf oder einem anderen Mann verheiratet.«

Faruk lachte auf. »20 Jahre! Sie spinnen ja!«

»Wenn wir Ihnen den Mord an Malik beweisen, können es leicht noch mehr werden.«

»Ich habe Malik nicht umgebracht. Malik war mein Freund.«

»Ach hör doch auf, Faruk! Du wolltest unbedingt sein Nachfolger werden. War ja auch ne tolle Position: Chef der Gang, Chef im ›Exoterotic‹, Kohle ohne Ende aus dem Rauschgifthandel.«

»Den Mord an Malik hängen Sie mir nicht an.«

»Mal angenommen, die tödliche Kugel, die Malik im Genick getroffen hat, stammt aus der Waffe, die meine Kollegen heute bei Ihnen gefunden haben. Unsere Ballistiker sind grade dabei, dies festzustellen.«

»Ich habe Malik nicht erschossen.«

»Und, was glauben Sie, wird das Geschoss, das man aus der Schulter meiner Frau herausoperiert hat, zu Ihrer Beretta passen?«

»Wann kommt den endlich mein Anwalt?«

»Rübsam? Glauben Sie denn, dass er das Mandat annimmt?«

»Was?«

»Dr. Rübsam ist sehr erfolgsorientiert. Aussichtslose Fälle übernimmt er nicht.«

In diesem Augenblick trat ein Vollzugsbeamter herein. »Eine Frau Dr. Vogel ist da. Sie kommt von der Anwaltskanzlei Rübsam und Kollegen.«

Faruk sprang auf »Was? Eine Frau? Die Fotze kann gleich wieder abhauen. Ich will Dr. Rübsam sprechen.«

Unter der Tür erschien eine elegante junge Frau, die Peter Heiland auf Anfang 30 schätzte. Sie hatte den letzten Satz gehört.

»Dr. Rübsam ist völlig ausgelastet«, sagte sie mit ruhiger Stimme. »Er hat Ihre Verteidigung an mich delegiert.«

Peter Heiland sagte zu dem Vollzugsbeamten: »Sie bleiben da. Der junge Mann ist unberechenbar.« Und zu der Anwältin gewandt: »Es ist zu Ihrem Schutz, Frau Dr. Vogel.«

»Danke. Wenn ich auch nicht glaube, dass es nötig ist.«

Peter Heiland ging zur Tür. Dort drehte er sich noch einmal um. »Ich gebe normalerweise keine Ratschläge. Aber in diesem Fall könnte Ihrem Mandanten ein Geständnis sehr helfen. Vor allem, wenn das Gericht beschließen sollte, nach dem Jugendstrafrecht vorzugehen.«

»Gehören die Worte ›vermutlich‹ oder ›mutmaßlich‹ nicht zu Ihrem Wortschatz, Herr Kommissar?«, die

Anwältin zeigte ein dünnes Lächeln. »Noch ist ja nichts bewiesen, oder?«

»Sie haben recht.« Peter Heiland zog die Tür hinter sich zu.

»Vergessen Sie's!« Staatsanwalt Dr. Leygraf schüttelte den Kopf. »Mit derartigen Vermutungen kriegen wir keine richterliche Durchsuchungsanordnung. Und bei Herrn Nenndorf sollten wir besonders vorsichtig sein. Ich hatte damals mit seiner Verurteilung zu tun. Als Beisitzer in dem Verfahren wegen Unzucht mit Abhängigen. Was wir uns da geleistet haben, war ein ziemlich blamabler Justizirrtum. Und jetzt mit so windigen Indizien … – und überhaupt, was soll der Mann mit Rauschgift zu tun haben? Der ist doch in dem Milieu gar nicht zu Hause.«

Leygrafs Argumente wirkten überzeugend auf Peter Heiland. »Ja, wahrscheinlich haben Sie recht«, sagte er lahm. »Vergessen wir's.«

Er verließ das Gebäude der Staatsanwaltschaft und beschloss, für diesen Freitag Feierabend zu machen. Als er im Präsidium anrief, um Carl Finkbeiner Bescheid zu sagen, erfuhr er von Jenny, dass der Kollege zusammen mit Meier noch einmal zum Blockhausklub gefahren sei. Peter Heiland war irritiert. »Warum das denn?«

»Die beiden haben da so eine Idee.«

»Was denn für eine Idee?« Peter Heiland merkte, wie der Ärger in ihm aufstieg. Wischnewski hatte damals, als Peter die Leitung der Kommission übernommen hatte, gesagt: »Eins dürfen Sie nie zulassen, Schwabe: Eigenmächtigkeiten Ihrer Mitarbeiter!« Aber Heiland erinnerte sich auch an das, was er darauf gesagt hatte: »War ich denn nicht auch ziemlich oft ein bisschen eigenmächtig?« Wischnewski hatte geantwortet: »Es gibt immer Ausnahmen von der Regel. Sie waren so eine, weil Sie nämlich ausgesprochen kreativ waren, Heiland.« Dann hatte er gelacht und hinzugefügt: »Körperlich linkisch, aber geistig kreativ!«

Am liebsten wäre Peter Heiland nun auch zum Blockhausklub gefahren, aber er wusste genau, wie sehr sein Großvater auf ihn wartete. Deshalb sagte er zu Jenny nur: »Die sollen mich sofort anrufen, wenn sie irgendetwas erreicht haben.«

Er machte noch Station im Martin-Luther-Krankenhaus. Hanna hatte sich gut erholt. Sie hoffe, Mitte der nächsten Woche entlassen zu werden, sagte sie. Das Baby mache ordentlich Rabatz in ihrem Bauch, was sie als Zeichen dafür wertete, dass es die Aufregung der letzten 48 Stunden gut überstanden hatte. Peter erzählte von seinen Ermittlungen und Opa Henrys Rolle dabei. »Wie der manche Leute durchschaut, ist schon toll.«

»Ich hab mich so auf ihn gefreut«, sagte Hanna, »und jetzt liege ich hier fest.«

»Er wird dich sicher morgen besuchen.« Peter beugte sich über sie, nahm ihr Gesicht in beide Hände und küsste sie zärtlich.

Heinrich Heiland stand am Fenster in Peters Wohnung. Als er seinen Enkel kommen sah, trat er schnell ins Zimmer zurück und, setzte sich in den Lesesessel, unter einer Stehlampe.

Als Peter hereinkam, gab sich Opa Henry den Anschein, in die Lektüre der Tageszeitung vertieft zu sein. »Ja, kommscht scho?«, fragte er.

»Ja, aber nur um dich abzuholen. Los, lass uns zum Spanier rübergehen. Bei dem hat's dir doch immer so gut gefallen.«

Heinrich Heiland stand ächzend auf. »Ja gut, Hunger hätt ich.«

Sie wählten an der Theke verschieden Tapas aus, wobei sie der Wirt Pedro wortreich beriet. Er hatte sich sofort an den alten Heiland erinnert. Sogar die Gespräche, die sie bei Henrys letztem Besuch geführt hatten, fielen ihm zum Teil wieder ein. Es war warm genug, um draußen zu sitzen, wo der Wirt auf dem breiten Gehsteig ein paar Tische und Stühle aufgestellt hatte. Sie tranken einen schweren Rotwein. Heinrich Heiland war nicht sehr gesprächig. Als ihn Peter fragte, ob ihn irgendetwas bedrücke, sagte er: »Das wird ja vermutlich das letzte Mal sein, dass ich nach Berlin komme.« Manchmal, wenn er etwas besonders ernst meinte, verfiel er in die Schriftsprache, wie er es nannte, wenn er Hochdeutsch zu reden versuchte.

»Warum denn? Du weißt doch, du bist immer willkommen, und wenn erst mal dein Urenkele da ist …«

Heinrich Heiland winkte ab. »Mir geht die Kraft aus, verstehst? Weißt, wie das ist … – du kannst es ja net wissen. Irgendwann amal, früh am Morgen schlägst du deine Augen auf, und mit einem Schlag bist du alt. Dabei hast du dich selber die ganze Zeit noch immer ziemlich jung g'fühlt. Und dann kriegscht plötzlich Angscht vor dem, was jetzt noch kommen wird. Viel Gutes kann's net sein! Unser schwäbischer Dichter Helmut Pfisterer hat das Alter einmal eine ›Langzeitbeisetzung‹ genannt. Aber …«, Heinrich Heiland hob den Zeigefinger, »gleich drauf hat er dann in einer Art Dankbarkeit g'sagt: Schön sei's g'wese – oineweg, also trotzdem – das Leben. Und da kann ich ihm zustimmen. Prost, Peterle!« Der alte Heiland war ein bisschen atemlos geworden bei seiner ernsten Rede.

Sie tranken sich zu, und Peter sagte: »So kenn ich dich gar nicht, Opa, so elegisch.«

»Unser Dasein ist nix anders, als die Frist vor dem Tod …«

»… hast du irgendwo gelesen …«

»Noi, des han i mir selber überlegt, du Bachel!« Opa Henry richtete sich plötzlich auf und sagte: »So und jetzt erzähl: Wie steht's mit deinem Mordfall?«

»Wir kommen nicht so recht weiter. Ich erzähl dir jetzt mal alles von Anfang an. Das ist für mich gut, weil ich dann alles noch mal durchüberlegen kann, was bis jetzt passiert ist. Und vielleicht fällt ja auch dir als Menschenkenner was ein, was mir weiterhilft.«

»Ja, warum net?«, sagte der Alte ein wenig selbstgefällig. »Lass höre!«

Norbert Meier war noch einmal bei dem Hehler und illegalen Waffenhändler gewesen, der die Beretta 92FS an einen jungen Mann verkauft hatte. »Ich hab die größten Schwierigkeiten im LKA, weil ich Ihren Namen nicht nennen kann. Das wäre anders, wenn Sie mir sagen könnten, wer der Käufer war. Meine Chefs interessieren sich ja eigentlich nicht für Sie, sondern für den, der die Mordwaffe benutzt hat. Versuchen Sie doch noch mal, den Jungen zu beschreiben.«

»Mann«, hatte der Hehler gesagt, »da sieht doch einer aus wie der andere.«

»Erinnern Sie sich noch, wie er gesprochen hat?«

»Er hat ja fast nichts gesagt.«

»Und in welcher Sprache hat er fast nichts gesagt?«

»Na, in Deutsch natürlich.«

»Das ist überhaupt nicht natürlich. Könnte auch ein Türke oder ein Araber gewesen sein.« Meier grinste breit. »Oder ein Schwabe.«

»Ne, ne. Der hat ein sehr sauberes Deutsch gesprochen. Sehr gepflegt, wenn ick mal so sagen kann. Ick hab mir sogar ein bissel jewundert darüber.«

»Was würden Sie sagen: Eher ein Lehrling, ein Hilfsarbeiter, ein Hartz Vierer, ein Oberschüler oder ein Student?«

»Ne, für 'n Studenten war er zu jung, denk ich. Aber Oberschüler, dit könnte hinkommen. Er hatte Manieren, was ja nicht unbedingt die Regel ist bei den Jungschen heutzutage.«

»Ein Gymnasiast mit Manieren«, zitierte Meier seinen Chef Peter Heiland. So hatte der Johannes Streitz beschrieben.

»Ja, könnte man so sagen.«

»Ich ärgere mich, dass ich Ihnen diese Fragen nicht schon viel früher gestellt habe. Wäre besser gewesen für mich und für Sie.«

»Sie meinen, Sie können was damit anfangen?«, fragte der Hehler und eine gewisse Erleichterung war ihm anzusehen.

»Ich werde es versuchen.«

Im Büro hatte Norbert Meier dann für Carl Finkbeiner das Gespräch ziemlich wortgetreu wiedergegeben. Und danach hatten die beiden entschieden, Johannes Streitz noch einmal so richtig auf den Zahn zu fühlen.

Aber sie trafen den Jungen im Klub nicht an. Ein Mädchen erzählte, sein Vater sei plötzlich aufgetaucht und habe Jonny überredet, mit ihm essen zu gehen. Friedo hätte das vielleicht verhindert, meinte eine von ihnen, aber der sei unterwegs. Auf Finkbeiners Frage sagte eine andere, es habe keinen Sinn auf ihn zu warten, weil er einen Job mache, der ihn die ganze Nacht beschäftige. Zumindest habe er das gesagt.

»Was denn für einen Job?«, hatte Carl Finkbeiner nachgefragt.

»Er redet nie darüber, was er vorhat«, hatte eines der Mädchen geantwortet.

Als die beiden Kommissare das verwilderte Grundstück am Saatwinkler Damm verließen, sagte Meier: »Das war nu echt 'n Schuss in den Ofen, wa?«

»Aufgeschoben ist nicht aufgehoben«, antwortete Finkbeiner. »Lass uns irgendwo noch was trinken. Zum ›Versteck‹ ist es nicht weit.«

»Gebongt!«, sagte Meier.

»Na heute haben wir wirklich kein Glück«, sagte Finkbeiner 20 Minuten später.

Meier feixte. »Und jetzt kommt auch noch Pech dazu.«

Sie standen vor der Kneipe zwischen ein paar ratlosen Jugendlichen. An der Tür hing ein Schild mit der Aufschrift: »Wegen Familienangelegenheiten auf unbestimmte Zeit geschlossen.«

»Was soll'n der Scheiß. Der Hajo hat sonst nicht mal einen Ruhetag«, rief einer der Jungen.

»Wisst ihr, was das für eine Familienangelegenheit ist?«, fragte Finkbeiner in die Runde.

»Keene Ahnung!«, kam es von mehreren Seiten.

Mitten im Pulk der jungen Leute standen zwei Bedienungen. »Uns hat er überhaupt nichts gesagt«, rief die eine empört.

»Er hätte mich doch wenigstens anrufen können«, meinte die andere.

Und die Erste legte noch nach: »Das ist gar nicht Hajos Art. Man kann sich doch eigentlich total auf ihn verlassen.«

Carl Finkbeiner wählte Peter Heilands Nummer und berichtete ihm kurz.

»Wenn ihr Lust habt, kommt doch ins ›El Pedro‹ bei mir in der Stargarder Straße. Da sitze ich mit meinem Opa.«

Als die beiden eintrafen, war Peter Heiland mit seinem Bericht am Ende. Sein Großvater hatte ihm zugehört, ohne ihn auch nur einmal zu unterbrechen. Versonnen sah er in sein Weinglas, das er schon seit geraumer Zeit zwischen Tisch und Mund in der Schwebe hielt. »Die Frau ist der Schlüssel«, sagte er jetzt.

»Welche, die Renate Lubinski oder die Vanna Mbele?«

»Die Afrikanerin natürlich. Die ist die einzige, die mit jedem, von dem du erzählt hast, in Verbindung steht. Bei der laufen sozusagen alle Fäden zusammen. Das Mordopfer war ihr Lebenspartner – so sagt mr doch heut, oder?«

Peter nickte nur.

»Dieser Johannes hat bei ihr gewohnt. Der Faruk will sie haben. Den Vater, Ali Ben Salah, kennt sie als ihren Arbeitgeber, wenn mr des amal so nenne will. Die Renate Lubinski war amal ihre Chefin. Der Roman Lubinski hätte sie am liebsten bei sich aufgenommen und für sie gesorgt. Der Wirt, dieser Hajo Nenndorf, ist ja scheints in die verliebt, jedenfalls hältst du das für möglich. Ob die diesen Friedo allerdings kennt, weiß mr net, oder?«

»Keine Ahnung.«

»Dass sie mit den Rauschgiftgeschäften von diesem Malik zu tun g'hab hat, hat sie selber zugegeben. Ich sag dir was: Die Frau weiß alles!«

Peter musste lachen.

»Was ischt jetzt da dran so luschtig?«, fragte sein Opa leicht indigniert.

»Ich wundere mich. Du hast alle Zusammenhänge im Kopf, und was ich noch viel erstaunlicher finde: Alle Namen. Also hör endlich damit auf, über dein Alter zu räsonieren.«

Heinrich Heiland kam nicht mehr dazu, darauf zu antworten; denn in diesem Augenblick traten Finkbeiner und Meier an den Tisch. Sie bestellten einen Wein und baten den Wirt, ihnen eine gemischte Tapasplatte für zwei Personen zusammenzustellen. Erst dann zogen sie zwei Stühle heran und setzten sich.

Peter hatte seinem Großvater zuvor nicht gesagt, dass die beiden im »Versteck« nichts bekommen hatten, weil der Laden geschlossen war. Jetzt erzählte Carl Finkbeiner: »Offenbar sind alle davon überrascht worden. Sogar seine Bedienungen.«

»Der haut einfach so ab, von jetzt auf nachher?«, meldete sich Opa Henry. »Als wär er auf der Flucht.« Der alte Heiland war auf die vorderste Kante seines Stuhls vorgerückt und saß sehr aufrecht. Sein faltenreiches Gesicht zeigte kleine rote Flecken.

»Opa, jetzt sei so gut. Du steigerst dich da in was rein«, sagte Peter Heiland.

»Nein, warte. Der ist nicht auf der Flucht. Der bringt sich in Sicherheit. Was hat er dir geantwortet, als du g'sagt hast: ›Na dann bis zum nächsten Mal‹.«

»›Ich glaube, es gibt kein nächstes Mal.‹«

Die drei anderen sahen den alten Heiland überrascht an. Carl Finkbeiner war der Erste, der reagierte. »Menschenskind, da könnte was dran sein.«

»Was denn um Gottes willen?«, fragte Meier.

»Nehmen wir mal an, Hans Joachim Nenndorf, dem du mit Moral nicht mehr kommen kannst, seitdem er unschuldig im Knast gesessen hat, wusste tatsächlich, wo das Rauschgift war. Übrigens: Keiner von uns ist mal durch die Falltür hinter seinem Tresen nach unten gestiegen und hat genau nachgesehen …«

»Ich hab immerhin einen Hausdurchsuchungsbefehl

beantragen wollen, bin aber schon beim Staatsanwalt damit gescheitert«, warf Peter Heiland ein.

»Lass deinen Kollegen doch ausreden«, monierte sein Großvater sichtlich erregt.

»Ist ja nur eine Theorie«, versuchte Finkbeiner abzuschwächen. »Also: Nehmen wir an, Malik hat das ›Versteck‹ als Versteck genutzt.« Keiner schien sich über das Wortspiel zu amüsieren, zu angespannt waren plötzlich alle am Tisch. »Das Rauschgift lag zwischen Weinflaschen oder irgendwelchen Vorräten im Keller, bevor es Malik abholen konnte. Er wurde erschossen und im Westhafen versenkt. Plötzlich war Hajo Nenndorf im Besitz der heißen Ware. Und keiner wusste davon.«

»Außer Vanna Mbele vielleicht«, meinte Peter Heiland.

»Da wird jetzt aber der Nenndorf zu unserem Verdächtigen Nummer eins«, sagte Meier.

Carl Finkbeiner holte sein Mobiltelefon aus der Tasche und wählte.

»Wen rufst du an?«, wollte Peter Heiland wissen.

Aber da hatte der Kollege schon Verbindung. »Hallo, Maria. Finkbeiner hier, der Kriminalkommissar, den Sie nicht leiden können. Ist Vanna da?« Er hörte eine Weile zu und sagte schließlich: »Ich fürchte fast, sie wird auch nie mehr wiederkommen.« Er legt auf. »Abgehauen! Sie hat wichtige Termine platzen lassen, was in diesem Fall wohl heißt: Termine mit zahlungskräftigen Kunden.«

»Aber wenn die zwei alles auf einen Schlag hinter sich lassen, müssen sie das Rauschgift ja vorher verkauft haben«, meldete sich Heinrich Heiland.

»Als Faruk den Wirt und Vanna mit der Uzzi bedroht hat, sagte er, der Stoff habe einen Wert von zwei Millionen!«, warf sein Enkel ein.

Meier lachte. »In so einem Fall kann der Käufer sehr viel günstigere Preise aushandeln.«

Peter Heiland stand auf, ging ein paar Schritte auf die Straße hinaus, machte kehrt und kam zurück. »Nenndorf hat später zu mir gesagt: ›Wenn einer weiß, wo das Zeug ist, dann ist das Faruks eigener Vater.‹ Wenn er das Zeug womöglich schon längst an den alten Ben Salah verhökert hatte, musste er es ja wissen.«

»Meinst du, wir kriegen damit eine Durchsuchungsanordnung für Ben Salah?«, fragte Carl Finkbeiner.

»Versuchen müssen wir's.«

Pedro, der Wirt, kam mit der Tapasplatte und einer neuen Flasche Wein. »Müsst ihr eigentlich immer arbeiten?«, fragte er.

»Wieso? Du arbeitest doch auch«, konterte Peter Heiland.

»Aber ich mache meinen Gästen Freude damit.«

»Ja«, sagte Peter, »das ist bei uns allerdings selten der Fall.

SAMSTAG

Schon um 9.00 Uhr ließ sich Peter Heiland Faruk Ben Salah noch einmal vorführen. Sie saßen im Vernehmungsraum des Landeskriminalamtes. Jenny Kreuters lehnte mit verschränkten Armen an der Wand. Das Tonband lief. Heiland entschloss sich zu einer direkten Attacke. »Hajo Nenndorf und Vanna Mbele sind gemeinsam verschwunden. Offenbar lag der Packen Rauschgift, den Malik zuletzt ins Land geschafft hat, im Keller des ›Verstecks‹. Genau, wie Sie vermutet haben. Nach Ihren Aussagen hatte der Stoff den Wert von zwei Millionen Euro. Kann denn Ihr Vater so eine Summe ad hoc aufbringen?«

Faruk, der bis jetzt lässig auf seinem Stuhl gesessen hatte, schnellte nach vorne. »Das haben Sie erfunden.«

Peter Heiland blieb ganz ruhig. »Ich habe Sie doch nur zitiert, Faruk.«

»Nein, das meine ich nicht. Dass Hajo mit Vanna verschwunden ist.«

Peter Heiland schüttelte ganz leicht den Kopf. »Sie wissen, dass ich Sie nicht anlüge, Faruk. Hajo Nenndorf ist ein gescheiter Mensch, und er hasst unsere Gesellschaft. Man könnte sagen: Mit Recht; denn ihm ist verdammtes Unrecht geschehen. So viel zu seinem Motiv. Vanna Mbele, die eigentlich Lehrerin werden wollte, ist von Malik in die Prostitution gezwungen worden.

Sie hat das Beste daraus gemacht, und auf eine Chance gewartet, dieses würdelose Leben hinter sich zu lassen. Zusammen mit Nenndorf ist ihr das jetzt offenbar gelungen. Die beiden werden sich, so sehe ich das, in irgendeinem Land eine neue Existenz aufbauen. Selbst wenn sie das Rauschgift weit unter Wert verkauft haben, reicht der Erlös für einen Neustart.«

Faruk hatte sich während Peter Heilands Erklärung gegen die Stuhllehne zurückfallen lassen. Seine Hände hatte er verschränkt. Die Fingerknöchel traten weiß hervor. Er atmete kurz. Dann begann er plötzlich zu reden. »Ich hab's meinem Alten gesagt. Ich hab ihm gesagt, das Zeug liegt bei Nenndorf. Malik hat zwar nie verraten, wo er den Stoff gebunkert hat, aber er hat immer dafür gesorgt, dass bei ihm nicht mal ein Gramm gefunden werden konnte. Ich hab aber mal gesehen, wie er Hajo ein Paket übergeben hat. Das Zeug war im ›Versteck‹! Hundertpro! Aber mein Alter hat mich nur angeschrien. Immer nur angeschrien, ich soll ihn in Ruhe lassen. Meine besten Ideen hat der immer nur für 'n Scheiß gehalten. Auf die alte Nutte hat er gehört, der Idiot. Die hat sogar zur Bedingung gemacht, dass ich aus dem Haus müsste, sonst würde sie nicht bei ihm einziehen.«

»Sie reden von Renate Lubinski?«

»Von wem denn sonst?«

»Sie haben Ihrem Vater gesagt, wie man an den Stoff kommen konnte, den Malik ins Land geschafft hat?«

Faruk sagte nichts darauf.

»Aber Ihr Vater wollte nicht«, fuhr Peter Heiland

fort. »Was hat er gesagt? Etwa: ›Ich bin Händler, ich bin kein Dieb?‹«

Überrascht hob Faruk Ben Salah den Kopf.

»Jetzt möchten Sie wissen, woher ich das weiß?«, Peter Heiland lächelte. »Ich habe mich mehrmals mit Ihrem Vater unterhalten.«

Jenny Kreuters schaute ihren Chef verwundert an. Wie elegant er ihn auf's Glatteis führt, dachte sie bei sich.

Faruks Kiefer mahlten. Er hatte jetzt die Augen geschlossen. »Ich sag nichts mehr.«

»Das ist Ihre eigene Entscheidung, Faruk. Sie müssen nichts sagen, was Sie belasten könnte.« Peter Heiland schob die Blätter mit seinen Notizen zusammen. Es sah so aus, als wolle er die Vernehmung beenden. Stattdessen sagte er jetzt leise und in einem geradezu vertraulichen Ton: »Ihr Vater wollte einen anständigen Menschen aus Ihnen machen. Aber er musste einsehen, dass er das nicht schaffen würde. Danach wollte er Sie nur noch loswerden. Vielleicht hat dabei auch Renate Lubinski eine Rolle gespielt.«

»Das kann ich nicht glauben«, ließ sich Jenny von der Wand her hören.

»Doch!«, schrie Faruk plötzlich. »Genau das hat er gewollt. Er wollte mich loswerden. Und sie ist schuld! Der ist total geil auf die alte Schnalle. Kann keine Sau verstehen, aber es ist so. Und ich …« Plötzlich schob er seinen Kopf weit vor und starrte Peter Heiland in die Augen. »Verstehst du das? Bei uns in Tunesien ist die Familie das Wichtigste.«

Peter Heiland beugte sich nach vorne. Er legte seine Arme auf die Tischplatte. »Ich kann verstehen, dass Sie

Ihren Vater hassen. Und es muss Sie hart treffen, dass Vanna mit Hajo Nenndorf auf und davon ist …«

Plötzlich warf Faruk seinen Körper nach vorne, schlug hart mit der Stirn auf und begann wild mit den Fäusten auf die Tischplatte zu hämmern. »Fuck! Fuck! Fuck!«, schrie er und schlug immer wieder den Kopf auf das harte Holz. Jenny Kreuters trat hinter ihn, fasste Faruk an den Schultern und zog ihn an sich bis sein Kopf an ihrer Brust lag. »Ruhig«, sagte sie mit leiser Stimme. »Ruhig, ganz ruhig, Faruk.«

Peter Heiland wartete geduldig bis sich der junge Mann ein wenig beruhigt hatte. »Ich will Sie jetzt nicht überreden, Ihren Vater zu verraten, aber wenn Sie's mir sagen wollen, sagen Sie es: Wo finden wir den Stoff, wenn er ihn hat?«

»Mach ich nicht. Ich bin nicht so wie er.«

»Weiß es Knut Dressler, der von den ›Hot Devils‹?«, fragte Jenny und ließ die Schultern Faruks los.

Der fuhr mit dem Kopf herum. »Woher weißt du …« Und plötzlich fiel es ihm wieder ein. »Menschenskind, du warst die Fotze, die mir in die Eier getreten hat.« Er sprang auf und für einen Moment sah es so aus, als wolle er auf sie losgehen.

»Setz dich hin!«, rief Peter Heiland scharf.

Einen Augenblick zögerte Faruk Ben Salah, dann sank er auf den Stuhl zurück. »Ich sag nichts mehr.«

»Auch gut«, sagte Peter, stand auf, ging zur Tür und rief den beiden Beamten, die im Korridor warteten zu: »Bringt ihn bitte wieder zurück.«

Die Schutzpolizisten kamen herein. »Kommen Sie

bitte«, sagte einer von ihnen in freundlichem Ton zu dem jungen Mann, und der ließ sich widerstandslos die Handschellen anlegen. Als er hinausging, spuckte er vor Jenny auf den Boden.

»Armes Schwein«, sagte Peter Heiland, als die Tür hinter Faruk ins Schloss gefallen war.

»Schwein stimmt auf jeden Fall«, sagte Jenny Kreuters.

Knut Dressler wohnte im Schillerkiez in Nord-Neukölln in der Kienitzerstraße. Es dauerte ziemlich lange bis die Tür geöffnet wurde, nachdem Carl Finkbeiner geklingelt hatte. Norbert Meier, der neben ihm stand, hatte die Hand unter der Jacke – die Dienstpistole griffbereit. Knut Dressler stand in einem grauen Unterhemd und Boxershorts barfuß unter der Tür. »Was ist?«, fragte er verschlafen. Dann kniff er die Augen zusammen und starrte Meier an. »Dich kenn ich doch irgendwoher.«

»Ich kenn dich auch. Aus dem ›Darktown‹ in der Skalitzer Straße.«

»Kann sein. Warte mal …«

»Lass uns das drin besprechen«, sagte Norbert Meier und drängte den verschlafenen jungen Mann mit seinem Körper in die Wohnung zurück. Carl Finkbeiner schloss die Tür und lehnte sich dagegen. Verwundert sah er sich um. Die Wohnung war sauber aufgeräumt und erstaunlich geschmackvoll eingerichtet. Das Wohnzimmer, das sich direkt an den Eingangsbereich anschloss, wurde von einem riesigen Flachbildschirm dominiert. Auf einem Tisch, der aus einem Türblatt auf zwei Holzböcken gebaut war, stand ein Laptop. Norbert Meier setzte sich davor und drückte auf die Entertaste. Der Computer war auf Stand-by.

»He, was soll denn das?« Knut Dressler ging drohend auf Meier zu. Finkbeiner verstellte ihm den Weg. Zur Sicherheit zog er seine Waffe und sagte: »Sie bleiben mal ganz ruhig.«

»Ihr seid Bullen. Jetzt weiß ich's wieder. Ihr zwei habt Faruk aus dem Darktown abgeschleppt.«

»Im ›Darktown‹ festgenommen«, verbesserte Meier, während er auf der Tastatur des Laptops herumtippte.

»Er ist dann gleich wieder freigekommen«, ergänzte Finkbeiner. »Aber inzwischen sitzt er wieder. Er hat versucht, einen unserer Kollegen zu erschießen.«

»Scheiße«, sagte Dressler und ließ sich in einen Regiestuhl fallen, der am Tisch gegenüber von Meier stand.

»Kann man so sagen.« Auch Finkbeiner setzte sich, behielt aber die Waffe in der Hand.

»Das ist Hausfriedensbruch«, sagte Dressler mit müder Stimme.

»Stimmt«, antwortete Norbert Meier grinsend, »aber wer will uns den beweisen. Ihre Aussage gegen unsere Aussagen, was glauben Sie, wem der Staatsanwalt glaubt?«

»Arschloch!« Dressler starrte Meier böse an.

»So einfach ist es nicht, uns zu beleidigen.« Meier beschäftigte sich weiter mit dem Laptop. Schon nach wenigen Augenblicken rief er: »Na, wer sagt's denn? Glück muss der Mensch haben. Eine Routenplaner-Anfrage. Im Grünen Grund 17 in Wildenbruch. Kenn ich. Liegt bei Michendorf. Fahrzeit 53 Minuten steht da. Und da haben wir eine Google-Earth-Aufnahme von einem Gartenhäuschen im Grünen Grund zu Wildenbruch. So. Und jetzt zählen wir mal zwei und zwei zusammen.« Carl Finkbeiner gefiel nicht, wie selbstgefällig sein Kollege auftrumpfte, zumal er noch gar nicht wusste, was an dessen Entdeckung so Tolles sein sollte. »Das Häuschen am Kleinen Seddiner See gehört Ali Ben Salah.«

»Woher willst du das denn wissen?«, frage Carl Finkbeiner.

»Der junge Mann da hat es freundlicherweise dazugeschrieben: Gartenhaus B. S. und ich nehme mal an, das ist die Abkürzung für Ben Salah, unseren Tunesier. Im ›Darktown‹ hat Faruk mit Herrn Dressler ausbaldowert, dass er dort einbrechen soll. Ich nehme an, zu einer Zeit, in der Faruk mit seinem Vater zusammen sein würde. Erstklassiges Alibi für den Sohnemann, und die Einbrecher würden zudem sicher sein, dass der Alte nicht in seiner Datsche da draußen ist. Vielleicht hat Faruk Ihnen sogar den Schlüssel zu der Datsche gegeben«, sagte Meier nun direkt zu Dressler. »Einen Einbruch vortäuschen kann man ja dann immer noch.«

»Sie reden lauter Scheiß!«

Norbert Meier klappte den Laptop zu. »Den nehmen wir mit!«

»Das ist Diebstahl!«

»Mhm«, machte Meier. »Wir rechnen allerdings nicht damit, dass Sie uns deswegen anzeigen. Wir haben Ihnen ja gesagt: Faruk Ben Salah ist in Haft. Woher wüssten wir sonst, wo der Stoff ist und wer ihn für Faruk holen sollte? Aber wenn Sie keinen unnötigen Stunk machen, werden wir Sie auch nicht weiter verfolgen.« Der Kommissar stand auf und klemmte den Laptop unter den Arm.

Im Treppenhaus sagte Carl Finkbeiner: »Eigentlich ist es bei all diesen Typen das Gleiche: Sie übernehmen sich, trauen sich viel zu viel zu. Kleingangster, die gerne coole Topverbrecher wären. Faruk wollte Malik übertreffen, und war doch nur ein kleines Licht. Und als sich dieser Dressler auf ihn eingelassen hat, war ihm nicht klar, wie wenig Substanz der junge Ben Salah hat. So zerplatzen Träume.«

»Ich mach mir nicht so viele Gedanken über die kleinen Arschlöcher«, sagte Meier als er den Dienstwagen aufschloss und Dresslers Laptop auf den Rücksitz warf.

Um 11.00 Uhr traf sich die ganze Mannschaft im Zimmer des Kriminaldirektors Ron Wischnewski. Der Chef war schmaler geworden. Seine Gesichtshaut war bleich, aber sein Körper wirkte gespannt. »Ich bin froh, dass ich wieder da bin«, sagte er.

Kurt Reiber, seinen augenblicklicher Stellvertreter, hatte Wischnewski hinzugebeten. Der nickte jetzt ein paar Mal nachdrücklich. »Und ich erst!«

»Na, dann lasst mal hören!«

Nacheinander berichteten Peter Heiland und Carl Finkbeiner; Heiland über die Vernehmung Faruk Ben Salahs, Finkbeiner über den Einsatz bei Knut Dressler.

Wischnewski hörte konzentriert zu und entschied dann: »Die Theorie, dass das Rauschgift bei Nenndorf lag, und dass der es an Ali Ben Salah verkauft hat, ist durch nichts bewiesen. Wir kriegen also nie und nimmer eine richterliche Durchsuchungsanordnung für diese Hütte am Seddiner See. Aber wir sollten uns dort draußen mal umschauen. Wer macht das freiwillig?«

Alle seine Mitarbeiter hoben die Hand. Wischnewski lachte. »Ja, damit habe ich gerechnet. Heiland, bestimmen Sie!«

»Carl und Norbert. Sie haben den Hinweis auf Ben Salahs Datsche gefunden.«

»Brauchen Sie Unterstützung?«, fragte Wischnewski die beiden.

»Beim Umschauen?«, fragte Norbert Meier grinsend zurück. »Nein, wirklich nicht.«

Die Sekretärin Christina Reichert kam herein. »Da ist grade eine E-Mail an Sie gekommen, Herr Heiland.« Obwohl sich die beiden privat schon lange duzten, siezte die Sekretärin ihren Chef im Bürobetrieb konsequent.

»Danke, Christina!« Peter Heiland faltete das Papier auf. »Ein Teil unserer Theorie scheint sich jedenfalls zu bestätigen«, sagte er, nachdem er den Text überflogen hatte. »Das ist eine Nachricht von Hans Joachim Nenndorf.« Dann las er vor: »Hallo, Kommissar! Faruk hatte recht. Malik hat meinen Laden als Versteck benutzt. Das letzte Paket haben wir veräußert und zwar ohne schlechtes Gewissen, denn es war ja Vannas Erbe sozusagen. Ich schreibe diese Mail auf dem Flughafen. In zehn Minuten geht unser Flieger nach Costa Rica. Vanna begleitet mich. Wussten Sie, dass es in Costa Rica mehr Lehrer als Polizisten gibt, und dass die Regierung dort nicht an die Bundesrepublik Deutschland ausliefert Schöne Grüße, Nenndorf. Und dann hat er noch einen kleinen Witz angefügt: Gesendet von meiner Schiefertafel.«

»Blödmann«, sagte Carl Finkbeiner. »In Deutschland gibt es auch mehr Lehrer als Polizisten, nur machen wir keine Werbung damit.«

»Dummerweise schreibt er nicht, an wen er den Stoff verkauft hat«, meldete sich Jenny Kreuters.

»Wir wissen es doch. Vielleicht können wir es in ein paar Stunden sogar beweisen«, sagte Norbert Meier. »Auf geht's, Carl! Ich fahre.«

Sie fuhren über die Avus und dann Richtung Leipzig und Magdeburg, nahmen die Ausfahrt Michendorf und bogen schon nach wenigen 100 Metern ab Richtung Wildenbruch. In dem kleinen Dorf parkten sie dicht bei der Kirche. Meier nahm einen leeren Rucksack aus dem Kofferraum und zog ihn locker über seine linke Schulter. Sie machten sich zu Fuß auf den Weg. Nach etwa 200 Metern erreichten sie den See an seiner nördlichen Ausbuchtung, wo sich ein kleiner Badeplatz befand, der an diesem Samstagvormittag schon ziemlich bevölkert war. Unter einer Birke baute ein älterer Mann einen improvisierten Kiosk auf, den er als Anhänger an seinem Traktor herangefahren hatte. Ein Schild, auf dem man das schmale Angebot von ›Rostbratwurst‹ bis ›kühles Bier‹ lesen konnte, hatte er an einen Ast gehängt. Ein wolkenloser Himmel wölbte sich über dem Land und spiegelte sich im See, sodass dessen Wasser eine tiefblaue Farbe angenommen hatte.

Finkbeiner und Meier folgten einem schmalen Trampelpfad am Ufer entlang, das dem Dorf gegenüber lag, und erreichten nach etwa 400 Metern ein Grundstück, um das ein hoher Holzzaun lief. Meier war ins Schwitzen geraten, während Finkbeiner die Hitze nichts auszumachen schien.

»Wenn wir uns umgeschaut haben, gehen wir schwimmen«, sagte Meier.

»Du spinnst«, gab Finkbeiner zurück. Um diese Zeit hat das Wasser im See höchstens 15 Grad.«

»Ich bin abgehärtet.« Meier zog aus seiner hinteren Hosentasche ein zusammengefaltetes Blatt und strich es auf seinem rechten Schenkel glatt. Es zeigte das Google-Earth-Foto des kleinen Seddiner Sees. Das Grundstück, vor dem sie jetzt standen, hatte Norbert Meier mit einem Rotstift gekennzeichnet. Ein Feldweg, der über eine kleine Anhöhe herunter auf das Grundstück zuführte, endete vor einem massiven Tor aus Holz und Stahl. Links und rechts davon zwei Betonsäulen, auf denen jeweils eine Überwachungskamera montiert war.

»Vielleicht kommt man von der Seeseite heran«, sagte Carl Finkbeiner. Aber an beiden Seiten des Grundstücks liefen zwei Betonmauern ins Wasser hinein, die mit Stacheldraht bewehrt waren.

Meier zog sich nackt aus und sprang ins Wasser. Er schwamm in schnellen Zügen der Mitte des Sees zu, wendete dann und blieb wassertretend stehen. Carl Finkbeiner hatte inzwischen einen schattigen Platz am Ufer gesucht und sich ins Gras gesetzt. Norbert Meier schwamm nun Richtung Süden weiter den See hinauf und entschwand den Blicken seines Kollegen, der sich nicht vorstellen konnte, was der andere vorhatte.

Nach etwa zehn Minuten tauchte der nackte Meier in einem Ruderkahn wieder auf, steuerte auf Finkbeiner zu und ließ das Boot knapp vor dessen Füßen auflaufen. »Hab ich ein paar hundert Meter weiter oben gefunden. Los, steig ein!« Finkbeiner warf Meiers Kleider und dessen Rucksack in den Kahn und sprang dann in das schaukelnde Boot. »Du musst doch völlig durchgefroren sein!«

»Keine Spur! Das ist nur eine Frage der Abhärtung! Ich denke, von der Wasserseite kommt man ran«, sagte Meier und nahm wieder die Ruder in die Hand.

Sie erreichten eine Terrasse aus groben Holzbohlen. Ein Steg führte gut zehn Meter in den See hinaus und endete in einem Sprungbrett, neben dem eine Leiter ins Wasser hinabführte. Meier legte an, stieg als Erster aus und zog seine Kleider wieder an. Aus dem Rucksack holte er ein Gerät, das sein Kollege noch nie gesehen hatte. »Was ist denn das?«, fragte Finkbeiner.

»Ein elektronischer Dietrich. Probiert in drei Sekunden ein paar Tausend Schlossversionen durch. Stammt aus der Asservatenkammer. Hat jüngst einer der Kollegen einem Einbrecher aus Rumänien abgenommen. Es ist wie immer: Die Verbrecher sind uns technisch überlegen.«

»Und wie bist du da rangekommen?«

»Das willst du gar nicht wissen«, antwortete Meier grinsend.

Die Fenster des Hauses waren durch stabile dunkle

Holzläden gesichert. Sie waren mit Eisenstangen arretiert und an ihren Enden mit kräftigen Schlössern an die stählerne Armierung festgemacht. Meier setzte am ersten Schloss sein elektronisches Gerät an. Es surrte kurz, machte dann klack, und das Schloss war offen.

Die Terrassentür hinter dem Laden hatte ebenfalls ein Sicherheitsschloss, das freilich dem modernen Gerät in Meiers Händen genau so wenig Widerstand leistete, wie die Schlösser zuvor.

Das Licht, das durch die Tür fiel, erhellte den Raum nur wenig, aber es genügte, um zu erkennen, dass der Besitzer sehr viel Geld in die Ausstattung seines Wochenendhauses gesteckt hatte. »Da muss ein besonders guter Innenarchitekt am Werk gewesen sein«, sagte Finkbeiner.

»Na, dann lass uns mal suchen, wo er den Tresor versteckt hat.«

Sie fanden keinen. »Das letzte Mal, als wir Rauschgift gesucht haben, waren die Päckchen an den Deckel der Wasserspülung im Klo geklebt«, rief Meier aus der Küche, wo er die reichhaltigen Bestände an Alkoholika betrachtete. »Mensch, und das hier musst du dir mal anschauen. So viel zum Thema Muslime und Alkohol.«

Im Wasserkasten der Klospülung fand sich nichts.

Finkbeiner, der die Bilder von der Wand genommen hatte, weil er einen Tresor dahinter vermutete, hängte die Kunstwerke wieder zurück. Bei einem Gemälde, das eine Seenlandschaft, vermutlich irgendwo in Finnland, zeigte, fiel ihm plötzlich auf, dass es ungewöhnlich schwer war. Das mochte an dem dicken Rahmen liegen, aber er legte das Kunstwerk nun doch, Gesicht nach unten, auf den Couchtisch, dessen Platte mit wunderschönen Intarsien geschmückt war. »Kommst du mal?«, rief er nach seinem Kollegen.

Behutsam nahmen sie die Rückwand ab. Acht flache Plastikpäckchen mit einem weißen Inhalt kamen zutage. Das Gleiche wiederholte sich bei drei weiteren Bildern. »Was machen wir jetzt?«, fragte Meier?

»Ich rufe Peter an.«

Finkbeiner erreichte Heiland bei Wischnewski im Büro. Der Kriminaldirektor ließ sich den Hörer geben, sobald er gemerkt hatte, worum es ging. »Ich bespreche das mit den Kollegen vom Rauschgift, und ich rede so schnell wie möglich mit dem Generalstaatsanwalt. Zum Glück kenne ich ihn ganz gut. Wir versuchen jetzt keine Tricks mehr, sondern gehen, wenn es uns erlaubt wird, sofort zur Attacke über. Stellt jetzt erst mal den alten Zustand wieder her und bleibt in der Nähe des Hauses, klar?«

»Verstanden«, antwortete Finkbeiner.

Sie verließen das Haus, wie sie hereingekommen waren und brachten das Ruderboot an seinen Liegeplatz zurück. Danach suchten sie sich eine Stelle, von der aus sie das Sommerhaus des Tunesiers gut beobachten konnten. Meier sah auf die Uhr. »14.24 Uhr«, sagte er. »Bin mal gespannt, wann die hier auftauchen.«

Carl Finkbeiner legte sich mit einem zufriedenen Seufzer auf den Rücken und blinzelte in die Sonne. »So hab ich mir meine Arbeit immer vorgestellt.«

Generalstaatsanwalt Robert Leygraf war ein Mann kurz vor der Pensionsgrenze. Wischnewski, selbst nicht viel jünger als der Jurist, kannte ihn aus der Zeit, als Leygraf sein Praktikum bei der Kriminalpolizei gemacht hatte. Sie hatten damals beide Handball gespielt und waren gemeinsam in der Mannschaft des Polizeisportvereins. Seitdem waren sie sich immer wieder begegnet, und beide waren bemüht gewesen, Anlässe für solche Begegnungen zu schaffen, was nichts anderes hieß, als dass sie sich sympathisch waren. Wenn sie nicht im Dienst waren, duzten sie sich. Aber das war jetzt nicht der Fall.

»Ich will ganz ehrlich sein, Herr Generalstaatsanwalt«, sagte Wischnewski, »zwei meiner Beamten haben auf der Suche nach Beweisen einen Einbruch verübt.«

Leygrafs Gesicht zeigte keine Regung.

Wischnewski schilderte die ganze Vorgeschichte, und am Ende nickte Leygraf. »Ich denke, wir kriegen die richterliche Durchsuchungsanordnung ohne Probleme. Ich schlage vor, Sie nehmen diesen Ben Salah vorläufig fest und fahren mit ihm hinaus zu seinem Sommerhaus oder was das ist. Er hat ja das Recht, bei der Durchsuchung zugegen zu sein.«

»Weiß ich«, sagte Wischnewski.

Es dauerte keine Stunde, da hatte der Kriminaldirektor seine Durchsuchungsanordnung. Peter Heiland und Jenny Kreuters tauchten damit im Fitnessstudio des Tunesiers auf. Ali Ben Salah kam aus seinem Büro und begrüßte die Beamten mit einem strahlenden Lächeln. »Wenn Sie meinen Sohn suchen …«

»Den müssen wir nicht suchen«, sagte Peter Heiland.

»Er sitzt in Untersuchungshaft. Wir müssen Sie leider bitten mitzukommen.«

Der freundliche Ausdruck wich nicht aus Ben Salahs Gesicht. »Sie bringen mich zu ihm?«

Jenny Kreuters sah den Tunesier kopfschüttelnd an: »Dass er festgenommen wurde, scheint Sie nicht sonderlich zu beeindrucken.«

»Ich habe schon immer gesagt, wenn noch etwas aus ihm werden soll, muss er durch eine harte Schule gehen. Was immer er getan hat, er wird es büßen und es wird ihm eine Lehre sein.«

»Möglich«, sagte Peter Heiland, »aber wir kommen Ihretwegen, Herr Ben Salah.«

Aus dem Büro trat nun Renate Lubinski. Sie trug einen engen knielangen weißen Rock und eine cremefarbene Seidenbluse, die so weit aufgeknöpft war, dass jedermann sehen konnte, was für schöne Brüste sie noch immer hatte. Frisur und Make-up waren auch diesmal perfekt. »Was ist denn, Ali? Wir wollten doch …« Sie unterbrach sich, als sie die beiden Polizeibeamten entdeckte. »Ist was passiert?«

»Ich kann es dir nicht sagen, Honey«, antwortete der Tunesier. »Faruk muss wieder mal irgendwelchen Mist gebaut haben.«

»Er hat versucht, mich zu erschießen«, sagte Peter Heiland in betont sachlichem Ton. »Er hat aber meine Frau getroffen und zum Glück nur verletzt. Jetzt sitzt er wegen versuchten Mordes. Aber deshalb sind wir nicht hier. Kommen Sie bitte, Herr Ben Salah. Sie stehen unter dem Verdacht, gegen das Betäubungsmittelgesetz verstoßen zu haben und zwar in einem äußerst schweren Fall.«

»Was?« Ali Ben Salahs Gesicht veränderte sich schlagartig. »Das ist nicht Ihr Ernst!«

Peter Heiland griff in die Brusttasche seiner Jacke, zog ein Blatt Papier heraus und faltete es auf. »Wir haben eine richterliche Durchsuchungsanordnung für Ihr Anwesen in Wildenbruch im Grünen Grund. Sie haben das Recht, bei der Hausdurchsuchung dabei zu sein. Ich an Ihrer Stelle würde das Recht wahrnehmen.«

»Zeigen Sie mal her!« Frau Lubinski riss dem Kommissar das Dokument aus der Hand, warf einen Blick darauf und fuhr zu Ben Salah herum. »Wir müssen sofort unseren Anwalt anrufen.«

»Herrn Dr. Rübsam, nehme ich an«, sagte Peter Heiland.

»Ach, das wissen Sie auch schon?«, schnappte Renate Lubinski.

»Seine Kanzlei vertritt auch Herrn Ben Salahs Sohn.«

Während des ganzen Disputs ging der Betrieb im Fitnessstudio normal weiter. Magda Klein eilte zwischen den trainierenden Kunden hin und her, gab hier und dort Ratschläge, ermunterte den einen oder anderen, sich mehr anzustrengen, ließ dabei aber keinen Blick von den vier Leuten vorne am Tresen. Sie kam erst herüber, als Ben Salah sie rief. »Ich muss für ein paar Stunden weg, Magda. Sehen Sie zu, dass der Betrieb ungestört weiterläuft, ja?«

»Ja, Chef!«

»Du begleitest mich doch?«, fragte er nun Frau Lubinski.

»Nein, mein Schatz, ich werde hierbleiben und mich um alles kümmern.« Das sagte sie schmallippig und mit einem bösen Blick auf die Empfangsdame. Überraschend wendete sie sich dann an Peter Heiland: »Ich sage immer, man sollte dem Personal niemals zu viel Vertrauen schenken.«

Magda Klein quittierte das mit einem kühlen Lächeln. Der Kommissar schenkte es sich, darauf einzugehen. »Kommen Sie, bitte?«, sagte er zu Ali Ben Salah.

»Ich rufe sofort Dr. Rübsam an«, rief Frau Lubinski noch.

Es war eine Farce. Sie wussten ja, wonach sie suchen mussten und wo es zu finden war. Aber sie spielten die Komödie perfekt. Ein kleines Team der Spurensicherung durchsuchte unter Anleitung eines Hauptkommissars aus dem Rauschgiftdezernat das Sommerhaus am Kleinen Seddiner See. Ben Salah saß mit einem aufreizend überlegenen Lächeln in einem der Mies-van-der Rohe-Sessel, die in einem kleinen Erker um einen eleganten Glastisch gruppiert waren. Peter Heiland lehnte im Rahmen der Terrassentür. Norbert Meier ging auf dem Bootssteg auf und ab. Carl Finkbeiner stand, die Hände auf dem Rücken verschränkt, hinter Ben Salah. Jenny Kreuters beteiligte sich an der Durchsuchung. Nach einer gebührenden Zeit nahm einer der Spurensicherer das erste Gemälde von der Wand und wog es prüfend in den Händen. Das Lächeln in Ben Salahs Gesicht erlosch. Der Beamte legte das Bild flach auf den Glastisch direkt vor dem Tunesier ab und löste sorgfältig die Rückwand. »Hier«, rief er und alle sahen zu ihm her. Mit einer fast feierlichen Geste hob er das erste Plastikpäckchen heraus. Der Kommissar aus dem Rauschgiftdezernat öffnete es vorsichtig mit einem kleinen Messer, tupfte mit der Kuppe seines Zeigefingers ein wenig von dem Stoff auf und prüfte ihn mit der Zunge. Er nickte ein paar Mal und konstatierte: »Heroin!« Bei einer weiteren Probe aus einem anderen Bildrücken stellte er fest: »Kokain.«

Ali Ben Salah saß wie gelähmt in seinem Sessel. Jetzt stieß er hervor: »Sie wussten es von meinem Sohn?«

Peter Heiland schüttelte den Kopf. »Nein, Herr Ben Salah, Faruk hat jede Aussage gegen Sie vermieden. Der Verdacht hat sich auf anderen Wegen ergeben. Ich glaube, Ihr Sohn hätte Sie nie verraten.«

Ben Salah stand nun auf. »Dr. Rübsam müsste längst da sein«, sagte er.

»Sie können ihn gerne anrufen.«

Ben Salah wählte die Nummer auf seinem Mobiltelefon. »Ali Ben Salah hier. Kann ich mal die Handynummer von Dr. Rübsam haben? … was, er ist noch im Haus? Das ist nicht möglich … Ja, ja natürlich will ich ihn sprechen!« Er wartete einen Moment und starrte dabei unverwandt auf seine Schuhspitzen. Aber plötzlich fuhr sein Kopf hoch. »Sie sind noch im Büro? Warum sind Sie nicht hier? … na, hier in Wildenbruch, Renate, ich meine Frau Lubinski, hat doch …«, er unterbrach sich und ließ sich in den Sessel zurückfallen. »Sie hat nicht …? Menschenskind, ich habe die Polizei am Hals. Die haben mein Wochenendhaus durchsucht und jede Menge Rauschgift gefunden. Keine Ahnung, wie das hierherkam. Und Sie hätten unbedingt hier vor Ort sein müssen, verdammt noch mal. … ja, ja natürlich. Hauptkommissar Heiland …« Er reichte Peter Heiland das Telefon.

Der meldete sich: »Heiland hier«, und hörte die ruhige Stimme des Rechtsanwalts. »Verstoß gegen das Betäubungsmittelgesetz«, antwortete er auf die Frage des Juristen. »Wir haben aufgrund klarer Indizien eine richterliche Durchsuchungsanordnung erwirken können, und jetzt haben wir in Herrn Ben Salahs Wochenendhaus große Mengen Rauschgift gefunden … Wie wir darauf gekommen sind?« Peter Heiland lachte leise. »Darüber können wir jetzt nicht am Telefon reden … Wie bitte? … ja, ganz recht, ich bin Leiter einer Mordkommission. Aber das Ganze hat offensichtlich auch mit dem Mord an Sven Lubinski zu tun … Ich denke, in einer Stunde im LKA in der Keithstraße. Aber da gebe ich Ihnen meinen Kollegen, dessen Fall das nun ist.« Er reichte das Telefon an den Kommissar aus der Rauschgiftabteilung weiter.

Eine Viertelstunde später schlossen die Polizisten ihre Arbeit in dem Sommerhaus ab. Ben Salah saß reglos in seinem Sessel und schien völlig in sich versunken zu sein. Peter Heiland setzte sich ihm gegenüber. »Sie haben vorher zu Ihrem Anwalt gesagt, Sie hätten keine Ahnung, wie das Zeug hierhergekommen sei. Ich kann es Ihnen sagen: Hans Joachim Nenndorf hat es Ihnen verkauft. Ich nehme an, zu einem sehr günstigen Preis. Dabei hat das Zeug ihm gar nicht gehört, sondern dem verstorbenen Sven Lubinski, alias Malik. Das Rauschgift war nur bei Nenndorf versteckt, und als Malik tot war, konnte der Wirt damit machen, was er wollte. Zwar hat Ihr Sohn versucht, an das Rauschgift heranzukommen, aber ich nehme an, da hatten Sie das Geschäft mit Nenndorf bereits abgewickelt.«

»Reden Sie ruhig weiter«, sagte Ben Salah, »ich werde mich nicht dazu äußern.«

Peter Heiland ließ sich nicht beirren. »Haben Sie von Faruk erfahren, dass Hajo Nenndorf über das Rauschgift verfügte? Oder ist Nenndorf auf Sie zugekommen, weil er wusste, welche Geschäfte Sie, außer Ihren Fitnessstudios und dem Puff, betreiben, und weil er davon ausgehen konnte, dass Sie die notwendige Summe rasch bereitstellen konnten.«

Der Tunesier antwortete nicht.

»Sie haben vermutet, dass uns Ihr Sohn den Tipp gegeben hat. Das stimmt zwar nicht, aber irgendwie stimmt es doch.«

Ben Salah sah Heiland zum ersten Mal an, sprach aber noch immer nicht.

»Als Ihrem Sohn klar war – wodurch, wissen wir noch nicht –, dass der Stoff hier in Ihrem Wochenendhaus versteckt war, wollte er sich das Zeug selber unter den Nagel reißen. Aber natürlich durften Sie nicht merken, dass er es sein würde. Deshalb hat er einen Komplizen darauf angesetzt. Der sollte hier einbrechen, während Faruk mit Ihnen zusammen sein würde. Faruk hätte auf diese Weise ein perfektes Alibi gehabt. Aber der Komplize war viel zu unerfahren. Er hat uns, ohne es zu wollen, den ganzen Plan verraten.«

Ali Ben Salah sah den Kommissar unverwandt an. »Das soll ich Ihnen glauben?«

Peter nickte. »Ich empfehle es Ihnen. Faruk ist möglicherweise auch der Mörder Maliks. Denn erst nachdem der nicht mehr lebte, konnte Ihr Sohn versuchen, groß ins Rauschgiftgeschäft einzusteigen, wobei er vermutlich keine Ahnung hatte, wie das funktionieren sollte. Er ist doch nicht mehr, als ein großer Junge mit mächtigen Fantasien im Kopf.« Peter Heiland wusste nicht, warum er das alles so ausbreitete. Vielleicht, um sich selbst noch einmal Klarheit über die mutmaßlichen Vorgänge zu verschaffen. Ali Ben Salah spielte eigentlich in seinen Ermittlungen keine Rolle mehr. Der war nun ein Fall für die Kollegen vom Rauschgiftdezernat.

»Haben Sie Malik gekannt?«, fragte Peter Heiland.

»Flüchtig.«

»Er war immerhin der Sohn Ihrer Lebensgefährtin.«

Daraufhin sagte Ali Ben Salah etwas, was Peter Heiland doch sehr erstaunte: »Wir leiden alle unter unseren Kindern.«

»Hoffentlich nicht«, sagte Peter Heiland mehr zu sich selbst. »Mein Erstes kommt in den nächsten Tagen zur Welt.«

Ein Lächeln huschte über das Gesicht des Tunesiers. »Manche gelingen ja auch.«

Auf dem Rückweg in die Stadt fuhren Peter Heiland und Jenny Kreuters noch einmal im Fitnessstudio Ben Salahs vorbei. Renate Lubinski trug jetzt einen eleganten Sportanzug und ging eifrig zwischen den Trainierenden hin und her. Peter Heiland wollte die Tür zum Büro öffnen, aber die war verschlossen. In diesem Augenblick wurde Renate Lubinski auf die beiden Polizeibeamten aufmerksam und kam mit schnellen Schritten herüber. »Was wollen Sie denn schon wieder?«

»Wo ist denn Frau Klein?«

»Magda? Die arbeitet nicht mehr hier.«

»Wie bitte? Herr Ben Salah sagte doch noch, sie solle darauf achten, dass der Betrieb hier ungestört weiterläuft.«

»Darum kümmere ich mich jetzt.«

»Sie alleine wollen den ganzen Laden hier schmeißen?«, fragte Jenny Kreuters.

»Ich hab schon einen Ersatz für Magda. Sagen Sie mir jetzt lieber, was mit Herrn Ben Salah ist?«

»Es ist so, wie Sie offensichtlich schon vermutet haben«, sagte Peter Heiland mit leisem Sarkasmus in der Stimme. »Er wird so schnell nicht wiederkommen.«

Als sie den Fitnessklub verließen, sagte Jenny Kreuters: »Verstehst du das: Ali Ben Salah scheint sich völlig dieser Frau Lubinski unterworfen zu haben. Und das als muslimischer Araber. Man sagt doch immer, dass die Frauen bei denen total unterdrückt sind.«

»Ich hatte in Stuttgart einen Freund, der hat sich ganz ähnlich verhalten«, sagte Peter Heiland. »Der war allerdings Schwabe, evangelisch und gut verheiratet. Und in seiner Ehe war er der Herr im Haus. Dann hat er sich plötzlich scheiden lassen und eine 20 Jahre jüngere Frau geheiratet. Von da an war er wie verwandelt. Er gehorchte seiner neuen Lebenspartnerin wie ein Hund. Als ich ihn einmal fragte, warum er sich ihr so total unterwerfe, hat er gesagt: ›Es sind die sexuellen Sensationen.‹ Unglücklicherweise hat seine junge Gattin das Gespräch belauscht und ihrem Mann von Stund an den Umgang mit mir verboten.«

»Und er hat sich dran gehalten?«

»Nicht ganz. Ein paar Mal haben wir uns noch heimlich getroffen. Exterritorial sozusagen. Aber er hatte dabei immer so ein schlechtes Gewissen, dass ich ihm von mir aus angeboten habe, unsere Freundschaft zu beenden. Er hat sich fast ein bisschen erleichtert darauf eingelassen.«

Jenny Kreuters schüttelte den Kopf. »Sachen gibt's, man sollte es nicht glauben.«

Um die gleiche Zeit saß Heinrich Heiland, Peters Großvater, an Hanna Iglaus Bett. Opa Henry war kein gesprächiger Mensch, um nicht zu sagen, er sei maulfaul. Als ihm dies sein Enkel einmal vorgeworfen hatte, hatte Opa Henry auf seine unnachahmliche Weise gegrinst und gesagt: »Wer uns Schwoba für maulfaul hält, hat uns noch nie verschpera seha.« Um das Gespräch nicht versiegen zu lassen, hatte er Hanna diese kleine Anekdote gerade erzählt und seine Aussage übersetzt: »Wer uns Schwaben für mundfaul hält, hat uns noch nie beim Essen zugesehen.«

Hanna sah ihn fröhlich an und sagte: »Für mich ist es fast wie ein Wunder, dass ihr beide euch so gut versteht, du und Peter.«

»Das lässt sich leicht erklären«, antwortete der Alte, »nach dem Tod seiner Eltern hatte er nur mich, und ich hatte nur ihn. Ganz bestimmt war ich viel nachsichtiger als es sein Vater oder seine Mutter je gewesen wären. Und Peter gehörte schon als Kind zu den Menschen, die so etwas erkennen und verstehen und vor allem: Die es nicht ausnützen. Als ich damals meinen Beruf aufgegeben habe, um ganz für ihn da zu sein, war er acht Jahre alt. ›Das musst du doch nicht für mich machen‹, hat er g'sagt und mich dabei ang'schaut wie ein weiser alter Philosoph. Er hat sich dann eigentlich viel zu sehr bemüht, dankbar dafür zu sein.«

Hanna nahm die schwielige Hand des alten Heiland in ihre eigenen. »Hoffentlich bleibst du uns noch ganz lang erhalten, Henry.«

»Also dafür dät ich die Hand net ins Feuer legen«, antwortete er. »In letzter Zeit quälen mich Krankheiten, von denen habe ich vorher gar nicht g'wusst, dass es sie gibt. Aber ihr habt ja einander. – Was willst du denn machen, wenn das Kind da ist? Wieder arbeiten gehen?«

Hanna nickte. »Nach einer gewissen Zeit bestimmt.«

Opa Henry sagte nicht, was er davon hielt. Ächzend stand er auf. »Ich guck morgen noch mal bei dir rein.«

»Das wäre schön. Übermorgen, am Montag, bin ich ja wahrscheinlich schon wieder zu Hause.«

Peter Heiland und Jenny Kreuters fuhren nicht ins Präsidium, sondern zum Saatwinkler Damm. Friedo Neubert war alleine da. Sie fanden ihn im Büro. Friedo saß auf einem hohen Stuhl am Schreibtisch. Sein Rollstuhl stand daneben. Der Streetworker gab in seinem Computer gerade den Auftrag ›Drucken‹! In schneller Folge wanderten Seiten mit Tabellen aus dem Gerät. »Sie schon wieder! Haben Sie eine Ahnung, wie lästig Sie sind?«, sagte Neubert als die beiden nach kurzem Klopfen eingetreten waren.

»Eigentlich suchen wir Johannes Streitz«, antwortete der Kommissar.

»Der ist wieder zurück zu seinem Vater. Eine gute Entscheidung!« Neubert nahm die Blätter aus dem Drucker, stieß sie am unteren Rand auf und schichtete sie in ein Regal neben dem Schreibtisch.

»Fehlt er Ihnen denn nicht?«, fragte Jenny.

Friedo sah überrascht auf und der jungen Kommissarin direkt in die Augen. »Ich bin autark. Ich habe mir angewöhnt, mich nicht zu sehr auf einen Menschen einzulassen. In meinem Beruf ist Distanz nach allen Seiten wichtig.«

»Vor allem die Distanz zu uns Polizisten«, warf Peter Heiland ein, der sich ein wenig wunderte, dass sich der Streetworker zum ersten Mal auf ein Gespräch einzulassen schien.

»Ja«, antwortete Neubert schlicht.

»Wir haben versucht, die Vorgänge von damals in der Mainzer Straße zu rekonstruieren.«

»Interessiert mich nicht!« Friedo fiel in seine feindselige Haltung zurück, die Peter Heiland schon kannte.

»Wir sind auf eine Menge Ungereimtheiten gestoßen«, der Kommissar ignorierte den Einwurf des Streetworkers. »In den Polizeiakten fehlen wesentliche Teile. Wir müssen annehmen, dass die gezielt entfernt worden sind.«

Friedo Neubert lachte nur hämisch auf. Es klang wie das heisere Bellen eines Hundes.

»Deshalb hätte mich eine genaue Schilderung des Hergangs aus Ihrer Sicht sehr interessiert«, fuhr Peter Heiland unbeirrt fort.

»Lassen Sie's! Ich will nicht mehr darüber reden.«

»Gut!« Peter Heiland nahm zwei Stühle, die an einem Besprechungstisch am Fenster standen an den Lehnen, trug sie zum Schreibtisch und stellte sie dicht nebeneinander. »Reden wir über etwas anderes: Wie gut haben Sie Sven Lubinski, alias Malik, gekannt?« Peter und Jenny setzten sich.

»Ziemlich gut. Ich habe ihn über Wochen und Monate beobachtet, habe mir von den Jungs alles erzählen lassen, was sie freiwillig preisgeben wollten. Ich hab auch mehrfach versucht, mit ihm zu reden. Aber das war sinnlos. Malik hat in eineinhalb Jahren alles kaputtgemacht, was ich in langjähriger Arbeit aufgebaut hatte. Wir hatten so wunderbare Perspektiven.«

»Sein eigener Vater hat Malik einen Teufel genannt«, warf Peter Heiland ein.

»Das war er auch. Aber er konnte sein Unwesen treiben, als gäbe es keine Polizei in dieser Stadt. All die

Jungs, die wir mit unseren Programmen sukzessive aus ihrem Elend und der daraus erwachsenden Kriminalität hatten herausholen können, hat er uns wieder entzogen. Es war zum Verrücktwerden. Der Kerl war ein Geschwür in unserer Gesellschaft. Es ist gut, dass er tot ist. Sehr gut sogar.«

»Alle?«, fragte Peter Heiland dazwischen.

»Sagen wir: die meisten.«

»Johannes Streitz?«

»Das war ein Sonderfall. Den hatte sich Malik ja geradezu ausgeguckt. Sohn aus reichem Haus, erfolgreicher Schüler, aber voller Hass auf seine Eltern. Zu uns war er gekommen, um nicht alleine vor die Hunde zu gehen. Er hatte sich vorgenommen, weder mit seiner Mutter noch mit seinem Vater jemals wieder zu reden. Aber natürlich war er viel zu schwach, um so eine Entscheidung durchzuhalten.« Friedo Neubert unterbrach sich. Er stemmte sich mit beiden Armen aus dem Schreibtischstuhl heraus und hievte sich hinüber in den Rollstuhl. Es sah fast mühelos aus, so kräftig waren seine Arme.

»Aber Johannes Streitz hat doch eine Zeit lang bei Malik und Vanna Mbele gewohnt.«

»Ja. Dieser Teufel hatte wirklich für jeden Jungen die richtige Methode. Mit Johannes ging er ganz anders um, als mit allen anderen. Er ging mit ihm ins Kino, ließ sich erzählen, was der Junge gerade las – Jonny ist ein leidenschaftlicher Leser – und er selbst, Malik, beschaffte sich sogar manche der Bücher und las sie selber, um mit Jonny diskutieren zu können. Er hat ihn auch nicht mitgenommen, wenn er mit der ganzen

Bande in den Puff gegangen ist. Wahrscheinlich ahnte er, dass die Atmosphäre dort den feinfühligen Jungen abgestoßen hätte. Dazu kam, dass Johannes, wie die meisten, total in Vanna verschossen war, und dieses Weib wusste natürlich, wie sie ihn immer noch mehr beeindrucken konnte. Eine absolut perfide Art war das, einen Menschen abhängig zu machen. Ich habe mich lange gefragt, warum macht Malik, dieses miese Schwein, so etwas? Ich glaube, er wollte dem hoch angesehenen und sehr reichen Herrn Streitz zeigen, dass er mehr Macht über den Jungen hatte als dessen eigener Vater. Er wollte den berühmten Kunsthändler klein machen, so wie er alle Menschen um sich herum klein machen wollte.«

»Sie auch?«

Zum ersten Mal, seitdem Peter Heiland ihn kannte, lächelte der Streetworker. »Versucht hat er's. Er hat mir sogar einmal angeboten, den Mann zur Strecke zu bringen, der mich angeschossen hat.«

»Und?«, fragte der Kommissar.

»Ich sagte Ihnen schon, dass ich mich auf niemanden mehr einlasse, und bei Malik war das gleich dreimal ausgeschlossen.«

»Aber Johannes Streitz ist Ihnen trotzdem mit der Zeit entglitten?«, fragte Jenny.

»Entglitten? Ich weiß nicht. Er hat ja den Kontakt zu mir nicht abgebrochen. Allerdings hatte ich immer den Eindruck, dass er Malik unsere Treffen verheimlicht hat.«

Peter Heiland überlegte, ob er Friedo Neubert erzählen sollte, dass möglicherweise Johannes der junge Mann gewesen war, der die Waffe bei dem Hehler gekauft hatte. Aber irgendetwas hielt ihn zurück. Und es war ja auch noch gar nicht bewiesen. Stattdessen fragte er: »Nach Maliks Tod kam er also wieder zu Ihnen zurück.«

»Nach Maliks Verschwinden, muss man sagen. Niemand hat ja gewusst, wo der war. Eines Tages war er buchstäblich von der Bildfläche verschwunden. Johannes war betroffen, weil Malik ihm nichts gesagt hatte. Nach Hause wollte er nicht. Also kam er wieder hierher und ich hab ihm eine Kammer hinten im Anbau gegeben.«

»Kennen Sie den Vater des Jungen?«, fragte Jenny.

»Seit gestern, ja. Wir hatten ein langes Gespräch. Am Ende habe ich Johannes zugeraten, wieder nach Hause zu gehen. Er gehört nicht hierher.«

»Aber er war Ihnen doch eine Hilfe«, sagte Peter Heiland.

»Na ja, ich habe ihn beschäftigt, damit er den Eindruck hatte, er werde hier gebraucht.«

Peter Heiland wechselte das Thema. »Sie haben ja erzählt, dass Sie Malik kannten und wie Sie zu ihm standen. Kennen Sie denn auch Vanna Mbele?«

Friedo Neubert sah den Kommissar ein paar Augenblicke an. Dann nickte er. »Ja, sie ist mir ein paar Mal begegnet.«

»Mit Malik zusammen?«

»Weiß ich nicht mehr. Hat das irgendeine Bedeutung?«

»Das weiß man bei Ermittlungen immer erst hinterher.«

»Ein oder zwei Mal war Malik dabei. Die anderen Male habe ich Vanna alleine getroffen.«

»Und worum ging es da?«

»Um meine Arbeit mit den Jugendlichen. Von Vanna habe ich manchen wertvollen Tipp bekommen über das, was Malik wieder mal vorhatte. In einigen Fällen konnte ich rechtzeitig eingreifen.«

Peter Heiland stand auf. »Ich danke Ihnen, Herr Neubert, dass Sie mit uns gesprochen haben.« Lächelnd fuhr er fort: »Ich habe schon gar nicht mehr damit gerechnet.«

Friedo Neubert gab das Lächeln zurück. »Irgendwie sind Sie kein typischer Bulle, wa?«

»Irgendwie haben Sie recht.« Peter Heiland gab dem Streetworker die Hand. Auch Jenny stand auf und verabschiedete sich per Handschlag.

Sie traten vor den Blockhausklub. Endlich war die Schwüle verschwunden. Ein frischer Wind bewegte die Blätter an den Bäumen. Am Himmel schwammen nur wenige weiße Wölkchen im Blau. »Und es muss doch Frühling werden«, zitierte Peter Heiland. Er sah auf die Uhr. Es war kurz nach 16 Uhr. »Manchmal passieren an einem Tag mehr Dinge als sonst in einem ganzen Monat«, sagte Peter Heiland. »Setzt du mich bitte in der Wielandstraße ab?«

»Was hast du vor?«, fragte Jenny.

»Ich will noch mal mit Johannes Streitz reden.«

Daraus wurde freilich nichts. Als Peter Heiland klingelte, meldete sich niemand. Eine Frau mit zwei Einkaufstüten kam die Straße herunter. Als sie den Mann an der Haustür sah, beschleunigte sie ihre Schritte. »Zu wem wollen Sie denn?«, fragte sie, als sie Peter Heiland erreichte.

»Zu Herrn Dr. Streitz.«

»Er ist nicht da. Er ist mit seinem Sohn zum Segeln gefahren.«

»Wohnen Sie hier?« Peter Heiland sah die Frau an. Sie musste um die 70 Jahre alt sein und war korpulent. Ihre grauen Haare hatte sie streng nach hinten gekämmt und in einem Knoten zusammengefasst. Sie trug ein einfaches graues Kleid und flache Schuhe. Jetzt stellte sie ihre Tüten ab und kramte in einer kleinen Handtasche, die sie ums Handgelenk trug, nach dem Hausschlüssel. »Ich wohne in der kleinen Dachwohnung im gleichen Stockwerk direkt neben der Familie Streitz.« Endlich fand sie ihren Schlüsselbund. »Er empfängt übrigens am Wochenende keine Kunden.«

»Das wissen Sie?«

»Ja, ich arbeite als Haushaltshilfe für ihn. Von meiner Rente könnte ich die Miete gar nicht bezahlen, und ich will hier nicht weg. Um keinen Preis. Ich lebe seit 45 Jahren in diesem Haus.«

»Und Sie wissen genau, dass er beim Segeln ist?«

»Der Herr Dr. Streitz hat ein wunderschönes Boot an der Havel liegen. Er hat mich schon zweimal mitgenommen. Er ist so ein feiner Herr. Solche Männer gibt es heutzutage eigentlich gar nicht mehr.«

»Und er hat Probleme mit seinem Sohn«, stellte Peter Heiland fest.

Die Frau seufzte. »Ja, Gott sei's geklagt. Aber wer

hat die nicht? Meine Tochter kommt auch nur bei mir vorbei, wenn sie etwas will. Sonst kümmert sie sich einen Dreck um mich.« Die Frau steckte den Schlüssel ins Schloss. Sie fragte nicht, woher der Fremde wusste, dass Herr Dr. Streitz mit seinem Sohn Probleme hatte. »Versuchen Sie's doch am Montag noch mal«, sagte sie.

»Ja, das werde ich machen.« Die Tür fiel ins Schloss.

Jenny saß auf der anderen Straßenseite im Auto und hatte die kleine Szene beobachtet. Peter stieg wieder bei ihr ein. »Ein Glück, dass du nicht weggefahren bist.«

Im Büro der Kommissare saß der Kollege Steinecker aus der Abteilung Dokumentation und unterhielt sich mit Carl Finkbeiner und Norbert Meier. »Da sind Sie ja«, rief er, als Jenny Kreuters das Zimmer betrat. Er nickte Peter Heiland zu und begann dann ansatzlos zu erzählen. »Bei dem Einsatz im Herbst 2014 in der Mainzer Straße ist Kriminaloberrat Nerlinger als Einsatzleiter plötzlich ausgefallen. Er hatte wohl einen Kreislaufkollaps oder etwas Ähnliches. Georg Konnarek hat danach die Leitung übernommen. Ich habe in den Akten eine Aussage gefunden, die nur zu Teilen erhalten ist. Der Rest muss beim Digitalisieren verschwunden sein. Wie so vieles in diesem Fall.« Er machte eine Pause und nahm einen Schluck Kaffee aus dem Becher, der vor ihm stand.

»Ja, und weiter?«, fragte Norbert Meier ungeduldig.

Steinecker zog einen Computerausdruck aus der Tasche und las vor: »Konnarek ging direkt auf eine Gruppe Autonomer zu. Er hatte seine Waffe gezogen. Ein Molotowcocktail detonierte direkt vor seinen Füßen. Fast gleichzeitig fiel ein Schuss. Ob es der Kollege Konnarek war, der …‹ Da bricht der Bericht ab. Offenbar war die Seite zu Ende und die nächsten Seiten sind nicht mehr erhalten.«

»Und von wem stammt der Bericht?«, fragte Peter Heiland.

»Tja, das wüsste man, wenn die letzte Seite noch da wäre, wo er unterzeichnen musste. Aber die ist weg. Bei späteren Anhörungen der Kollegen, wusste keiner mehr, ob überhaupt geschossen wurde, geschweige denn von wem.«

»Da funktioniert halt die Kameradschaft noch«, ließ sich Meier hören, und es war nicht klar, ob er stolz darauf war oder ob er das Verhalten der Kollegen verurteilte.

»Ich nehme an, niemand will den Fall noch mal aufrollen«, sagte Carl Finkbeiner.

»Kommt darauf an«, sagte Steinecker.

»Worauf?«

»Ob Konnarek der neue Chef wird.«

»Jetzt ist ja erst mal Wischnewski wieder an Deck«, sagte Peter Heiland. »Ich gehe rüber in mein Büro.«

Kaum hatte er sich hinter seinen Schreibtisch gesetzt, da rief die Klinik an. Eine Schwester sagte: »Wenn Sie bei der Geburt Ihres Kindes dabei sein wollen, müssen Sie sich beeilen. Die Wehen haben bereits eingesetzt. Ihr Großvater ist übrigens schon da.«

Peter Heiland rannte aus seinem Zimmer, riss die Tür zum Raum der Kommissare auf, schrie hinein:

»Ich fahre ins Krankenhaus, das Kind kommt!«, schlug die Tür wieder zu und rannte den Korridor hinunter. Schon in der Tiefgarage haute er das Blaulicht auf das Dach seines Dienstwagens und raste mit überhöhter Geschwindigkeit auf die Ausfahrt zu. Fast wäre es zu einer Kollision mit einem sich von rechts nähernden Auto gekommen.

Zum Martin-Luther-Krankenhaus war es nicht weit. Peter Heiland fuhr den Kurfürstendamm hinauf Richtung Halensee, bog links in den Olivaer Platz ein und nahm die Paulsborner Straße. Nach kaum mehr als fünf Minuten stellte er den Wagen direkt neben der Einfahrt ab und rannte in das Gebäude hinein.

Sie wussten, dass es ein Junge sein würde, aber sie waren sich noch nicht einig geworden, wie er heißen sollte. Während Peter Heiland jetzt die Treppe hinauf und durch den Korridor hastete, ertappte er sich dabei, dass er vor sich hinsprach: »Tobias, Axel, Felix, Jakob, Johannes …« Er zwang sich dazu, dieses Spiel mit den Namen sofort zu unterbrechen.

Am Ende des Korridors saß Opa Henry auf einer Bank und stützte sich auf seinen Stock. Sein Kinn ruhte auf den gefalteten Händen über dem Knauf. Eine junge Frau, die Peter bereits kannte, kam aus dem Schwesternzimmer und rief: »Kommen Sie!« Jetzt erst sah Opa Henry auf. »Da bischt ja endlich!«

Als Peter die Geburtsstation betrat, hörte er schon die Schreie des Babys. Hanna lag erschöpft in den Kissen. Eine fremde Frau legte das schreiende Kind gerade in die Arme der jungen Mutter. Peter ging auf Zehenspitzen zum Bett, beugte sich über Hanna und küsste sie auf die verschwitzte Stirn. »Alles gut?«, fragte er leise.

»Ja, es ist alles gut«, antwortete Hanna mit schwacher Stimme.

Die Geburt seines Sohnes feierte Peter Heiland spät am Abend alleine mit Großvater Heinrich bei Pedro, dem Spanier gegenüber seiner Wohnung. Das Wetter war nicht mehr so, dass man hätte auf der Straße sitzen können. Pedro hatte die beiden an einen ruhigen Platz im hinteren Teil seines Restaurants geführt, und als er gehört hatte, dass sein Namensvetter Peter vor wenigen Stunden Vater geworden war, hatte er eine Flasche Champagner spendiert.

»Jetzt hat sich's doch g'lohnt, dass ich nach Berlin komme ben«, sagte der alte Heiland.

»Das lohnt sich doch immer.« Sein Enkel hob das Champagnerglas. »Auf Heinrich!«

»Hä?«, machte Opa Henry.

»Wir haben beschlossen, den Buben Heinrich zu nennen. Nach dir, Opa!«

»Im Ernst?«, Heinrich Heiland hatte Mühe, die zwei Worte hervorzubringen.

»Ja, ganz im Ernst!« Peter musterte seinen Großvater. »Sag mal, weinst du?«

»Ich verdrück bloß a paar ganz kleine Tränen«, antwortete der Alte. Er hob ebenfalls sein Glas und Peter registrierte, dass seine Hand dabei zitterte. »Werdet ja glücklich mitnander, Ihr drei!«

Georg Konnarek landete etwa um die gleiche Zeit am Flughafen Tegel, fuhr aber nicht direkt nach Hause, sondern nahm ein Taxi zum LKA in der Keithstraße, wo er seinen Privatwagen geparkt hatte. Er ging noch schnell in sein Büro und stellte überrascht fest, dass er eine Nachricht auf seinem Schreibtisch fand, er möge sofort am Montagmorgen bei Wischnewski vorbeischauen. »Ich denke, der ist krank und macht es nicht mehr lange«, sagte er ärgerlich zu sich selbst. Auf dem Korridor begegnete er Kurt Reiber, der gerade sein Büro verließ und von seiner Mopshündin begleitet wurde.

»Na, Kollege, wieder mal Überstunden gemacht?«, rief Konnarek jovial.

»Ja, leider. Ich habe gleich zwei Fälle in meiner Abteilung, und dann musste ich Sie ja auch noch vertreten. Aber zum Glück ist Wischnewski wieder zurück.«

»Also ob das ein Glück ist …?«

»Ich bin jedenfalls froh, dass ich die Verantwortung los bin.«

Konnarek ging nicht darauf ein. »Ich denke, Wischnewski leidet an einem schweren Burnout oder so was Ähnlichem.«

»Depressionen, glaube ich. Aber die scheint er überwunden zu haben.«

»Das wäre aber verdammt schnell gegangen«, antwortete Konnarek säuerlich.

»Allerdings. Aber ich freue mich drüber«, sagte Reiber, während er im Stillen dachte: Ganz im Gegenteil zu dir! Er ging rasch den Korridor hinunter, während Konnarek noch einen Augenblick stehen blieb. Dann nahm der Kriminaloberrat den Aufzug, fuhr aber nicht hinunter in die Tiefgarage, sondern zwei Stockwerke höher und fand sich Minuten später vor Wischnewskis Bürotür wieder. Vorsichtig drückte er die Klinke nieder und wunderte sich, dass die Tür aufschwang. Da bemerkte er, dass in dem Zimmer Licht brannte, klopfte nachträglich kurz an der Tür und trat vollends ein.

Wischnewski studierte im Licht einer Schreibtischlampe Akten. Jetzt hob er den Kopf, kniff die Augen zusammen, um den Eindringling im Dunkel zu erkennen. »Ach Sie sind's. Schon zurück aus Paris?«

»Ja, ich habe gehört, dass Sie wieder im Dienst sind. Was für ein Glück! Ich freue mich.«

»Nehmen Sie doch Platz«, sagte Wischnewski und deutete auf den Besucherstuhl vor seinem Schreibtisch.

»Ich habe eine Nachricht vorgefunden«, sagte Konnarek. »Sie wollten mich sprechen. Worum geht es denn?«

Wischnewski lehnte sich zurück und legte seine gefalteten Hände auf den Tisch. »Irgendwer im Haus interessiert sich plötzlich für die Vorgänge bei der Demonstration im September 2014 in der Mainzer Straße.«

»Warum das denn?«

Wischnewski hob die Schultern. »Weiß der Himmel. Jedenfalls wurde festgestellt, dass wesentliche Akten verschwunden sind. Und jetzt muss natürlich geklärt werden, wie so etwas passieren konnte. Ich hatte die stille Hoffnung, dass Sie vielleicht … – also ich mache das so: Ich führe mein privates Archiv, wo ich alles aufbewahre, was mir wichtig erscheint. Haben Sie vielleicht auch so etwas in der Art?«

Konnarek lachte gequält auf. »Nein. Ich bin noch nicht einmal auf die Idee gekommen … Wenn ein Fall abgeschlossen ist, bin ich froh, dass ich mich nicht mehr damit beschäftigen muss. Es gibt ja, weiß Gott, Wichtigeres zu tun.«

»Ja, da haben Sie natürlich recht, Herr Kollege. Aber jetzt, wo uns der Fall wieder einholt, müssen Sie bitte versuchen, sich genau zu erinnern. Sie hatten ja die Einsatzleitung, nachdem der Kollege Nerlinger ausgefallen war. Im Wesentlichen geht es wohl um die Frage, wer geschossen hat. Es gab ja die Maßgabe, nur im äußersten Notfall von der Schusswaffe Gebrauch zu machen.«

»Niemand außer mir und den Kollegen, die damals mit dabei waren, können besser beurteilen, ob es ein Notfall war oder nicht.«

»Und?«, Wischnewski beugte sich nach vorne.

»Es war einer. Das nehme ich auf meinen Eid, wenn es notwendig werden sollte.«

»Gut«, sagte Wischnewski, »sehr gut! Ich denke, wir schaffen diese Geschichte schnell aus der Welt. Natürlich muss trotzdem geklärt werden, warum ausgerechnet in diesem Fall ganz offensichtlich die Akten manipuliert wurden.«

Konnarek stand auf und atmete tief durch. »Wir haben ja immer sehr kollegial zusammengearbeitet.« Er ging zur Tür. Dort wendete er sich noch einmal um. »Übrigens, der Innenminister aus Düsseldorf war auch mit in Paris.«

»Aha«, Wischnewski zeigte wenig Interesse.

»Er hat mir ein höchst interessantes Angebot gemacht.«

»Ist ja toll«, sagte Wischnewski lahm.

»Ich hatte eigentlich vor, es abzulehnen.«

»Und sind Sie jetzt anderen Sinnes?«

»Na ja, ich überlege noch.«

»Für uns wäre es natürlich ein Verlust«, sagte Wischnewski und schämte sich insgeheim für diese Lüge.

Wischnewski hatte die Initiative ergriffen und noch am späten Abend Peter Heiland angerufen. Da saß der Kommissar noch mit seinem Großvater bei Pedro und war nicht mehr ganz nüchtern. »Herr Wischnewski«, rief er, »wollen Sie mir gratulieren?«

»Wozu? Haben Sie den Fall Lubinski gelöst?«

»Nein, aber ich bin vor sechs Stunden Vater geworden.«

»Ist nicht wahr! Ja, da gratuliere ich wirklich. Dann muss ich meine Einladung wohl verschieben.«

»Was denn für eine Einladung?«

»Ich wollte morgen Vormittag mit Ihnen und Frederic Möhlmann gemeinsam frühstücken.«

»Wann genau?«

»Na, so gegen 11.00 Uhr?«

»Sagen wir 12.00«

»Gut! Sagen wir 12.00 Uhr im Café Einstein in der Kurfürstenstraße. Wenn's Wetter schön ist, können wir hinten im Garten draußen sitzen.«

»Darf ich denn meinen Großvater mitbringen?«

»Ja unbedingt! Ist er in Berlin? Ich würde mich sehr freuen, ihn zu sehen.«

Wischnewski legte auf. Peter gab die Einladung an seinen Opa weiter und der schien sich genauso zu freuen wie der Kriminaldirektor Wischnewski.

SONNTAG

Ein strahlender Frühlingstag. Peter Heiland hatte für alle Fälle schon früh am Morgen im Café Einstein angerufen und einen Tisch im Garten reservieren lassen. Um 10 Uhr waren er und sein Großvater bei Hanna in der Klinik gewesen. Mutter und Kind waren wohlauf. Die Schussverletzung in Hannas rechter Schulter verheilte gut. Und der kleine Heinrich lag friedlich schlummernd im Arm seiner Mutter.

Opa Henry verabschiedete sich von seiner zukünftigen Schwiegertochter, und er war selig, als Hanna sagte, sie würde gerne in Riedlingen heiraten, wo der alte Heiland zu Hause war. »Am liebsten im Sommer, so Juli, August«, meinte sie.

Opa Henry machte sofort Pläne. »Als Erstes werd ich mit dem Pfarrer reden.«

Peter traute sich nicht zu sagen, dass Hanna und er sich einig waren, nur standesamtlich zu heiraten und atmete auf, als Hanna sagte: »Ja, bitte Opa Henry, mach das. Ihr habt sicher eine schöne Kirche.«

»Mehrere«, antwortete der Alte strahlend.

»Ja dann«, sagte Peter Heiland, »werde ich mal für Ende Juli, Anfang August Urlaub beantragen.«

Danach fuhr er mit seinem Großvater in die Kurfürstenstraße. Sie durchquerten die hohe Halle des alten Cafés, das inzwischen Ableger in der ganzen Stadt hatte.

Berühmt geworden war neuerdings die Filiale »Unter den Linden«, wo sich die Politikprominenz traf. Hier im alten Haus, dem ursprünglichen Café Einstein, begegnete man eher Schriftstellern, Schauspielern und jenen Journalisten, die es nicht darauf anlegten »Unter den Linden« Politiker zu treffen.

Peter Heiland und sein Großvater traten durch die rückwärtige Tür hinaus und stiegen die wenigen Stufen in den Garten hinab. Der Kellner führte sie zu einem Tisch in einem kleinen Pavillon, wo bereits Frederic Möhlmann saß. Er erhob sich etwas mühsam und stützte sich dabei auf seinem Rollator ab, der neben seinem Stuhl stand. Er reichte Henry die Hand und sagte: »Ich freue mich so. Ihr Enkel hat mir von Ihnen erzählt … – nicht viel, aber es reichte mir, um zu verstehen, dass Sie die wichtigste Person in seinem Leben waren. Und jetzt werden Sie in dieser Funktion, wie ich höre, von einer jungen Frau, vor allem aber von einem Neugeborenen, abgelöst.«

Heinrich Heiland sagte: »Ich kann zwar nicht so schöne Sätze machen wie Sie, aber ich freu mich auch. Sie hättet ruhig sitze bleibe könne.«

Eine Kellnerin kam an den Tisch. »Und bei Ihne gibt's wirklich jetzt noch Frühstück?«, fragte der alte Heiland.

»Bis 16.00 Uhr«, bekam er zur Antwort.

»Da ess ich dahoim ja fascht schon z'Nacht. Aber gut: andere Städte, andere Sitten.«

In diesem Augenblick gesellte sich Wischnewski dazu, und schon nach einer halben Stunde kam sich Peter Heiland überflüssig vor. Er gab vor, zur Toilette zu müssen, durchquerte das Café, trat auf die Kurfürstenstraße hinaus, zog sein Handy aus der Tasche und rief Dr. Thomas Streitz' Nummer an. Zu seiner Überraschung meldete sich der Kunsthändler.

»Sind Sie denn schon zurück von Ihrem Segeltörn?«, fragte Peter überrascht. Er hatte es halbwegs gehofft, aber nicht geglaubt, dass ein Segler bei diesem Wetter vor dem Abend das Wasser verlassen würde.

»Ich musste. Leider. Gleich kommt ein wichtiger Kunde aus England.«

»Ich denke, Sie empfangen am Wochenende keine Kunden.«

»Stimmt! Normalerweise nicht. Aber woher wissen Sie das?«

»Ich wollte Sie gestern noch mal aufsuchen und habe Ihre Nachbarin getroffen. Von ihr hab ich's erfahren.«

Streitz lachte. »Ja, es gibt nichts, was Frau Hillebrecht nicht weiß über mich. Worum ging's denn?«

»Ich müsste noch mal mit Ihrem Sohn reden. Friedo Neubert hat mir erzählt, dass er wieder bei Ihnen zu Hause ist.«

»Vorübergehend, ja. Ich werde ihm eine eigene kleine Wohnung mieten oder kaufen. Ich sagte Ihnen ja bereits, dass meine Frau …« Er unterbrach sich. Peter Heiland hörte, wie Streitz in den Raum hineinrief. »Da bist du ja. Ich hab den Kommissar dran. Er will noch mal mit dir reden.«

Johannes Streitz meldete sich. »Ja, was ist?«

»Ich brauche Sie für eine Zeugenaussage. Wann geht das morgen bei Ihnen?«

»Was denn für eine Zeugenaussage?«

»Das kann ich Ihnen am Telefon nicht sagen.«

»Sie können kommen, wann Sie wollen. Wir haben morgen Wandertag in der Schule, und da gehe ich sowieso nicht mit. Ich bin also zu Hause.«

Peter Heiland kehrte in den Garten zurück. Sein Großvater erzählte gerade, wie er in den letzten Kriegstagen noch an die Ostfront geschickt wurde. »Als 16-Jähriger!«

Peter setzte sich. »Ich finde die Geschichten furchtbar. Bitte, Opa, ich kann's nicht mehr hören.«

Henry war weit davon entfernt, beleidigt zu sein. »Du hast ja recht.«

Frederic Möhlmann meldete sich: »Wissen Sie, was Peter Bichsel einmal gesagt hat?«

»Ich weiß nicht mal, wer Peter Bichsel ist.«

»Schade! Ein wunderbarer Schweizer Dichter. Warten Sie, ich versuche es möglichst genau zusammenzubringen. Er schreibt: ›Ich glaube der Sinn der Literatur liegt nicht darin, dass Inhalte vermittelt werden, sondern darin, dass das Erzählen aufrechterhalten wird. Weil die Menschen Geschichten brauchen, um überleben zu können. Sie brauchen Modelle, mit denen sie sich ihr eigenes Leben erzählen können. Nur *das* Leben, das man sich selbst erzählen kann, ist ein sinnvolles Leben.‹« Möhlmann lächelte. »Ich glaube, es ist mir gelungen, Bichsel ziemlich genau zu zitieren.«

Des g'fällt mir«, sagte Opa Henry, der sich in dem Kreis sichtlich wohlfühlte.

»Jeder erzählt doch gerne aus seinem Leben, von seinem Beruf, und, wenn er alt wird, von seinen Krankheiten«, meinte Wischnewski.

»Wie wahr, wie wahr«, sagte eine Stimme hinter Peter Heiland. Der Kommissar drehte sich um und sah in das Gesicht von Erich Kornberg. »Haben Sie denn Ihren Fall gelöst, Herr Kommissar?«

Peter stand auf. »Darf ich vorstellen: Herr Dr. Kronberg …«

»Kornberg«, verbesserte der ehemalige Gymnasiallehrer. »Ich habe dem jungen Mann eine Verhaftung vermasselt.«

»Die haben wir inzwischen nachgeholt«, sagte Peter Heiland. »Bitte setzen Sie sich. Nehmen Sie meinen Stuhl. Ich muss sowieso weg.« Peter stand auf und rückte dem feinen Herrn Kornberg den Stuhl zurecht. »Ihr Exkollege Hajo Nenndorf ist übrigens mit dieser schönen Afrikanerin verschwunden. Nach Costa Rica.«

»Wie das?«

»Er hat sich nach seiner Entlassung aus dem Gefängnis auf einen Kriminellen eingelassen – diesen Malik, das Mordopfer in unserem Fall, von dem ich Ihnen erzählt habe. Aber er hat sich aus diesem Milieu verabschiedet, mit rund zwei Millionen Euro in der Tasche und der schönen Nigerianerin an seiner Seite.«

»Das sind Geschichten!« Kronberg strahlte über das ganze Gesicht.

Peter stellte seinen Großvater, den Psychotherapeuten Frederic Möhlmann und Ron Wischnewski vor, wünschte den Herren noch einen fröhlichen Sonntag und verließ das Café. Von dem kleinen Treppenpodest an der hinteren Tür sah er noch mal zurück in den Garten. Die vier Männer lachten gerade unisono über einen Scherz, den offenbar Kornberg gemacht hatte. Peter Heiland gönnte ihnen ihr Vergnügen aus vollem Herzen.

Den Nachmittag verbrachte er bei Hanna Iglau im Krankenhaus. Der Fall Sven Lubinski war für ein paar Stunden weit weg.

MONTAG

Schon früh am Morgen des nächsten Tages rief Peter Heiland Norbert Meier zu Hause an. »Könntest du direkt in die Wielandstraße 17 kommen?«

»Wohnung Streitz?«

»Genau. Geht 9.00 Uhr?«

»Kein Problem.«

Um 8.15 Uhr ging Opa Henrys Zug. Peter fuhr seinen Großvater zum Hauptbahnhof.

»Du musst nicht bis zum Bahnsteig mitkommen«, sagte der Großvater. »Ich find's furchtbar, wenn man rumstehe muss und net weiß, was mr schwätze soll …«

»Ich weiß, du kannst Abschiede nicht leiden. Aber jetzt dauert's ja nicht lange, bis wir uns wiedersehen.«

Sie stiegen aus. Peter holte den Rollkoffer aus dem Kofferraum. Einen Augenblick standen sie sich gegenüber. Plötzlich packte der Großvater seinen Enkel an den Schultern und zog ihn mit einer heftigen Bewegung in die Arme. »Pass auf dich auf. Und auf die Hanna und auf das Kind!«

»Versprochen«, sagte Peter mit belegter Stimme.

Dann griff Opa Henry resolut nach seinem Gepäck und verschwand, ohne sich noch einmal umzusehen, in dem riesigen Gebäude des Berliner Hauptbahnhofs.

»Ich wüsste nicht, warum ich mit Ihnen mitkommen sollte«, sagte Johannes Streitz eine Dreiviertelstunde später.

»Wenn er nicht mitgehen will, bleibt er hier«, sagte sein Vater entschieden.

»Was dann passiert, wollen wir alle drei nicht«, antwortete Peter Heiland.

»Und das wäre?«

»Ich müsste Ihren Sohn vorläufig festnehmen.«

»Was?«, schrien Vater und Sohn wie aus einem Mund.

»In unseren Ermittlungen ist eine Gegenüberstellung notwendig. Ich will die möglichst ohne großen Aufwand hinter mich, beziehungsweise hinter uns, bringen. Aber sie ist so wichtig, dass ich genügend Rechtsmittel habe …« Er unterbrach sich. »Ach lassen wir doch das ganze Gerede!« Er sah Johannes direkt in die Augen. »Gehen Sie jetzt mit oder nicht?«

»Von mir aus«, sagte Johannes und holte aus einer Kammer ein paar Schuhe, um sie anzuziehen.

»Wenn Sie meinen Sohn in etwas hineinziehen …«, hob Dr. Thomas Streitz an. Aber Peter Heiland unterbrach ihn. »Dafür ist er mir viel zu sympathisch. Eigentlich glaube ich, dass wir ihm eher helfen, mit dem, was wir vorhaben.«

»Und warum sagen Sie dann nicht, was es ist?«

»Wir brauchen das Überraschungsmoment.«

Als Peter Heiland mit Johannes auf die Straße trat, wartete dort Norbert Meier neben Peters Dienstwagen. Er war mit einem Taxi gekommen und ausgesprochen schlechter Laune, weil er vergessen hatte, sich von dem Fahrer eine Quittung geben zu lassen.

Peter Heiland tröstete ihn. »Wir machen einen Vertrauensbeleg und ich unterschreibe ihn.«

Meiers Miene hellte sich auf. Peter gab ihm die Schlüssel. »Du fährst. Du kennst den Weg.«

Peter Heiland setzte sich in den Fond des Autos neben Johannes Streitz. »Neulich, als ich Sie in der Schule getroffen habe, musste ich denken, dass ich in meiner Jugend ganz ähnlich war wie Sie?«

»Wie denn?«

»Ich war ein ziemlicher Einzelgänger, fühlte mich den anderen überlegen, war aber in all den Dingen, die damals wichtig waren, ausgesprochen ungeschickt: Ich war ein miserabler Fußballspieler, trank keinen Tropfen Alkohol, kam an die Mädchen nicht ran und lief manchmal stundenlang alleine durch die Wälder bei uns zu Hause, und wenn ich sage lief, dann meine ich wirklich laufen. Ich hab zwei Mal einen Marathon gewonnen. Aber ich habe mich von den Sportlehrern nicht dazu überreden lassen, den Sport systematisch zu betreiben.«

»Ich sehe da keine Parallelen«, antwortete Johannes Streitz und wendete den Kopf zum Seitenfenster, entschlossen, sich nicht weiter mit dem Kommissar zu unterhalten.

Als Meier vom Stadtring abbog und die Ausfahrt Beusselstraße nahm, wurde Johannes Streitz unruhig. »Sagen Sie mir jetzt endlich, wo wir hinfahren?«

»Endlich? Sie haben doch bisher noch kein einziges Mal danach gefragt.«

Meier bog nach links in die Huttenstraße ein, und als es kurz darauf in die Berlichingenstraße ging, musste Peter Heiland unwillkürlich lachen. »Dass hier in Berlin eine Straße nach meinem Landsmann Götz von Berlichingen benannt ist, wusste ich bis jetzt auch noch nicht.« Er registrierte, dass der junge Mann neben ihm immer unruhiger wurde, tat aber so, als bemerke er es nicht.

Meier hielt vor einem unscheinbaren Mehrfamilienhaus an. »Sie kennen die Gegend hier, nicht wahr?«, fragte Peter Heiland Johannes Streitz.

»Nicht, dass ich wüsste.«

»Kommen Sie!« Peter Heiland und Norbert Meier stiegen aus. Johannes Streitz rührte sich nicht. Heiland öffnete die rechte hintere Tür. »Bitte, Johannes, steigen Sie aus.«

»Nein!«

»Dann machen wir's anders«, meldete sich Meier. »Ich hole den Mann!«

»Welchen Mann?«, fragte Johannes mit schwacher Stimme.

»Den Mann, der Ihnen die Waffe verkauft hat.«

»Wer sagt …? Was behaupten Sie denn da …? Was wollen Sie überhaupt von mir?«, stotterte der Junge.

»Na los«, sagte Peter Heiland, »bringen wir's hinter uns.«

Johannes Streitz rührte sich nicht.

»Wir können ihn auch vorläufig festnehmen wegen des Verdachts auf illegalen Waffenhandel und Mord oder Beihilfe zum Mord, je nachdem. Die Gegenüberstellung machen wir dann im Präsidium«, sagte Meier zu Peter Heiland.

Johannes sah Heiland an. »Was redet der denn da?«

»Er hat recht. Die Indizien sind ganz klar. Sie stehen im Verdacht, am 21. Januar dort drüben, in diesem Haus, eine Beretta 92FS gekauft zu haben.«

»Hab ich nicht.«

»Okay. Der Verkäufer wird sich erinnern. Und wenn der sagt, er kenne Sie nicht, sind Sie aus dem Schneider. Ich verstehe nicht, warum Sie sich nicht darauf einlassen wollen.«

»Weil ich mich nicht von Ihnen manipulieren lassen will.«

In diesem Augenblick öffnete sich ein Hoftor und ein Landrover rollte heraus. Meier sprang auf die Straße und stellte sich dem Wagen breitbeinig in den Weg. Der Fahrer stoppte, setzte das Auto auf den Bürgersteig zurück und stieg aus. »Sie schon wieder!«, rief er übel gelaunt. Er war vielleicht 30 Jahre alt, trug seine Haare vorne kurz und hinten lang und steckte in einer Art Kampfanzug im Military-Look.

»Ich brauche Sie nur kurz«, sagte Meier so freundlich, wie es ihm möglich war. »Kommen Sie mal!«

Die beiden Männer kamen auf Peter Heilands Dienstwagen zu. Der Hehler ging um das Auto herum und warf einen Blick in das Wageninnere.

Plötzlich brach Peter Heiland der Schweiß aus. Schlagartig begriff er, was für einen Fehler er gemacht hatte. Er hätte eine übliche Gegenüberstellung organisieren müssen. Mit sechs oder sieben jungen Männern in einer Reihe und Johannes Streitz dazwischen. So wie er es bei Faruk und dem alten Lubinski gemacht hatte. Ein gewiefter Anwalt würde die Aussage dieses obskuren Waffenhändlers ohne Probleme auseinandernehmen. Aber Heiland konnte den Vorgang nicht mehr rückgängig machen. Einen Augenblick schoss es ihm durch den Kopf, dass Norbert Meier dies ja auch gewusst haben musste. Warum hatte der nichts gesagt. Wollte ihn der Kollege, der mit ihm um die Chefposition der 4. Mordkommission rivalisiert hatte, womöglich ins Messer laufen lassen?

Der Mann auf dem Gehsteig sagte. »Ja, das ist er. Der war's. Der hat die Waffe abgeholt.«

»Abgeholt oder gekauft?«

»Ne, bezahlt hat der nicht. Die Kohle hatte ich schon.«

»Sag mal, du lügst!«, fuhr ihn Meier an.

»Wieso? Ich lüge nicht!«

»Zu mir hast du gesagt, der Junge habe sie gekauft.«

»Ich hätte doch nie und nimmer so einem Teenie ne Waffe verkauft. Überhaupt hatte ich ja das Geschäft längst eingestellt. Nur die Beretta lag da noch rum, und als Malik …«

»Malik?«, riefen Peter Heiland und Norbert Meier gleichzeitig.

»Ja, ich wollte das neulich nicht sagen. Ich habe einige Zeit ganz gute Geschäfte mit ihm gemacht. Alles legal, versteht sich. Aber dann hat er mal die Beretta bei mir gesehen …«

»Danke!«, unterbrach Peter Heiland. »Mehr müssen wir im Augenblick nicht wissen.«

Der Hehler trat dicht vor Meier hin. »Du hast gesagt, ich kriege keine Schwierigkeiten.«

»Ich hab gesagt: Ich will nach Möglichkeit verhindern, dass du welche kriegst. Das ist etwas anderes.«

»Scheißbullen!« Damit stieg der Mann im Military-Look wieder in seinen Landrover und fuhr mit laut quietschenden Reifen davon.

»Sie haben die Waffe also im Auftrag Maliks abgeholt?« Peter Heiland setzte sich wieder neben Johannes Streitz in den Fond des Wagens. Der Junge schwieg verbissen. »Das entlastet Sie, Johannes. Also reden Sie!«

»Das ist doch kein Verbrechen!« Johannes Streitz hatte die Kopfstütze des Beifahrersitzes gepackt. Sein Gesicht war gerötet.

»Nein, das ist es nicht, umso wichtiger, dass Sie uns jetzt alles erzählen.«

Meier setzte sich hinters Steuer, fuhr aber noch nicht los.

»Wir wissen nicht, wann genau Malik getötet wurde, aber es muss mehrere Wochen nach dem 21. Januar gewesen sein.«

»Ja, und?«

»Sie haben also die Beretta ...«

»Ich wusste gar nicht, dass da eine Pistole drin war. Sie war ja in einen Karton eingepackt.«

»Aber als sie den Karton an Malik übergeben haben – wie war das? Erzählen Sie mal genau!«

»Das war am Abend. Malik und Vanna saßen beim Abendessen als ich ankam. Malik hat sofort nach dem Karton gegriffen und ihn aufgerissen. Da hab ich dann gesehen, dass es eine Pistole war. Vanna hat sie sofort weggetan.«

»Hat sie Malik einen Vorwurf gemacht, weil er Sie zu dem Waffenhändler geschickt hat?«

»Vanna hat Malik nie einen Vorwurf gemacht. Das hätte sie sich gar nicht getraut.«

»Und von da an wissen Sie nicht mehr, was mit der Waffe geschehen ist?«

»Nein. Da, wo Vanna sie versteckt hat, war sie nicht mehr.«

»Und woher wissen Sie das?«

»Ich hab mal nachgesehen, als ich alleine in der Wohnung war.«

»Sie sind aus Maliks Wohnung ausgezogen, als der verschwunden war.«

»Ja, war doch klar, dass Vanna die Miete nicht mehr bezahlen konnte. Sie war unheimlich verzweifelt. Jedes Mal, wenn das Telefon geklingelt hat, war sie ganz aufgeregt, weil sie dachte, er meldet sich.«

»Und dann hat Friedo Ihnen angeboten, wieder im Blockhausklub zu wohnen.«

»Vanna hat das gemanagt. Sie hat mit Friedo gesprochen.«

»Ja, das habe ich mitbekommen. Die beiden kannten sich ganz gut.«

»Ich glaube, sie kannten sich sogar schon ziemlich lange«, sagte Johannes Streitz. »Also lange bevor ich sie kennengelernt habe.«

»Fahren wir?«, fragte Norbert Meier.

»Ja, wir bringen Johannes nach Hause.«

Meier ließ den Motor an und fuhr los.

Um die Mittagszeit versammelte sich das Team im Zimmer der Kommissare. Wischnewski leitete die Besprechung. Seine erste Frage ging an Peter Heiland: »Gibt es irgendetwas Neues?«

»Ja, eine seltsame Geschichte. Die Waffe, mit der Malik mutmaßlich erschossen wurde, gehörte ihm selbst. Er hat sie bei einem Hehler gekauft, den der Kollege Meier aufgetrieben hat.«

»Abgeholt hat sie allerdings Johannes Streitz, dieser wohlerzogene Gymnasiast«, meldete sich Meier, sehr zum Unwillen seines direkten Vorgesetzten. Peter Heiland hatte vermeiden wollen, die genauen Umstände der Gegenüberstellung von Johannes mit dem Mann im Military-Look schildern zu müssen.

»Und woher wissen wir das?«, fragte Wischnewski prompt.

Peter Heiland erzählte nun genau, wie es gewesen war. Wischnewski schüttelte den Kopf. »Wie kann ein erfahrener Beamter so viel falsch machen?«

Carl Finkbeiner grinste: »Unser Chef«, und es war klar, dass Wischnewski damit gemeint war, »sagt immer: ›Nur wer nicht arbeitet, macht keine Fehler.‹«

»Aber das war nun schon besonders fahrlässig«, rügte der Kriminaldirektor.

Bevor Wischnewski mit seiner Zurechtweisung fortfahren konnte, rief Jenny Kreuters dazwischen: »Die entscheidende Frage ist jetzt, wie kam die Beretta in die Hände des Mörders?«

»Man muss Faruk Ben Salah noch mal vernehmen«, sagte Norbert Meier.

Peter Heiland nickte. »Er war so etwas wie Maliks Adjutant. Wahrscheinlich war auch er oft genug in der Wohnung, um sich die Beretta unter den Nagel reißen zu können.«

Wischnewski stand auf. »Die ganze Zeit denke ich darüber nach, dass bei nahezu jedem Detail dieses Falles, Vanna Mbele eine Rolle spielt. Sie fühlte sich von Malik gedemütigt. Sie muss sehr unter ihm gelitten haben. Und sie wusste, wo die Waffe ist …«

»Also ich tue mich schwer mit der Vorstellung, dass sie Malik in den Westhafen gelockt, dort erschossen und im Wasser versenkt haben soll«, wendete Peter Heiland ein.

»Sie muss es ja nicht alleine gemacht haben.«

Einen Augenblick war es ganz still im Zimmer der Kommissare. Jeder schien die Theorie des Chefs zu durchdenken.

»Aber mit wem?«, fragte schließlich Jenny Kreuters. »Faruk war ihr bestimmt genau so verhasst, wie Malik, und Johannes Streitz hätte sie niemals in so etwas hineingezogen. Also ich glaube, das können wir vergessen.«

»Was ist mit Maliks Vater? Er mochte Vanna besonders gerne, und er hasste seinen Sohn abgründig«, meldete sich Finkbeiner.

Wieder trat Stille ein, während jeder diese Möglichkeit durchdachte.

»Friedo Neubert!«, sagte Carl Finkbeiner plötzlich.

»Der Kerl war ein Geschwür in unserer Gesellschaft. Es ist gut, dass er tot ist. Sehr gut sogar«, ließ sich Peter Heiland hören.

»Was war das denn?«, fragte Wischnewski.

»Das hat Friedo Neubert gesagt, als wir ihn nach Malik gefragt haben. Und Peter Heiland zitierte den Streetworker weiter: »›All die Jungs, die wir mit unseren Programmen sukzessive aus ihrem Elend und der daraus erwachsenden Kriminalität hatten herausholen können, hat er uns wieder entzogen. Und niemand konnte ihn stoppen. Schon gar nicht die Polizei. Es war zum Verrücktwerden.‹«

»Na gut«, sagte Wischnewski, »dass der Mann einen solchen Hass auf Malik hatte, kann man verstehen. Aber er ist schwerstbehindert und sitzt im Rollstuhl.«

»Aber für's Schießen hätte es allemal gereicht«, meldete sich Meier, »Malik ist von hinten erschossen worden.«

»Und wer hat ihn gefesselt, ihm den Klotz ans Bein gebunden und danach den Kerl im Westhafen versenkt?«, fragte Finkbeiner.

»Neubert ist stark. Das haben wir gesehen, als er sich von seinem Schreibtischstuhl in seinen Rollstuhl gehievt hat. Der Mann hat Armmuskeln wie ein Kugelstoßer.«

»Und wie ist er an die Waffe gekommen?«

»Die hat Vanna mitgebracht«, sagte Meier.

»Oder Johannes hat ihm von der Beretta erzählt und Friedo hat den Jungen gebeten, ihm die Pistole zu bringen.«

»Ich glaube, jetzt geht die Fantasie mit euch durch«, meinte Wischnewski. »Aber bitte, unsere Arbeit besteht ja oft wesentlich darin, eine Theorie aufzustellen und sie zu beweisen oder zu verwerfen, je nachdem, was wir ermitteln.«

»Entschuldigung, wenn ich das sage, aber Sie werden langsam lästig«, sagte Dr. Thomas Streitz, als Peter Heiland vor seiner Tür stand. »Ich habe Kunden.«

»Nur ganz kurz. Ich habe noch eine einzige Frage an Johannes.«

»Er ist in seinem Zimmer. Links den kleinen Gang runter, die zweite Tür.« Der Kunsthändler ging rasch in sein Büro zurück.

Peter Heiland klopfte kurz und betrat dann, ohne auf ein »Herein« zu warten, das Zimmer des Jungen. Der hatte dicke Kopfhörer aufgesetzt, hörte offensichtlich Musik, zu der sein Körper mitschwang und bemerkte den Besuch erst, als Peter Heiland dicht hinter ihm stand und sanft auf die Schulter tippte.

»Ja?« Der Junge drehte sich um, und Peter Heiland musste unwillkürlich lachen, als Johannes exakt mit den Worten seines Vaters sagte: »Sie werden langsam lästig!«

»Ich habe nur eine Frage«, sagte Peter Heiland. »Wann hast du die Beretta Friedo Neubert gebracht?«

»Nicht Friedo. Malik!«

»Später, meine ich.«

»Das war nicht ich!«

»Das war also Vanna Mbele.«

Johannes starrte den Kommissar nur an, sagte aber nichts.

»Ich hätte gerne eine Antwort«, sagte Peter Heiland sanft.

»Sie haben gesagt, Sie hätten nur eine Frage. Die habe ich Ihnen beantwortet.

Peter Heiland hörte, wie Thomas Streitz seine Besucher verabschiedete. Die Wohnungstür fiel ins Schloss.

»Menschenskind!« Peter Heiland verlor langsam die Geduld. »Das ist so verdammt wichtig.«

»Für Sie vielleicht. Nicht für mich!« Johannes setzte die Kopfhörer wieder auf.

Im Rücken Heilands sagte Thomas Streitz: »Das reicht. Verlassen Sie unsere Wohnung, und ich möchte Sie bitten, uns nicht weiter zu belästigen.«

»Das kann ich Ihnen nicht versprechen. Wenn Ihr Sohn die Waffe an den Mörder ausgehändigt hat, wäre das Beihilfe zum Mord.« Peter Heiland ging rasch den kurzen Korridor hinunter, verließ die Wohnung und schlug die Tür etwas zu laut hinter sich zu. Als er wieder auf der Wielandstraße stand, rief er Carl Finkbeiner an. »Kommst du bitte zum Saatwinkler Damm? Wir treffen uns da, wo der Wiesenweg reingeht.«

Als Peter Heiland aus dem Dienstwagen ausstieg, hatte er mit einem Schlag wieder diese wahnsinnigen Kopfschmerzen. Carl Finkbeiner parkte unter dem einzigen Baum am Straßenrand, der ein wenig Schatten spendete. Dicht nebeneinander gingen sie den Weg hinunter bis zum Blockhausklub.

Friedo Neubert fanden sie in seinem Büro. Sonst war um diese Zeit niemand im Klub. Der Streetworker saß am Schreibtisch. Der Rollstuhl stand daneben. »Tut mir leid, ich hab nur wenig Zeit für Sie!«

»Die werden Sie sich nehmen müssen«, sagte Finkbeiner und setzte sich dem Streetworker gegenüber. »Wir wissen jetzt, wer im Herbst 14 auf Sie geschossen hat. Der Mann verlässt das Landeskriminalamt. Man könnte sich aber vorstellen, dass Sie auf fahrlässige Körperverletzung gegen ihn klagen.«

Friedo Neubert winkte ab. »Deswegen sind Sie doch nicht gekommen.«

Die beiden Kommissare horchten auf. »So, meinen Sie?«, fragte Peter Heiland.

»Ich weiß es. Johannes hat mich angerufen.«

»Und?«, fragte Heiland.

Der Streetworker lächelte. »Er meinte, Sie wüssten, dass Vanna mir die Pistole gebracht hat. Also weiß ich auch: Sie sind auf der richtigen Spur, und so, wie ich Sie einschätze, ist es nur noch eine Frage der Zeit, bis sie die ganze Wahrheit kennen. Und die Zeit kann ich Ihnen ersparen.«

»Bei allem, was Sie jetzt sagen, sollten Sie sehr vorsichtig sein«, sagte Peter Heiland.

Friedo Neubert deutete auf seinen Rollstuhl. »Wenn Sie die kleine Lasche unter dem Sitz rausziehen, finden Sie die Waffe.«

Peter zog an der Lasche. Die Pistole lag in einer Vertiefung. Vorsichtig nahm er sie heraus. »Wenn Sie es waren, der auf Malik geschossen hat, warum haben Sie die Waffe nicht verschwinden lassen?«

»Ich weiß nicht. Ehrlich, ich weiß es nicht. Vielleicht, weil ich bei diesem einen Mal bemerkt habe, wie mächtig man mit so einem Ding ist.«

»Vanna hat Ihnen die Beretta gebracht?«

»Ja!«

»Sie haben gemeinsam beschlossen, Malik zu töten.«

»Ich habe das beschlossen. Es gab keinen anderen Weg, uns und viele andere vor ihm zu schützen.«

»Uns?«

»Nun ja, eine Weile sah es so aus, als könnte ein Paar aus uns werden, trotz meiner Behinderung. Ich bin froh, dass ich diesen Teufel aus der Welt geschafft habe. Ich bereue nichts«, sagt Friedo. »Entschuldigung, ich muss meine Tablette nehmen. Könnten Sie mir die bitte holen. Sie liegt in der schmalen Schublade dort in der Teeküche.«

»Ich mach das«, sagte Finkbeiner.

»Nein, lass mal, ich mach das«, sagte Peter Heiland schnell.

Während Heiland in die Küche ging, sagte Friedo Neubert so laut, dass es auch Peter Heiland auf seinem Weg hören konnte: »Nehmen Sie zu Protokoll: Ich gestehe, Malik, also Sven Lubinski, getötet zu haben. Und wenn Sie meinen, es sei mir ohne Hilfe nicht möglich gewesen, ihn im Hafenbecken zu versenken, dann täuschen Sie sich. Ich bin stark und sehr beweglich mit meinem Rollstuhl.«

»Sie wollen Vanna schützen. Es war doch ein gemeinschaftlicher Mord.« Peter Heiland reichte Friedo Neubert die Tablette und ein Glas Wasser.

»Nein, ich habe es alleine getan.« Der Streetworker warf die Tablette in den Mund und trank das Glas in einem Zug leer.

»Sie müssen Vanna Mbele auch gar nicht mehr schützen. Die hat sich unserem Zugriff entzogen.«

Friedo lächelte. »Das tue ich auch. Sie könnten mich jetzt verhaften, aber das bringt nicht viel. In einer Viertelstunde bin ich tot. Sie haben mir die Tablette selbst gegeben.«

Peter Heiland setzte sich vor Neubert auf die Kante des Schreibtisches. »Ich habe so etwas vermutet. Was ich Ihnen gebracht habe, war ein einfaches Kopfschmerzmittel, das ich zurzeit immer bei mir habe. Sie haben den Unterschied in Ihrer Aufgeregtheit nicht bemerkt.«

ENDE

DANK

Die Idee zu diesem Kriminalroman habe ich gemeinsam mit meinem Freund Zoran Solomun entwickelt, dem ich ganz herzlich danke. Ebenso wie Siegfried Niedek, der mir in vielen Detailfragen ein guter Berater war.

FELIX HUBY
Der Patriarch

978-3-8392-1945-4 (Paperback)
978-3-8392-5147-8 (pdf)
978-3-8392-5146-1 (epub)

WAHRHEITSKAMPF Fünf Jahre unschuldig im Knast. Sven Hartung hat sich verändert. Abgehärtet und kampfbereit kommt er ins Berliner Leben zurück. Es ist Zeit für die Wahrheit! Doch schon seine erste Nacht in Freiheit endet in einer Katastrophe. In der Tiefgarage der Deutschen Oper wird die Leiche seiner früheren Verlobten gefunden. Zeugen haben sie noch kurz vor ihrem Tod mit ihm gesehen. Alles deutet daraufhin, dass er der Täter war. Für Kriminalhauptkommissar Peter Heiland allerdings sind die Indizien zu offensichtlich. Er vermutet einen perfiden Plan dahinter. Und diesen zerrt er hartnäckig ans Licht!

GMEINER SPANNUNG

UWE KLAUSNER
Staatskomplott

978-3-8392-2132-7 (Paperback)
978-3-8392-5507-0 (pdf)
978-3-8392-5506-3 (epub)

AUFTRAGSMÖRDER West-Berlin, Mai 1970. Waldemar Pawelka, schillernde Figur in der Partyszene, wird tot aufgefunden. Kurz darauf ereignet sich ein weiterer Mord. Pawelkas Frau, ebenso attraktiv wie lebenslustig, ist unter die U-Bahn geraten. Für Hauptkommissar Sydow ist der Ermordete kein Unbekannter. Devisenbetrug, Handel mit Luxuskarossen, Prostitution im großen Stil: Es scheint, der Tote war der Konkurrenz ein Dorn im Auge. Aber nicht nur der Konkurrenz, wie der Fortgang der Ermittlungen zeigt …